納蘭性德全集

纳兰文

霞蔚

纳兰性德◎著　冯其庸◎特邀顾问　尹小林◎主编

国际文化出版公司
·北京·

图书在版编目（CIP）数据

纳兰文·霞蔚/（清）纳兰性德著；尹小林主编. —北京：
国际文化出版公司,2016.9
（纳兰性德全集）

ISBN 978 - 7 - 5125 - 0872 - 9

Ⅰ.①纳… Ⅱ.①纳… ②尹… Ⅲ.①杂文集 - 中国 - 清代
Ⅳ.①I264.9

中国版本图书馆 CIP 数据核字（2016）第 196582 号

纳兰文·霞蔚

作　　　者	纳兰性德	
特邀顾问	冯其庸	
主　　编	尹小林	
执行主编	张小米	
总 策 划	葛宏峰	
特约策划	刘子菲	
责任编辑	韦尔立	
策划编辑	闫翠翠　　周书霞	
特约编辑	尹稚宁　　帖慧祯	
美术编辑	李晓东	
出版发行	国际文化出版公司	
经　　销	国文润华文化传媒（北京）有限责任公司	
印　　刷	北京天正元印务有限公司	
开　　本	880 毫米×1230 毫米　　32 开	
	12.25 印张　　　　250 千字	
版　　次	2016 年 9 月第 1 版	
	2016 年 9 月第 1 次印刷	
书　　号	ISBN 978 - 7 - 5125 - 0872 - 9	
定　　价	58.00 元	

国际文化出版公司
北京朝阳区东土城路乙 9 号　邮编:100013
总编室:(010)64271551　传真:(010)64271578
销售热线:(010)64271187
传真:(010)64271187 - 800
E - mail:icpc@ 95777. sina. net
http://www.sinoread.com

目　录

卷十　经解序一

卷十一 经解序二

纳兰性德全集

卷十二　经解序三

卷十三　序、记、书、书简

卷十四　杂文

纳兰性德全集

卷十 经解序一

经解总序

经之有解，自汉儒始，故《戴礼》著《经解》之篇①。于时分门讲授，曰《易》有某家，《诗》《书》《三礼》有某家，《春秋》有某家者，某宗师大儒也。传其说者，谓之受某氏学，则终身守其说不敢变。党同抵异，更废迭兴。虽其持论互有得失，要其渊源皆自圣门，诸弟子流分派别，各尊所闻，无敢私创一说者，盖其慎也。东汉之初，颇杂谶纬②，然明、章之世，天子留意经学，宣阐大义，诸儒林立，仍各专一家。今谱系之列于《儒林传》者③，可考而知也。自唐太宗命诸儒删取诸说为《正义》④，由是专家之学渐废⑤，而其书亦鲜有存矣。至宋二程、朱子出⑥，始刊落群言⑦，覃心阐发⑧，皆圣人之微言奥旨。当时如临川、眉山、象山、龙川、东莱、永嘉、夹漈诸公⑨，其说虽微有不同，然无有各名一家如汉氏者。逮宋末元初，学者尤知尊朱子，理义愈明，讲贯愈熟。其终身研求于是者，各随所得以立言。要其归趋⑩，无非发明先儒之精蕴以羽卫圣经⑪。斯固后世学者之所宜取衷也。惜乎其书流传日久，十不存一二。余向属友人秦对岩、朱竹垞购诸藏书之家⑫，间有所得，雕版既漫漶断阙不可卒读⑬，钞本讹谬尤多。其间完善无讹者，又十不得一二。间以启于座主徐先生⑭，先生乃尽出其藏本示余小子曰："是吾三十年心力所择取而校定者。"余且喜且愕，求之先生，钞得一百四十种，自《子夏易传》外，唐人之书仅二三种，其余皆宋元诸儒所撰述。而明人所著，间存一二。请捐赀经始⑮，与同志雕版行世。先生喜曰："是吾志也。"遂略叙作者大意于各卷之首，而复述其雕刻之意如此。

【笺注】

①《戴礼》：指《大戴礼记》和《小戴礼记》。《大戴礼

记》，亦名《大戴礼》《大戴记》，秦汉以前各种礼仪论著的选集。相传为西汉戴德（世称大戴）编纂。原有八十五篇，今本残缺，存三十九篇。《小戴礼记》，即流传至今天的《礼记》，亦称《小戴记》。儒家经典之一，秦汉以前各种礼仪论著的选集。相传为西汉戴圣（为戴德的侄子，世称小戴）编纂，共四十九篇，大都为孔子弟子及其再传、三传弟子等所记，是研究中国古代社会状况、文物制度和儒家学说的参考书。现《礼记》第二十六篇为《经解》。

②谶纬：汉代流行的神学迷信学说，谶书和纬书的合称。"谶"是巫师或方士制作的一种隐语或预言，作为吉凶的符验或征兆；"纬"指方士化的儒生编集起来附会儒家经典的各种著作。

③《儒林传》：《后汉书·儒林传》，在卷七十九上、下。

④《正义》：《五经正义》。唐代颁布的官书。孔颖达等奉唐太宗命编定，用于科举取士，共一百八十卷。

⑤专家：指学术上固守一家，讲求师承家法。

⑥二程：指宋理学家程颢、程颐兄弟。程颢，北宋哲学家、教育家，字伯淳，学者称明道先生。曾和弟程颐学于周敦颐，同为北宋理学的奠基者，世称"二程"。程颢、程颐的思想学说后来为朱熹所继承和发展，世称程朱学派。程颐，字正叔，学者称伊川先生。朱子：朱熹。南宋哲学家、教育家，字元晦，一字仲晦，号晦庵，别称紫阳。师事李侗，为二程四传弟子。博极群书，广注典籍，对经学、史学、文学、乐律以及自然科学有不同程度贡献。

⑦刊落：删除。

⑧覃（tán）心：犹潜心，深思。《宋史·綦崇礼传》卷三百七十八："廉俭寡欲，独覃心辞章，洞晓音律。"

⑨临川：北宋政治家、文学家、思想家王安石，字介甫，号半山，抚州临川（今江西抚州）人，封荆国公，世称荆公。眉山：北宋文学家、书画家苏轼，字子瞻，眉州眉山（今属四川）人。象山：南宋哲学家、教育家陆九渊，字子静，自号存斋，抚州金溪（今属江西）人。曾结茅讲学于象山（在今江西贵溪西南），学者称象山先生。龙川：南宋文学家、思想家陈亮，字字甫，学者称龙川先生，婺州永康（今属浙江）人。东莱：南宋哲学家、文学家吕祖谦，字伯恭，学者称东莱先生，婺州（今浙江金华）人，金华学派主要代表。永嘉：南宋哲学家叶适，字正则，温州永嘉人，学者称水心先生。夹漈（jì）：南宋史学家郑樵，字渔仲，自号溪西逸民，学者称夹漈先生，兴化军莆田（今福建）人。不应科举，居夹漈山上，为学三十年。学识渊博，广涉礼乐、文字、天文、地理、草木、虫鱼之学。

⑩归趋：趋向。

⑪圣经：指儒家经典。《新唐书·艺文志一》："自孔子在时，方修明圣经，以绌缪异。"

⑫秦对岩：纳兰友人秦松陵。朱竹垞：清代文学家、学者朱彝尊，字锡鬯，号竹垞，晚号小长芦钓鱼师，秀水（今属浙江嘉兴市）人。

⑬漫漶（huàn）：模糊不可辨别。卒读：尽读，读完。

⑭座主：唐宋时进士称主试官为座主。至明清，举人、进士亦称其本科主考官或总裁官为座主，或称师座。唐李肇《唐国史补》卷下："（进士）互相推敬谓之先辈。俱捷谓之同年。有司谓之座主。"徐先生：这里指徐乾学。

⑮捐赀：私人或团体出资金办理或资助公共事业。

子夏易传序

汉《艺文志》：《易》十三家，无所谓《子夏传》者。隋、唐志始有《卜夏传》二卷，云已残缺。今书十一卷，首尾完具。盖后人之书，托言卜商者也①。案古《易》上、下二篇，惟文、周之象、爻，而孔子所系之辞，则别名曰《传》，谓之《十翼》②，各自为书，不相联属。今本象、爻之下即系以孔子之传，如今所行王弼本③，其非古《易》也明矣。陈氏谓李鼎祚、陆德明所引用皆不见是书④，则亦岂隋唐所载之旧哉！《崇文总目》虽疑之而未能确指为何人⑤，晁景迂始以为唐张弧作。弧尝著《易王道小疏》⑥，或即此书未可知也。唐人经解存于世者，于《易》，惟李鼎祚之《集解》；《诗》，成伯瑜之《指说》⑦；《春秋》，陆淳之《纂例》

《辨疑》《微旨》三数种⑧。若长孙无忌之《要义》⑨，则约《正义》而为之者。其他未见也。然则是书虽近而不笃，又岂可使无传也哉！弧尝官试大理评事，别有《素履子》三卷⑩，见道家。

【笺注】

①子夏：姓卜，名高，字子夏，孔子后期的著名弟子，才思敏捷，以文学著称。

②《十翼》：《易》的《上彖》《下彖》《上象》《下象》《上系》《下系》《文言》《说卦》《序卦》《杂卦》十篇，相传为孔子所作，总称"十翼"。翼，辅助。

③王弼：三国时期魏玄学家，字辅嗣，注《易》偏重哲理阐发，一扫汉代经学烦琐之风，著有《周易注》《周易略例》。

④李鼎祚：唐朝中后期人，生平不详，官至殿中御史。代宗登基后，献《周易集解》。陆德明：唐朝经学家、训诂学家，名元朗，以字行，撰《经典释文》，是研究中国文字、音韵及经籍版本、经学源流等的重要参考书。

⑤《崇文总目》：北宋景祐中王尧臣等编辑。"崇文"指崇文院，为当时宫廷藏书处。全书六十六卷，著录藏书三万零六百六十九卷。原本已佚。清代纂修《四库全书》时，据天一阁所藏不完整抄本及《永乐大典》引文辑为十二卷。后经钱东垣、钱侗等续辑并考释，编成五卷，补遗一卷，为今通行本。

⑥《易王道小疏》：《周易上经王道小疏》，共五卷。

⑦《指说》：《毛诗指说》，共一卷。

⑧《纂例》《辨疑》《微旨》：分别指《春秋集传纂例》《春秋集传辨疑》《春秋微旨》，唐经学家陆淳撰。陆淳，字伯冲，后改名质，吴郡（今江苏苏州）人，开启宋儒怀疑经传的风气。

⑨长孙无忌：唐初大臣，字辅机，河南洛阳人。奉命与律学之士对唐律逐条解释，成《唐律疏议》三十卷，另有《周易要义》十八卷。

⑩《素履子》：唐张弧撰，以《履道》《履德》《履忠》《履孝》等名分目，凡十四篇。

三衢刘氏易数钩隐图序

三衢刘氏《易解》，晁氏《读书志》一十五卷，《崇文书目》载《新注》十一卷。今之存者，《易数钩隐图》三卷及《遗论九事》一卷而已①。刘氏之易，传于范谔昌。谔昌自谓其学出于李处约、许坚，二子实本于种放者也。其为图采摭天地奇耦之数成之②，释其义于下，凡五十有五。李觏删之③，止存其三，以为彼五十二皆疣赘④，穿凿破碎，鲜可信用。然当庆历初吴秘献之于朝⑤，有诏优奖。当其时，田况序其书，秘之《通神》⑥。黄黎献之《略例》《隐诀》⑦，徐庸之《易缊》，皆本刘氏。逮鲜于侁稍辨其非⑧，其后论易者交攻之。而以九为《河图》⑨，十为《洛书》⑩，宋之群儒恒主其说，自蔡元定之论出⑪，朱子取之，于是人不敢异议。然朱子之言曰："安知图之不可为书，书之不可为图？”朱子盖未尝胶执己见也^⑫。然则刘氏之书，固宜并存焉而不可废者已。

【笺注】

①晁氏《读书志》：晁氏，晁公武，南朝藏书家，字子止，巨野（今属山东）人。家藏书共有二万四千五百多卷，校雠异同，论述大旨，编成《郡斋读书志》，为宋代著名的提要目录。《崇文书目》：《崇文总目》，北宋景祐中王尧臣等编辑。崇文，即崇文书院，为北宋宫廷藏书处。全书六十六卷，著录藏书三万零六百六十九卷。原本已佚，后经钱东垣、钱侗等续辑并考释，编成五卷，补遗一卷，为今天的通行本。《易数钩隐图》《遗论九事》：北宋刘牧撰。

②采摭（zhí）：采集摘录。

③李觏：北宋思想家，字泰伯，南城（今属江西）人。南城在盱江边，学者称盱江先生。

④疣赘：皮肤上生的瘊子。比喻多余的、无用的东西。

⑤吴秘：北宋人，著有《周易通解》五卷，经太玄参政孙忭推荐，上奏皇室，列为珍贵藏书。

⑥《通神》：《周易通神》。

⑦《隐诀》：《室中记师隐诀》。

⑧鲜于侁：北宋人。著有《诗传》《易断》。

⑨《河图》：儒家关于《周易》卦形来源的传说。《书·顾命》："大玉、夷玉、天球、河图，在东序。"孔传："伏牺王天下，龙马出河，遂则其文以画八卦，谓之'河图'。"

⑩《洛书》：儒家关于《尚书·洪范》"九畴"创作过程的传说。《书范》："天乃锡禹洪范九畴，彝伦攸叙。"孔传："天与禹，洛出书。神龟负文而出，列于背，有数至于九。禹遂因而第之以成九类常道。"

⑪蔡元定：南宋理学家、律学家，字季通，学者称西山先生，朱熹弟子。

⑫胶执：固执，坚持。

同州王氏易学序

　　王氏湜《易学》一卷，《文献通考》载其名，又述晁氏之论，称湜为同州人，而不言生于何世。考书中语，约略在南渡前①。其自为之序曰："予平生喜易，晚得邵康节易学②，喜不自禁。昼夜覃思③，未尝暂舍。"又曰："愚于《观物篇》之所得④，既推其所不疑，又存其所可疑，不敢轻其去取故也。"绎其辞，盖研精邵子之学而不欲自异者矣。西山蔡氏以十为《河图》⑤，九为《洛书》，称系邵子之说。然邵子第言："圆者《河图》之数，方者《洛书》之文。"以数之体言之，则奇为圆而偶为方也。今王氏之学，一本邵子而主《河图》九数。又魏华父论精通邵学者数朱子发⑥，亦以九为图而十为书。予未能阐图书之奥义也，序其端以见昔人所以说邵易者如此。

【笺注】

①南渡：南迁。宋高宗在徽、钦二帝被俘后在南京（今河南商丘）即位，随后南迁扬州，继而渡长江，迁于南方建都临安（今浙江杭州），史称南渡。《宋史·孝宗纪赞》："高宗以公天下之心，择太祖之后而主之，乃得孝宗之贤，聪明英毅，卓然为南渡诸帝之称首，可谓难矣哉。"

②邵康节：北宋哲学家邵雍，字尧夫，谥康节。隐居苏门山百源之上，后人称为百源先生。理学象数学派的创立者。根据《易传》关于八卦形成的解释，掺杂道教思想，制定宇宙构造图式和学说体系，以推衍解说自然和人事变化。

③覃思：深思。

④《观物篇》：邵雍的《观物内篇解》二卷和《观物外篇》六卷。

⑤西山蔡氏：南宋理学家蔡元定。

⑥朱子发：北宋、南宋之际的学者朱震，字子发。

朱氏汉上易传并易图丛说序

  荆门朱子发以赵元镇之荐①，入论易殿中，称帝意，除祠部员外郎②。及迁秘书少监，告词敷以否泰之义③。其后以起居郎兼资善堂替读④，则申以山下出泉为喻。集传之作，命尚方给纸札⑤。而林儵上所著《易说》，有诏俾其详问。当时学易之醇深⑥，莫有远过之者，故其告词多以易为喻。受知于主，不可谓不遇矣。书成日，表上于朝，自言由政和迄绍兴十有八年，造次不舍。上采汉、魏、吴、晋，下逮有唐及今，包括异同，补苴罅漏⑦，盖若是其勤且博也。

【笺注】

  ①朱子发：南宋学者朱震，字子发，荆门军（今湖北荆门）人，一说邵武（今属福建）人。徽宗政和进士，曾任秘

书少监兼侍讲、左朝奉大夫等，世称汉上先生。以象数学为《易》学正统，提出宋代《易》学传授系统，把程颐、程颢、张载列入传系，以华山道士陈抟为传系创始人。赵元镇：南宋初大臣赵鼎，字符镇、元镇。

②祠部：三国魏尚书有祠部曹，掌礼制，历代因之。北周始改为礼部。隋唐别置祠部曹，属于礼部，掌祠祀、天文、漏刻、国忌、庙讳、卜祝、医药等，及僧尼簿籍。宋元迭有变革，明改为祠祭司。祠部郎中是祠部长官，员外郎为副长官。

③告词：告身文辞。宋赵升《朝野类要·余纪》："告词：有四六句者有直文者，并书于告轴。然侍从以上，须是四六句行词。"否泰：《易》的两个卦名。天地交，万物通谓之"泰"；不交闭塞谓之"否"。后常以指世事的盛衰，命运的顺逆。

④资善堂：宋皇子读书处。宋大中祥符八年（1015），仁宗为皇子时始置。

⑤纸札：纸张。

⑥醇深：淳厚，精深。

⑦补苴（jū）：补缀，缝补。汉刘向《新序·刺奢》："今民衣敝不补，履决不苴。"引申为弥补缺陷。罅（xià）漏：疏漏，遗漏，漏洞。

元袁学士伯长谓："易以辞象变占为主①，王辅嗣出，一切理喻，汉学几于绝熄。尧夫、子发始申言之，后八百年而始兴者也。"所以推崇子发者，亦至矣乎！今则罕有刊其书以行者，可慨已！高宗之告词曰："朕惟否、泰二卦论君子、小人消长之理甚明。或谓消长系乎时数，此大不然。上下交而志同，于时为泰，故君子以其汇征②。上下不交而天下无邦，于时为否，故君子以俭德避难而已。"观其幸学，讲泰卦，张魏公入朝则书否、泰二卦赐焉③，未尝不审于阴阳消长、君子小人进退之机④，而反覆绅绎⑤，顾卒退元镇，俾小人得进，何欤？善乎魏公之言曰："否、泰之理，起于人君一心之微。一念之正，其画为阳，泰自是而起。一念之不正，其画为阴，否自是而起矣。"子发之传亦云："时已泰矣，苟轻人才、忽远事、植朋党、好恶不中，不足厌服人心，天下复入于否。"又云："天地反复之际，小人必因君子有危惧之心，乘隙而动。"皆切中南渡君臣之病者，吾故表而著之，书以为序。

【笺注】

①袁伯长：元文学家袁桷，字伯长，少从戴表元、王应麟、舒岳祥游，博览典籍，熟习掌故，长于考据。

②汇征：《易·泰》："初九：拔茅茹，以其汇，征吉。"

孔颖达疏："汇，类也，以类相从……征，行也。"后谓连类而进。

③张魏公：南宋大臣张浚，字德远，汉州绵竹（今属四川）人，力主抗金，反对议和，封魏国公，著有《中兴备览》等。

④阴阳消长：指对立的阴阳双方的量和比例不是一成不变的，而是处于不断的增长或消减的运动变化之中。《国语·越语》："阳至而阴，阴至而阳，日困而还，月盈而匡。"

⑤绅绎：引出端绪，引申为阐述。《汉书·谷永传》："燕见绅绎，以求咎愆。"颜师古注："绅绎者，引其端绪也。"

周易义海撮要序

宋熙宁间，蜀人房审权集汉郑康成以下至王介甫易说凡百家①，择取专明人事者，编为百卷，曰《周易义海》。至绍兴中，江都李衡删其重叠冗琐，又益以伊川、东坡、汉上易传为《撮要》十卷，而以群儒杂论附焉。自汉以来，说经者惟易义最多。隋《经籍志》凡六十九部，唐志增至八十八部，宋志则二百一十三部，然今之传者盖罕矣。唐李鼎祚合三十五家易说为《集解》，遗文坠简②，藉之得见指归。而《义海》一编，克能表章百家之说，惜乎全书之不可复睹也。衡，字彦平，宣和末入辟雍③，乾道中官秘阁修撰④，寻除侍御史，改起居郎。时张说以外戚为节度使，给事中莫济不书敕，翰林周必大不草制，衡与右正言王希吕相继论奏⑤，同时去国，士子为《四贤诗》以纪之。其后徙昆山，聚书万卷，号所居曰乐庵。其为学以《论语》为本，盖有得于洛人赵孝孙之说。孝孙之父，受业于伊川者也。李氏《集解》一刻于明宗正灌甫，再刻于海盐胡氏，三刻于常熟毛氏，而是编未有刊行者，乃勘其舛误而镂诸版。

【笺注】

①郑康成：东汉经学家郑玄，字康成，以古文经说为主，兼采今文经说，遍注群经，为汉代经学的集大成者，世称"郑学"。王介甫：王安石，字介甫，号半山。

②遗文坠简：同"遗编断简"。指散佚而残缺不全的典籍。宋吕大临《〈考古图〉后记》："虽遗编断简，仅存二三，然世移俗革，人亡书残，不复想见先王之绪余。"

③宣和：宋徽宗年号（1119—1125）。辟雍：辟，通"璧"。本为西周天子所设大学，校址圆形，围以水池，前门外有便桥。东汉以后，历代皆有辟雍，除北宋末年为太学之预备学校外，均为行乡饮、大射或祭祀之礼的地方。汉班固《白虎通·辟雍》："天子立辟雍何？所以行礼乐宣德化也。辟者，璧也，象璧圆，又以法天，于雍水侧，象教化流行也。"

④乾道：宋孝宗年号（1165—1173）。

⑤衡与右正言王希吕相继论奏：《宋史·张说传》卷四百七十："张说，开封人……说受父任为右职，娶寿圣皇后女弟，

由是累迁知阁门事。……八年（1172）二月，复自安远军节度使提举万寿观，签书枢密院事。侍御史李衡、右正言王希吕交章论之，起居郎莫济不书录黄，直院周必大不草答诏，于是命权给事中姚宪书读行下，命翰林学士王曮草答诏，未几，曮升学士承旨，宪赠出身，为谏议大夫。"此事亦载《宋史·李衡传》卷三百九十。

赵氏复斋易说序

严陵赵子钦，宋宗室子，仕为宁海军节度推官，当时目为复斋先生者也。《易说》六卷，朱子寓书嘉其用意精密[①]，而门人喻仲可传之，郡守许兴裔刊之。兴裔谓其体察也精，推研也审，深窥爻象之变。仲可称其师则曰："探赜钩深[②]，简严精切，他人千百言不能该者，约以数语。"盖卓然可传者也。子钦尝著《广杂学辨》，朱子每语学者，以为近世未有。至士冠礼昏礼馈食图，朱子见而作通解。及先生之殁，朱子哭之，恸曰："赵丈为人，今岂易得？"当日荐先生于朝者，彭忠肃龟年、薛文节叔似、孙献简逢吉；而其平生交最契者，赵忠定汝愚、吕忠公祖俭。观其友，可以信先生之为人。诵其友之言，可以证先生之学术。虽其论易间与朱子不同，然可云笃志于道者已。

【笺注】

①寓书：寄信，传递书信。

②探赜（zé）：探索奥秘。《易·系辞上》："探赜索隐，钩深致远，以定天下之吉凶，成天下之亹亹者，莫大乎蓍龟。"孔颖达疏："探谓窥探求取，赜谓幽深难见。卜筮则能窥探幽昧之理，故云探赜也。索谓求索，隐谓隐藏。"钩深：探索深奥的意义。

纳兰性德全集

谷水林氏易裨传序

朱子门人易义有成书者，瓜山潘氏，槃涧董氏，谷水林氏。潘之《集义》，董之《师训》，予皆未之见。所见者，林之《裨传》三篇而已。其言曰："易之道，变通不穷。得其一端，皆足以为说。"是亦善易者之言也。独怪鄱阳董季真会通经传①，集诸家易义，从游朱子者凡七十五人，而林氏顾不与焉，盖有不可解者。迨元至正间，嘉兴路总管刘贞、教授陈泰始刊之于郡学，而曩之雕本今又不可得矣。乃复镂板，以广其传焉。林氏名至，字德久，淳熙中以太学上舍释褐，官秘书省。潘氏名柄，字谦之。董氏名铢，字叔重。

【笺注】

①会通:《新元史·董真卿传》卷二百三十五:"董真卿,字季真,江西鄱阳人。父鼎,字季亨,私淑朱子门人黄幹……家学,复受业于胡一桂、熊禾。著《周易会通》十四卷。"

吴氏易图说序

　　《古易》一册，附以《易图说》三卷，宋河南吴仁杰斗南父著。易上、下二篇，盖伏羲所画之卦，文王所演之象，周公所系之爻辞而已。孔子《十翼》本自为书，后人欲便学者习读，始分附彖、象传于各卦、爻之下，而古初之经遂乱而不可识。宋之吕微仲、晁以道、吕伯恭及睢阳王氏、九江周氏咸有所更定，亦人各不同。仁杰则以为，易上、下经而外，孔子之传卦象者，当曰《彖传》；传大象者，当曰《象传》；传爻辞者，当曰《系辞传》。而今之《系辞》二篇，当总名《说卦》，即汉河内女子所献三篇也。故析为《彖传》《象传》各一篇，《系辞传》上、下二篇，《说卦》上、中、下三篇，《文言》《序卦》《杂卦》各一篇，凡十篇，而《古易》复完。又以卦必有变，极其变，则每卦可为六十四爻之动者，则占对卦；爻之不动者，则占覆卦。对卦亦谓之变卦。变者用九、六，不变者用七、八。又言伏羲所画之☰，☰即乾字，☷，☷即坤字，他卦皆然，不必更著卦名。与所论乾坤用九、用六之义最精详，具于所订《古易》之后。而《易图说》者，则演之为图以明其旨者也。是二书固相辅而行者与！仁杰古易本十二卷，今本止举其略而集诸家所订于后。考张昶《吴中人物志》，仁杰有《集古易》，盖此书也。仁杰本昆山人，其称河南者，举其郡望。登淳熙进士，累官国子学录，尝讲学朱子之门。他所著如《乐舞新书》《盐石新论》《两汉刊误补遗》《离骚草木虫鱼疏》，世多有存者。

周易启蒙通释序

　　《周易启蒙通释》二卷，宋婺源梅里胡方平著。方平，字师鲁，世所称玉斋先生，而双湖胡一桂庭芳父也。朱子之为启蒙，盖发明象数，为读本义者设。玉斋之《通释》，则因启蒙以发明本义者也。其言曰："本义阐象数理义之原，示开物成务之教[①]。象非卦不立，数非蓍不行[②]。象出于图书而形于卦画，则上足以演太极，而易非沦于无体。数衍于蓍策而达于变占，则下足以济生人之事，而易非荒于无用。易之要领，孰大于是？明乎此，则本义一书如指诸掌也。"盖其沉潜反覆研精易旨者二十余年，始成是书，故其见之精卓若此。其生平易学本于介轩董梦程[③]，复师毅斋沈贵瑶。二君皆饶之德兴人，介轩故受易于勉斋黄榦[④]，又为槃涧董铢之犹子，宜其渊源有自来也。是书新安旧有

椠本⑤，今已不可得。此本为元建阳刘泾
所梓，有泾及熊禾去非序。泾字楫之，云
庄文简公熵后人⑥。

【笺注】

①开物成务：指通晓万物的道理并依循这道理行事而得到
成功。《易·系辞上》："夫《易》，开物成务，冒天下之道，
如斯而已者也。"孔颖达疏："言《易》能开通万物之志，成
就天下之务。"

②蓍（shī）：草名。多年生草本植物，一本多茎，可入
药，古代常用它的茎占卜。《诗·曹风·下泉》："冽彼下泉，
浸彼苞蓍。"朱熹集传："蓍，筮草也。"

③董梦程：南宋理学家董铢之子，字万里，号介轩，学者
称介轩先生。传承朱子学说的徽系学者，开创介轩学派，对宋
元学风影响颇大。

④黄榦：南宋理学家，字直卿，号勉斋，朱熹弟子。

⑤椠（qiàn）本：刻本。

⑥云庄文简公熵：南宋大臣、理学家刘熵，字晦伯，学者
称云庄先生。

周易玩辞序

宋江陵项平甫先生，光、宁两朝以直谏著声。庆元中，坐党籍罢官^①，杜门著书，为《周易玩辞》十六卷，发挥卦爻，抉摘精蕴^②。其意以为，辞者，象之疏也；玩辞者，读易之法也。不玩其辞而知其象，不知其象而能观变玩占以尽人合天者，未有也。其言苞举天人^③，兼该理数学者，探索之不尽。其书盛行于宋季，迨元大德中，淮西廉访佥事干玉伦徒常刻于齐安，而马贵与、虞伯生为之序^④。数百年来，传本渐稀。近得善本于吾师东海先生，因重校而梓之。古今言易者，奚啻数百家^⑤，然自注疏外，惟程朱传义为世所传习。平甫自言读程三十年，而又尝问学于朱子，与之往复辩论，故其书独得理要。陈直斋谓程传一于言理，尽略象数，而此书未尝偏废。程氏于小象颇欠发明，而此书爻象尤贯通。又谓其遍考诸家，断以己意，诚精博，不其然哉！吴草庐为学得力于《易》⑥，自注疏、程、朱外，惟取是书及蔡节斋训解⑦，则是书之宜辅传义而行也审矣，可不急为传之乎！干玉伦徒者，北庭人。虞伯生称其好古博雅，学道爱人，其人可想见。于以见有元一代缙绅士大夫通经慕古⑧，宋世之风规未尝坠也。

【笺注】

①党籍：指党人的名籍。宋哲宗元祐元年至七年（1086—1092），高太后临朝听政，起用反对王安石变法的守旧派官僚，恢复旧制，这批人被称为元祐党。元祐八年（1093），哲宗亲政，重行新法；徽宗崇宁元年（1102），新派人物蔡京为相，籍元祐反新法诸臣自司马光、文彦博而下一百二十人，等其罪状，立碑于端礼门，后增至三百零九人，又立碑于朝堂。

②抉摘：抉择，择取。

③苞（bāo）举：统括，全部占有。苞，通"包"。

④马贵与：宋元之际史学家马端临，字贵与，著有《文献通考》。虞伯生：元文学家虞集，字伯生，号邵庵、道园，著作宏富，为有元一代之冠。

⑤啻：仅，止。常用在表示疑问或否定的字后，在句中起

连接或比况作用。

⑥吴草庐：宋元之际学者吴澄，字幼清，因所居草屋，程钜夫题曰"草庐"，故学者称草庐先生。

⑦蔡节斋：南宋理学家蔡渊，号节斋，著有《周易训解》。

⑧缙绅：插笏于绅带间，旧时官宦的装束。这里借指官员。《汉书·郊祀志上》："其语不经见，缙绅者弗道。"颜师古注："李奇曰：'缙，插也，插笏于绅。'……字本作搢，插笏于大带与革带之间。"

东谷郑先生易翼传序

《易》之教失而为卜筮之书，以流于阴阳占验之术①。王辅嗣曰②："互犹不足，遂及卦变。变又不足，推致五行。一失其原，巧愈弥甚。"故其注《易》，端务明理，自谓有得于言象之表。然其失也，祖述老庄，谓有从无出，理寓于无，易以垂教，本备于有，是知有无之截然为两。而不知体用一源，显微无间之原无二致也，于是心迹始判，学术、事功纷然驳杂矣。或者不安于浅近，而徒索之于无。其弊也，不至糟粕诗书，土苴仁义③不止。程氏有忧之作为易传，一以玩辞为主④。其言曰："得于辞，不达其意者有矣，未有不得于辞而能通其意者也。故不涉于象数，象与占在其中矣。不落于有无，性命幽明之理著，事物情尽，而开物成务之道备矣。"朱子谓其用意精密，道理平正，尚疑其举三百八十四爻尽属之于人身，于作易之意有所未尽。且其间义理多伊川所自发⑤，与经文隔膜，所以读者难于贯穿。而程子亦自云："成书旋复修补，期于七十，其书始出。"又曰："吾于此书，止说得七分，后人更须自体究。"其不敢自信如此。此东谷郑氏舜举翼传之所以作也⑥。舜举自序其所得于伊川者，由体用显微之旨，而于其中犹不能以无疑。疑斯辨，辨斯明，凡伊川之隐而未发者，莫不尝其窾綮⑦，尽其节目，融会贯通而出之，然后确乎其有以自得也。夫明经者，必博观众家之说，折衷其是，以定一宗，故其理可明而异说不得以惑。则是书之作，虽不足以尽易，其有功于易也多矣，况于程氏之书也哉！予故特梓之以广其传。

【笺注】

①占验：逐一查对检验。

②王辅嗣：三国魏玄学家王弼，字辅嗣，少年即享高名，好谈儒道，辞才逸辩，与何晏、夏侯玄等同开玄学清谈风气。其注《易》偏重哲理，扫除汉代经学烦琐之风。

③土苴：渣滓，糟粕。比喻微贱的东西。犹土芥。《庄子·让王》："道之真以治身，其绪余以为国家，其土苴以治天下。"陆德明释文："司马云：土苴，如粪草也。李云：土苴，糟魄也，皆不真物也。"

④玩辞：玩味词义。《易·系辞上》："是故君子居则观其象而玩其辞，动则观其变而玩其占。"

⑤伊川：程颐，字正叔，学者称伊川先生，洛阳（今属于河南）人。和兄程颢学于周敦颐，并同为北宋理学的奠基者，世称"二程"。著作有《易传》《颜子所好何学论》等。

⑥东谷郑氏：郑汝谐，字舜举，号东谷居士。

⑦窾（kuǎn）綮（qǐ）：筋骨结合处，比喻要害或关键。

三易备遗序

　　《周礼》：太卜掌三易之法，一曰《连山》①，二曰《归藏》②，三曰《周易》。其经卦皆八，其别皆六十有四。杜子春注曰③："连山，虙戏，归藏④，黄帝。"合周易为三代之书。《连山》首艮，夏用之；《归藏》首坤，商用之；《周易》首乾，周用之。孔子叹杞宋无征⑤，于杞得夏时，于宋得坤乾，康成注以夏时为夏四时之书⑥，其存者有《小正》⑦，《坤乾》，商阴阳之书，其存者有《归藏》。考班固《艺文志》，《归藏》不著于录，康成何从得之？毋亦张霸古文尚书之流乎⑧？隋志有薛贞注《归藏》十三卷，至唐已亡。别有司马膺注。又有《连山》十卷。宋《崇文总目》独存《归藏》，《初经》《齐母》《本蓍》三篇，间见诸书所引，颇类诸子百氏之语。愚窃以为太卜之

所掌者，三易之筮法，镟人掌三易以辨九
镟之名，但有端龟命蓍、吉凶悔吝之兆⑨，
原无象、爻所系之辞。孔子所得，或出献
老口授，非有成书，故后世无传。否则秦
政禁书，二易当以卜筮得存，不应不见于
西汉也。宋东嘉朱日华氏精心象数之学，
以为天下有亡书，无亡言。因夏时坤乾之
言，即河洛先、后天之图，推五行生成，
以明五十五图之为洛书，述连山象数图以
备夏易之遗；推五行纳音以明四十五数之
为河图⑩，述归藏象数图以备商易之遗；
因先天、后天之体用即象数之合，以证羲
文之合⑪；以繇爻象象之辞证互体⑫，演
反对互体图例，以备周易之遗。而首之以
河图洛书之辨，凡为书十卷。日华中嘉定
辛未武科，官承节郎，差处州、龙泉、遂
昌、庆元及建宁、松溪，政和巡检。家则
堂提刑两浙，见其书，异之。因进于朝，
请收之冗散之役，处以校雠之任。时为咸
淳八年之夏。未三年，纪元德祐，不及收
用，徒录其书于后省，而宋社屋矣⑬。其
子士可、士立先后补成，乞序于同邑林千

之以传之。父子用心于是书，可谓勤矣。日华名元升，温之平阳人。士可登开庆己未武科。千之字能一，举宝祐癸丑进士，官编修。林霁山赠之以诗[14]，有"大雅凋零尚此翁"句，盖宋之遗老也。

【笺注】

①《连山》：古《易》名。《周礼·春官·大卜》："掌三易之法，一曰《连山》，二曰《归藏》，三曰《周易》。"贾公彦疏："其卦以纯艮为首，艮为山，山上山下是名连山，云气出内于山，故名《易》为《连山》。"

②《归藏》：三《易》之一，相传为黄帝所作。《周礼·春官·大卜》："掌三《易》之法，一曰《连山》，二曰《归藏》，三曰《周易》。"贾公彦疏："此《归藏易》，以纯坤为首，坤为地，故万物莫不归而藏于中，故名为《归藏》也。"

③杜子春：东汉经学家。西汉末从刘歆受《周礼》。

④虙（fú）戏：伏羲。《诗·陈风序》"陈谱"毛传："陈者，太暤虙戏氏之墟。"孔颖达疏："虙戏即伏牺，字异音义同也。"

⑤杞宋无征：资料不足，不能证明。《论语·八佾》："夏礼吾能之，杞不足征也；殷礼吾能言之，宋不足征也。文献不足故也。足，则吾能征之矣。"

⑥康成：郑玄。东汉末年经学大师，字康成。

⑦《小正》：《夏小正》，中国最早的物候专著。原为《大戴礼记》第四十七篇，后为单行本。出自先秦，共包括动植物

物候现象六十八条、气象现象七条、农事和畜牧十一条，除二月和十二月外，每月均有定季节的星象。

⑧张霸：东汉大臣。师从樊儵。博通五经。

⑨悔吝：灾祸。《易·系辞上》："悔吝者，忧虞之象也。"

⑩纳音：古以五音（宫、商、角、徵、羽）十二律（黄钟、太簇、姑洗、蕤宾、夷则、无射、大吕、夹钟、仲吕、林钟、南吕、应钟）相合为六十音，与六十甲子相配合，按金、火、木、水、土五行之序旋相为宫，称为纳音。参阅宋沈括《梦溪笔谈·乐律一》、清钱大昕《纳音说》。

⑪羲文：伏羲氏和周文王的并称。《后汉书·班固传下》："今论者但知诵虞夏之《书》，咏殷周之《诗》，讲羲文之《易》。"李贤注："伏羲画八卦，文王作卦辞。"

⑫繇（zhòu）：通"籀"。古时占卜的文辞。《左传·闵公二年》："成风闻成季之繇，乃事之而属僖公焉。"杜预注："繇，卦兆之占辞。"互体：《易》卦上下两体相互交错取象而成之新卦，又叫"互卦"。

⑬社屋：犹社庙。社与宗庙。《宋书·武帝纪论》："晋自社庙南迁，禄去王室，朝权国命，递归台辅。"

⑭林霁山：南宋诗人林景熙，字德阳，号霁山，入元不仕。其诗感怀故旧，追念宋室，风格凄怆。

丙子学易编节本序

　　《丙子学易编》，宋陵阳李心传微之著。本十五卷，此仅一卷，盖元俞琰石涧节本也①。微之之父舜臣常著《易本传》三十三卷，洪景卢为之序②。微之本父书，并采王弼、张载、程颐、邵雍、朱熹诸家而成是编。阅其序目，大抵以象占为主，尽扫虚无穿凿之缪。盖有功于易道者，惜不得见其全也。其书之成，仅二百八十日，是为宋嘉定九年，岁在丙子，故曰《丙子学易编》。石涧借全编于书肆而手钞之，自云寒天短晷③，老目昏霿④，并日而录其可取者。盖时年已七十余，可谓老而好学也矣。

【笺注】

　　①俞琰：宋末元初道教学者，号石涧道人，刻苦研《易》

三十余年。

　②洪景卢：南宋文学家、学者洪迈，字景卢，别号野处。

　③短晷：日影短。谓白昼不长或将尽。晷，日影。《文选·潘岳〈秋兴赋〉》："何微阳之短晷，觉凉夜之方永。"张铣注："短晷，谓日景已短，觉其夜长。"

　④霿（méng）：晦暗。

赵氏易叙丛书序

《周易辑闻》六卷、《易雅》一卷、《筮宗》三卷，合名之曰《易叙丛书》，宋户部侍郎赵汝梅所著。汝梅者，商恭靖王元份七世孙，资政殿大学士、天水郡公善湘之子也。善湘于群经皆有撰述，而于《易》则有《约说》八卷、《或问》四卷、《指要》四卷、《学易读问》八卷、《学易补过》六卷。汝梅自序其书，谓受《易》于父，盖六易稿而传之者。惜乎丛书在而善湘之经义无存，父子著书则同，而传不传，信有幸不幸也。汝梅以宗室子为宰相史弥远女婿，顾能谦抑自修，研精易象，又以余暇引致黄问、黄中、吴仲孚诸人诗篇唱和，其风流儒雅，犹可想见。至晚岁用理财进，虽历朣仕而失士誉①。然则善《易》者，必明乎进退得丧之理而审择焉，庶几可以动而无悔也矣！

【笺注】

①膴（wǔ）仕：高官厚禄。《诗经·小雅·节南山》："琐琐姻亚，则无膴仕。"

水村易镜序

　　《水村易镜》一卷，宋莆田林光世著。光世，字逢圣，敕令所删定林霆曾孙[①]。靖康初，霆叔冲之被命使金，是时霆为乌江丞，三上书请代往，不报，冲之竟执节死，事具《宋史》本传。霆博学，深象数，与郑樵为金石交[②]。光世渊源家学，遍览藏书，因《易》十三卦取法乾象者，著为图说，以明圣人仰观之义，名曰《易镜》。淮东漕黄汉章上其书于朝，理宗览而惊异，以为先儒所未发，命有司以礼津遣赴阙[③]，由布衣授史馆检阅，迁校勘，历将作丞，知潮州。数迁，得提举浙东常平茶盐。进嘉言二十篇，赐进士出身，召拜司农少卿兼史职。俄而去食祠，复起，知隆兴府。以言者寝新命，遂用朝请大夫，知秘阁归老。林氏世多忠节，冲之子郁官福建茶司，遇乱，骂贼死。霆兄震知镇江府，力攻蔡京、卞兄弟，有声崇宁、大观间，霆与秦桧同登进士，不附和议，常责桧曰："公何忍置二帝万里外博一宰相？"故莆人谓之忠义林氏。光世之擢官也，以趣贾似道进师还朝被劾而去④。岂亦为似道所恶，故不安其位邪？今不得而考矣。所进嘉言，理宗比之杨万里《千虑策》，手书"水村"二字赐之。光世因作亭于莆之嵝山，以彰其宠。吁！岂非布衣稽古之至荣欤！

【笺注】

①敕令所删定：宋代官名，八品。敕令所为编纂整理各种行政命令的机构。删定官即校对员。

②金石交：比喻坚贞不渝的友情。

③津遣：资助遣送。

④贾似道：南宋台州天台（今属浙江）人，字师宪。少时游博无行，因姐为理宗宠妃，遂得进用。度宗时封太师、平章军国重事。专权多年，大政出于其在西湖畔的私宅中。德祐元年（1275）被迫出兵抗东下之元军，兵败，被革职放逐，为监送人杀死。

文公易说序

　　自文公《本义》出①，而《易》道大明，久为天下学士所服习②。然而公论《易》之精义微言，见于同时之论难与及门弟子之辨说者，不一而足。又或著为文章，发之歌咏，间有可以阐羲文之秘，抉周孔之奥者③，虽文集语录各有成编，然以简帙重大④，学者或未能周览。且丛见杂出，非汇而归于一，亦无由得其要领也。公孙子明绍承家学⑤，取文集语类汇而茸之，首之以河洛、太极、两仪、四象、八卦、重卦与乾坤之要指，次取论上、下二篇之策与《十翼》之言，而终之以卜筮与蓍卦考误，正郭子和之失者。及凡注疏，欧、苏参同及麻衣心法之类⑥，靡不着其得失，明其归趣，使学者知所从违而不惑于群言之淆乱。信如杨东里所云⑦："学《易》之士，不可无之书也。"其后董正叔、胡庭芳、董真卿亦缘子明之意而各为附录，篡注诸书，然或不专取朱子之言。若自为一书，且采之博而择之精，惟是书为优。子明名鉴，文公长子塾之子，以荫补迪功郎，官至奉直大夫、湖广总领，居建安紫霞洲。文公子孙居建安者，自子明始。

【笺注】

①文公《本义》：朱熹所著《周易本义》。朱熹卒后，追谥文公。朱熹的著述后世编纂有《朱文公文集》。

②服习：犹习惯，适应。

③羲文、周孔：分别为伏羲和周文王，周公和孔子的并称。

④简帙：书卷，书页。

⑤绍承：继承。

⑥麻衣：麻衣相法。相书、相术名，后人假托传说中的麻衣道者作。

⑦杨东里：杨士奇，明江西泰和人，名寓，字士奇，以字行，号东里，历永乐、洪熙、宣德、正统四朝内阁，长期辅政。著有《东里文集》《历代名臣奏议》等。

王巽卿大易缉说序

《易》之为书，广大悉备，不可以一端尽也。故自汉以至宋，言《易》者凡七百家。有宋而后，为书益夥。朱氏《授经图》、焦氏《经籍志》所载①，几备矣，乃巽卿是书，独遗而不录。文渊阁书目中亦失之。近始得于藏书之家。其书前为《图说论辩》二卷，后为《解说》八卷，而总名之曰《大易缉说》。大旨则分纬河图以溯伏羲画卦之由，错综河洛以定文王位卦之次。而义之最精者，则每卦必论成卦之主。以为："圣人观象设卦，咸自乾、坤而出。乾、坤二体之变，即成卦之主。文王主之以成卦体，周公主之以取爻义，夫子主之以为象传。故圣人所系之辞，无不因六画而来，则昔贤所谓假象以设辞者，非矣。"其言至当。吴草庐称其书平正稳审②，盖谓是乎！其于有宋诸儒，独右濂溪之《太极图说》，等之羲、文、周、孔，尊为六易。而于康节、晦庵，少有所轻。虽未免或过，要皆出于心解理会，非因仍蹈袭者比也。是书元常德路推官田泽尝请于朝，为之刊行。申子出处详于泽所为续刊绪说始末中，兹不赘。泽者，居延人，后官海南海北道廉访司副使，著有《洪范洛书辨》一卷，见《授经图》中。

【笺注】

①朱氏《授经图》、焦氏《经籍志》：明朱睦㮮著有《授经图》二十卷，明焦竑撰有《国史经籍者》六卷。

②吴草庐：宋元之际学者吴澄，字幼清，抚州崇仁（今属江西）人，因所居草屋，程钜夫题曰"草庐"。故学者称草庐先生。入元，曾任国子司业、翰林仕郎、编修、集贤直学士等。

崇仁吴氏易璇玑序

　　《易璇玑》三卷，绍兴中崇仁布衣吴沆所进[①]，当时目为环溪先生者也。先生幼孤，事母孝。政和间[②]，尝献书于朝，不报，乃归隐环溪。其言《易》自象而求之卦，次求之象，次求之爻，为论二十七篇。其文简奥，间以韵语行之，类古繇辞，卓尔成一家之言者也。当其时，高宗留意学易，书乾卦，赐侍讲秦梓；书否、泰卦，赐右相张浚，于是以易义进者，朱氏震、林氏儋、李氏授之、刘氏翔、郭氏伸、彭氏与、宋氏大明、都氏絜、吴氏适，或令秘省看详，或令有司给札，或与堂除，或补上州文学。先生独高尚不仕，没而祀于郡县学宫。读其书，思其人，镂版传之，益信立言之必本乎德。

【笺注】

①绍兴：宋高宗年号（1131—1162）。

②政和：宋徽宗年号（1111—1117）

纳兰性德全集

合订大易集义粹言序

宋陈隆山《大易集义》六十四卷，曾穜《大易粹言》七十卷。二书摭集宋儒论说凡十八家，而粹言所采二程、横渠、龟山、定夫、兼山、白云父子七家[①]，其康节、濂溪、上蔡、和靖、南轩、蓝田、五峰、屏山、汉上、紫阳、东莱十一家之说[②]，皆集义上下经所引，粹言则未之及也。《粹言》有《系辞》《说卦》《序卦》《杂卦》，《集义》止上、下经。余窃病其未备，因于十一家书中，将讲论系辞以下相发明者，一一采集，与粹言合而订之，间以臆见，考其源委，定其体例，芟其繁芿[③]，补其脱漏，成八十卷。庶使二书之发凡起例，互相吻合，而十八家之精义奥旨，无不网罗毕具。繇是而上求三圣之心于千载之下，和合诸儒之言于一堂之中，虽人自为说，有彼此浅深详略之不同，而会而归之，罔所乖剌④。测度摹拟，无有不备。从衡变化⑤，无有不通。理象之粲然者，莫是过矣。自揣固陋，未必有当，于《集义》《粹言》所以为书之宗要，或亦陈、曾两公之所不废也。书成请正于座主徐先生，先生曰："善。"命梓之附诸经解之末。

【笺注】

①横渠：北宋哲学家张载，理学创始人之一，字子厚，世称横渠先生。讲学关中，故其学派被称为"关学"。龟山：北宋学者杨时，字中立，晚年隐居龟山，学者称龟山先生。先后学于程颢、程颐。定夫：北宋学者游酢，字定夫，一字子通，学者称廌山先生。兼山：郭忠孝，号兼山，程颐晚年弟子，开创兼山学派，为程门支流。白云：易学家、医学家郭雍，号白云，兼山学派代表人物，以平生之力精研易学及医学。

②上蔡：北宋学者谢良佐，字显道，蔡州上蔡（今属河南）人，学者称上蔡先生，与游酢、吕大临、杨时并称程门四大弟子。和靖：北宋诗人林逋，字君复，钱塘人。性恬淡，隐居西湖孤山，种梅养鹤，终身不仕，也不婚娶，故有"梅妻鹤子"之称。卒谥和靖先生。南轩：南宋学者张栻，字敬夫，一字钦夫，又字乐斋，号南轩，世称南轩先生。与朱熹、吕祖谦齐名，时称"东南三贤"。蓝田："蓝田四吕"，活跃于北宋时期的吕大忠、吕大防、吕大钧、吕大临兄弟四人。吕大忠、吕

大钧、吕大临先后从学于张载、二程，与关学、洛学都有密切关系。五峰：南宋学者胡宏，字仁仲，号五峰，学者称五峰先生，张栻曾从之问学。屏山：南宋学者、文学家刘子翚，字彦冲，号病翁，后退居屏山讲学，学者称为屏山先生。朱熹少时从其受学。汉上：朱震。紫阳：朱熹。朱熹父朱松曾在紫阳山读书。朱熹后居福建崇安，题厅事曰紫阳书室，以示不忘，后人因以"紫阳"为朱熹别称。东莱：吕祖谦。

③芟（shān）：除草。《诗·周颂·载芟》："载芟载柞，其耕泽泽。"毛传："除草曰芟，除木曰柞。"引申为刈除，除去。繁芿（réng）：繁复杂乱。

④乖剌：悖谬失当。

⑤从衡：亦作"从横"，交错纷乱貌。

卷十一 经解序二

董氏周易程朱氏说序

宋哲宗元符己卯，程伊川先生序《易传》十卷。后七十九年，为孝宗淳熙丁酉，晦庵先生《本义》成。自有两书，而四圣人之精义微旨益著。又八十九年，为咸淳丙寅，实度宗即位之二年，天台董正叔取二先生之书合而一之，为《周易程朱氏说》，盖始终百七十年矣。尝观程先生之《传》主于言理，而朱子《本义》则推本圣人因卜筮教人之意，第明其为卦象、卦变、卦体、卦德而不贲于辞说。夫以二先生学之渊源有本，而论《易》若是不同，何也？盖尝征之程先生之言曰："有理而后有气，有气而后有数，易因象以知数，得其义则象在其中。"又曰："理无形也，因象以明理。理见乎辞者也，则可由辞以观象。"是程先生虽专言理，实兼包乎象数也。朱子曰："《易》只是卜筮之书，今人说得来太精了，然却入粗不得。某之说虽粗，然却入得精，精义皆在。其中良以卜筮象数原未尝外于义理，盖有此理则有此象、有此数，即卜筮所谓趣吉避凶、惠迪吉、从逆凶者[①]，未尝外义理而得，是理与数岂岐而二之物乎！"正叔有见于此，故辑为成书，依程传之文，而录本义于后。凡程之遗书、朱之文集、语类有裨于传义者，咸取而附之。系辞以后，程子无传，则取程子平日论说补之，而《附录》如上、下经之例，于以明两夫子之同有功于四圣而非有所异也。其后董真卿之《辑录纂注》，与明永乐之《大全》，实权舆于此。正叔之有功于两夫子不亦大乎！正叔名楷，台之临海人。中文天祥榜进士，知洪州，有惠政。后官吏部郎中，从潜室陈器之游[②]，得朱子再传之学者也。

【笺注】

①迪吉：《书·大禹谟》："惠迪吉，从逆凶。"孔传："迪

道也。顺道吉，从逆凶。"后以"迪吉"表示吉祥，安好。

②陈器之：陈埴，字器之，号潜室，永嘉（今浙江温州）人，著有《木钟集》十一卷。

题读易私言

　　许文正公以正大之学①，当草昧之世，辅翊世祖②，建学明伦，其有功于斯道甚大。所著书不多，见行于世者，《鲁斋遗书》而已。《读易私言》者，统论六画大义③，简括精当，足以见公学之纯而养之邃也。金源以来④，苏、黄之学行于中州。公从江汉先生得闻伊洛之旨⑤，与柳城共倡明之⑥。元儒学之醇，惟公上接有宋。惜世祖用之未尽，终惑于桑哥、王文统之徒⑦，使斯民不获被其泽，岂不惜哉！公又有《大学要略》一卷，盖领成均时以教胄子者⑧。直述常语，俾使通晓，可与并行者也。

【笺注】

　　①许文正公：宋元之际学者许衡，字仲平，号鲁斋，谥文

正。与姚枢、窦默等讲程朱理学。正大：雅正弘大。

②辅翊：辅佐，辅助。世祖：元世祖忽必烈。

③六画：以《易》之每卦为六画，故名。《易·说卦》："兼三才而两之，故《易》六画而成卦；分阴分阳，迭用柔刚，故《易》六位而成章。"《易·干》"元亨利贞"唐孔颖达疏："初有三画，虽有万物之象，于万物变通之理犹有未尽，故更重之而有六画，备万物之形象，穷天下之能事，故六画成卦也。"

④金源：金国的别称。《金史·地理志上》："上京路即海古之地，金之旧土也。国言'金'曰'按出虎'，以按出虎水源于此，故名金源。建国之号，盖取诸此。"

⑤江汉：宋元之际理学家赵复，字仁甫，世称江汉先生。选取二程、朱熹等遗书八千余卷，广为传播，由是北方始知有程朱之学。

⑥柳城：元初理学家、政治家姚枢，字公茂，号雪斋、敬斋，祖籍营州柳城（今辽宁朝阳）。姚枢遇赵复后，始见程朱之书，遂为理学信徒。在忽必烈为亲王时，请他教授世子经书，并备顾问；世祖时授昭文馆大学士，评定礼仪，官至翰林学士承旨。

⑦桑哥：元畏吾儿人，元朝宰相，以贪赃枉法处死。王文统：元益都人好权谋，入李璮幕府，以女妻璮。后李璮起兵反，他以同谋被杀。

⑧成均：古之大学。《周礼·春官·大司乐》："大司乐掌成均之法，以治建国之学政，而合国之子弟焉。"《礼记·文王世子》："三而一有焉，乃进其等，以其序，谓之郊人，远之，于成均，以及取爵于上尊也。"郑玄注："董仲舒曰：五帝名大学曰成均。"

石涧俞氏大易集说序

　　《大易上下经说》二卷、《象辞说》一卷、《象传说》二卷、《爻传说》二卷、《文言传说》一卷、《系辞传说》二卷、《说卦说》一卷、《序卦说》一卷、《杂卦说》一卷，合一十三卷，各冠以序，统名曰《大易集说》。而《易图纂要》一卷、《易外别传》一卷附焉。吴人俞琰玉吾叟所著也。叟于宝祐间以词赋称①，宋亡隐居不仕，自号石涧道人，又称林屋洞天真逸。其书草创于至元甲申②，断手于至大辛亥③，用力可谓勤矣。世之言图书者，类以马毛之旋、龟文之坼④。独叟之持论谓："《尚书·顾命》：'天球、河图在东序'，河图与天球并列，则河图亦玉也，玉之有文者尔。昆仑产玉，河源出昆仑，故河亦有玉。洛水至今有白石，洛书盖石而白有文者。"其立说颇异。至其集众说之善，以朱子《本义》为宗，而邵子、程子之学，义理、象数一以贯之，诚有功于《易》者也。考叟之说《易》，尚有《经传考证》《读易须知》《六十四卦图古占法》《卦爻象占分类》《易图合璧连珠》诸书，咸附于《集说》之后，而今已无存。当日共讲《易》者，则有西蜀苟在川、新安王太古、括苍叶西庄、鄱阳齐节初，其名字官阀亦不复可考矣。呜呼，惜哉！

【笺注】

①宝祐：宋理宗年号（1253—1258）。

②至元：元世祖年号（1264—1294）。至元甲申为1284年。

③断手：完毕，完成。

④马毛之旋、龟文之坼：元初理学家吴澄在《易纂言外翼》中列"马毛之旋如星点指圆圈"的《河图》，以及"龟背之甲其坼有如字画"的《洛书》。至大：元武宗年号（1308—1311）。至大辛亥为1311年。

胡一桂易本义附录纂注启蒙翼传合序

考亭之学一再传后①，惟新安尤盛，父兄、师友各自名家。若玉斋、双湖父子，其最著也。双湖名一桂，字庭芳，领宋景定甲子乡荐，入元，隐居著书。以闽为文公讲学之地，过其乡，访求绪论，复从建安熊禾勿轩游②，与之上下讲议者十余年。归则裒集诸家之说③，疏朱子之言为《易本义附录纂疏》及《启蒙翼传》二书，论者谓其得朱子源委之正④。勿轩尝谓之曰："更得《诗》《书》《春秋》《周礼》《仪礼》一如《易》书，以复六经之旧，岂非文公所望于吾辈者乎！"惜先生仅成此二书及《书说诗传附录纂疏》，而他书竟未及为也。尝观汉人经学各有师法，此韦表微有《九经师授谱》、刘敞有《授经图》、李焘亦有《五经传授》，著其流派，咸有条理。近代经学至朱子而得其归，若节斋蔡氏、槃涧董氏之于《易》⑤，九峰蔡氏之于《书》⑥，传贻辅氏之于《诗》⑦，清江张氏之于《春秋》⑧，勉斋黄氏、信斋杨氏之于礼⑨，皆朱子嫡嗣也。再传而后，怀孟、金华、新安、鄱阳，其传益著，其派益广。苟能为之稽其授受，别其源流，使后之学者知渊源之有自，岂不为明经者之一助乎？今世通经学古之士，必有继而为之者，尤予所望也。

【笺注】

①考亭：在今福建建阳西南。相传五代南唐时黄子棱筑以望其父（考）墓，因名望考亭，简称考亭。南宋朱熹晚年居此，建沧洲精舍。宋理宗为崇祀朱熹，于淳祐四年赐名考亭书院。后因以称朱熹。

②熊禾：号勿轩，志于濂、洛、关、闽之学。访朱熹门人辅广，拜其为师。

③裒（póu）集：辑集。

④源委：《礼记·学记》："三王之祭川也，皆先河而后海，或源或委也，此之谓务本。"郑玄注："源，泉所出也；委，流所聚也。"指水的发源和归宿。引申为事情的本末和底细。

⑤节斋蔡氏：蔡渊。著有《周易训解》《易象意言》。槃

涧董氏：南宋学者、经师董铢，学者称盘涧先生，朱熹学生。著有《性理注解》《易书注》。

⑥九峰蔡氏：南宋学者蔡沈，字仲默，隐居九峰，世称九峰先生。曾师朱熹，专习《尚书》历数十年，成《书集传》，其书参考众说，融会贯通，为元代以后试士所用标准注本。

⑦传贻辅氏：辅广，字汉卿，号潜庵。专攻周敦颐和二程学说，先后师事吕祖谦和朱熹。嘉泰年间归里，在崇德县筑传贻堂，后改为传贻书院，教授学生，学者称传贻先生。有《诗童子问》。

⑧清江张氏：南宋理学家张洽，清江县人。从小师事朱熹，资质颖异。专治《春秋》。后回家乡，创办了清江书院。

⑨勉斋黄氏：黄榦，字直卿，号勉斋。信斋杨氏：杨复，号信斋，受业于朱熹。

周易本义集成附录序

朱子《易本义》一书，疏明其义者，有董楷之《正书》、蔡渊之《训解》、胡炳文之《通释》、胡一桂之《附录纂注》、董真卿之《会通》。而熊良辅之《集成》，亦其一也。良辅，字季重，别号梅边，南昌人。举元延祐丁巳乡试①。早师遥溪熊凯学《易》，复得《易传》于凯之友泉峰龚焕。试礼部不第，归，训徒乡塾，研究《易》旨，乃为是书。采摭诸家之说，与《本义》合者录之，即不合而有得于经旨者，亦备录以相发，末则折衷以己意。盖本朱子之书而不泥焉者也。始朱子《本义》，一遵吕成公所订古文为主②，以六十四卦象、爻之辞为上、下经，而孔子所释彖、象、文言及上下系、说卦、序卦、杂卦为"十翼"。明永乐时编次《大全》，乃以朱子《本义》附《程传》以行，而

纳兰性德全集

初本遂湮。良辅是书，犹仍旧本上下经二卷，谓之《集成》；《十翼》十卷，谓之《附录》，总为十二卷，统名之曰《周易本义集成附录》。《授经图》但录《集成》二卷，盖未见全书也。嗟乎！自《周易传义大全》行，而世无知朱子易之为古文也久矣。故科试者往往合周公、孔子之辞以命题，割裂纰缪，良可怪叹。得是书，庶可一正之乎！良辅所采摭，自唐迄元凡八十四家中姓氏多不著者，于以见易书之多，后世不可得尽见，犹赖是书以传，亦可尚也。

【笺注】

①延祐：元仁宗年号（1314—1320）。元延祐丁巳为1317年。

②吕成公：吕祖谦，字伯恭，学者东莱先生，婺州（今浙江金华）人。宋宁宗嘉定九年（1216），谥吕祖谦为"成公"。

鄱阳董氏周易会通序

　　《周易会通》一十四卷，题曰《经传》，集程朱解，附录纂注，冠以凡例十条，《经传历代因革》一卷，而以启蒙五赞筮仪附录纂注终焉，鄱阳董真卿季真父所编集也。金华吴正传驳之，谓朱子之义自与程传体制不同，不当强求其通。而季真自序则云："自包牺氏作易①，至于文王、周公，不知几年而后有卦、爻之辞。由文王、周公至于孔子，五百余年而后有十翼。由孔子至程、朱子，千五百余年而后有传义。今距程朱子百有余年，乃敢析合经传，集四圣二贤及历代诸儒之说以备一书。"其亦勇于自任者矣。季真为深山先生之子，槃涧先生之从子，受学于双湖胡氏、勿轩熊氏。胡之学本于其父玉斋，玉斋师毅斋沈氏，沈学于介轩董氏，董学于勉斋黄氏。熊之学本于进斋徐氏，徐学于节斋蔡氏，蔡又为勉斋之友。当时师弟子授受，渊源可考，皆本于程、朱子者也。其曰："程子主理义，朱子主象占。求朱子象数之易得其旨，因朱子以求程子理义之易，又于诸家之易，理之所聚而不可遗，理之所行而无所碍者，相与发明之。"故虽林黄中、袁机仲之说②，双湖诋为惑世诬民者③，季真或有取焉。其亦善于言易者矣。

【笺注】

①包牺氏：伏羲氏。《易·系辞下》："古者包牺氏之王天下也，仰则观象于天，俯则观法于地……于是始作八卦。"陆德明释文："包，本又作'庖'。"

②林黄中：林栗，字黄中，福清（今属福建）人。袁机仲：袁枢，南宋史学家，字机仲。

③双湖：胡一桂，字庭芳，元徽州婺源（今江西婺源）人。南宋景定五年（1264），乡荐礼部不第，退而于乡里讲学，远近师之，号"双湖先生"。以朱学为宗，"得朱熹氏源委之正"，尤精于易学。惑世诬民：指蛊惑世人。

雷思齐二种易序

　　《易图通变》五卷、《易筮通变》三卷，元临川道士雷思齐著。《易图》世有传本，《易筮》则得之《道藏》中。二书固相为表里，宜并行者也。思齐，字齐贤，别号空山，居钟湖观，授玄教讲师，乐与士大夫游。吴文正赠以诗有"钧深十翼象外易，罗络三苍篇内文"句①，"十翼"即指二书，三苍者，岂思齐于六书之学亦有撰著欤？思齐虽羽流②，实当时高士。其游于黄冠③，盖亦有托而逃，若梁隆吉、邓牧心辈④，非寻常道流比。其所撰，宜吾儒所不摈也。世所传二氏之藏，惟道家最多牵合。举夫名、法、兵、形、医、卜诸家，咸以为出于黄老，遂援而取之，以增广其类。而《易》为三圣人之书，凡言图书象数者亦入焉，至与其所谓符箓、科仪荒谬诞妄者⑤，同汇而藏之。然前人之遗书或借以传，则亦未可尽罪也。嗟乎！彼二氏虽为吾儒所不道，然为其徒者，犹能世守其所传于琳宫梵宇之中⑥，而儒家者流举所谓淹中、柱下之藏⑦，盖无有也。岂不重可慨也欤！

【笺注】

①三苍篇：秦李斯《仓颉篇》、赵高《爰历篇》、胡毋敬《博学篇》，以统一后的秦篆编写。汉初合为一书，统称《仓颉篇》，并改写成隶书，又称《三苍》。

②羽流：谓道人，道士。

③黄冠：道士之冠，借指道士。

④梁隆吉：梁栋，字隆吉，湘州（今属湖北）人，迁镇江，咸淳四年进士。宋亡，归武林，后卜居建康，时往来茅山中。邓牧心：邓牧，字牧心，钱塘（今浙江杭州）人，宋元之际学者。宋亡，隐居于余杭大涤山洞霄宫，终身不仕、不娶，自称"三教外人"，又号九鉴山人，世称文行先生。

⑤符箓：道教所传秘密文书符和箓的统称。科仪：科式。

⑥琳宫：仙宫。这里指道观。梵宇：佛寺。

⑦淹中：春秋鲁国里名。在今山东省曲阜市。古文《礼经》所出之处。《汉书·艺文志》："《礼古经》者，出于鲁淹中。"颜师古注引苏林曰："里名也。"借指儒家学术中心。柱下：借指藏书之所。

周易参义序

新喻梁孟敬先生①，元季用荐为集庆
路儒学训导。居二载，念亲老，谢归。入
明，郡守刘真辟教授临江府。明太祖既定
天下，稽古礼文，召名儒修述，定一代之
制，于是先生征诣金陵②，年已六十矣。
时分礼、律、制三局，先生在礼局中，讨
论精审，诸儒皆推伏之③。书成，不受官，
赐金还乡里，筑室蒙山，为书庄以藏所著
书，《周易参义》其一也。是书盖分教集
庆时所作，以程、朱传义，学者所宗，然
程主于玩辞，而朱主于观象，一本于理，
一尚其占，其说遂殊。《参义》者，融会
二家之旨合而一之也。先生于六籍咸有
述，当时目为"梁五经"。《春秋》曰
《考义》，《书》曰《纂义》，《礼》与
《周官》曰《类礼》、曰《考注》，《诗》

曰《演义》。《易》《春秋》作于元季，他皆蒙峰退隐后所成。其卒也，在建文二年，年八十有七。嗟乎！当时被召诸儒，如青田、金华、新安、义乌④，身非不显，名非不著，而或以谗死，或以身殉，或遭迁谪，或不享年，求如先生优游终老，著作垂于后世，岂非幸哉！先生之论，以言忠信、行笃敬为天德，不伤财、不害民为王道。其言纯以正，记称"好学不倦，好礼不变，耄期称道不乱"者⑤，其殆斯人也欤！

【笺注】

①梁孟敬：明代著名学者梁寅，字孟敬，号石门，新喻县（今新余市）人。"淹贯五经百氏"，科举屡次落榜，于是弃功名。元末，征召为集庆路（治今南京）儒学训导，两年之后辞官归乡，隐居讲学。邻居之子初入仕途，问天德、王道之要，梁寅笑言："言忠信，行笃敬，天德也；不伤财，不害民，王道也。"

②征诣：召往。

③推伏：推许佩服。

④青田：明初大臣刘基，字伯温，浙江青田南田武阳村人。洪武四年（1371）为胡惟庸所谮，被免职，忧愤而死。金

华：明初文学家宋濂，浙江浦江（今属浙江金华）人，官至学士承旨知制诰。致仕后因长孙宋慎牵涉胡惟庸案，全家谪茂州，中途病死于夔州。新安：朱升，字允升，明徽州休宁（徽州，古称新安）人。洪武元年（1368）任翰林学士，后请老归山，不久病死。义乌：明初学者王祎，字子充，浙江义乌人。洪武初，修《元史》，与宋濂同为总裁。受命招抚云南，遇害而死。

⑤耄期：高年。《书·大禹谟》："朕宅帝位，三十有三载，耄期倦于勤。"孔传："八十、九十曰耄，百年曰期颐。言己年老，厌倦万机。"

程泰之禹贡图论序

　　宋新安程泰之尚书，以该洽直谅见知于孝宗①。尝侍光宗潜邸讲读。及即位，以吏部尚书进龙图阁学士致仕。公老而得谢于家，著书立言，尽发所蕴。今所传《演繁露》《考古编》《雍录》诸书，辨证古今之讹谬，订正书传之得失，多卓然可观者。《禹贡论》五十二篇，亦公所著，辩江、河、淮、汉、济、黑水、弱水七大川甚悉。凡诸儒舍经泥传注者，一一正之。又专论河、汴二水之患，为《后论》八篇。又为《山川地理图》，因《禹贡》而备论历代山川、郡县名称改易。以唐世地书为正，总为四卷②。汪端明应辰见而叹为不可及。淳熙四年，公为刑部侍郎，因进讲黑水，陈其素所辩论，孝宗嘉赏，命进其全书，付秘阁。其后公出知泉州，同年舶使彭椿年始命教授陈应行校而刊之。图本三十有一，今仅存《序说》，兼有所缺。考归熙甫为跋时③，图已不及见，况又百余年乎！夫古今之宇宙，疆域大矣，自非身所亲历，安必其无讹？经所纪皆禹随山刊木所身历也④，后世为传注者，乃欲以一己见闻举而核之，诚不能无误。公之为是书也，尽屏训传，独取经文而熟复之，于一言一字间有意指可以总括后先者，则主以为据，而后采历世载籍以证之。其用志可谓勤矣。虽其谓鸟鼠同穴为二山⑤，亦拘于一隅之见，然而弘肆淹雅⑥，不诡随传注，固经说之杰也。尝考南宋诸儒称博洽者凡三人，一为鄱阳洪景卢迈，一为四明王伯厚应麟，其一则公。洪之《容斋随笔》博矣而未核，王之《困学纪闻》精且核矣，而援经证史，解驳尽致⑦，则于公是书见之。公复尝考究《书》之历代地理，为谱二十卷，取五十八篇互相发明，篇为一论。周益公称其抉隐正讹⑧，有功学者。嗟乎！安得并传之为快欤！

【笺注】

①该洽：博通。直谅：正直诚信。《论语·季氏》："益者三友……友直，友谅，友多闻，益矣。"

②淳熙：宋孝宗年号（1174—1189），淳熙四年为1177年。

③归熙甫：明代文学家归有光，字熙甫，号震川，又号项脊生。

④刊木：砍伐树木。《书·禹贡》："禹敷土，随山刊木，奠高山大川。"孔颖达疏："随行山林，斩木通道。"

⑤鸟鼠同穴：古山名。在甘肃省渭源县西。《书·禹贡》："导渭自鸟鼠同穴。"孔传："鸟鼠共为雌雄，同穴处此山，遂名山曰鸟鼠，渭水出焉。"明焦竑《焦氏笔乘续集·鸟鼠同穴》："'导渭自鸟鼠同穴。'孔传谓'鸟鼠共为雌雄，同穴而处'。蔡氏以为怪诞不取。按《甘肃志》：'凉州之地有兀儿鼠者，形状似鼠，尾若赘疣。有鸟曰本周儿者，形似雀，色灰白，常与兀儿鼠同穴而处。所谓鸟鼠同穴也。'凉州唐属陇右道，然则孔说非诞。"

⑥弘肆：弘大恣肆。多用以形容学问文章等。唐韩愈《进学解》："先生之于文，可谓闳其中而肆其外矣。"淹雅：高雅。

⑦解驳：解释辩正。

⑧抉隐：挖掘隐秘。

新昌黄氏尚书说序

　　宋新昌黄宣献公经学博通^①，著《诗说》三十卷、《周礼说》五卷，其易传未成而殁，今惟《尚书说》七卷仅存。吴兴陈氏谓公晚年制阃江淮^②，著述不辍，时得新意，则晨夜叩书塾为友朋道之，盖其穷经老而不倦若是。夫说《书》亦难矣，九峰之传^③，程直方辨之^④，余芑舒疑之^⑤，袁仁砭之^⑥，明太祖集诸儒更定之。公之说，诸儒未有议之者，由其义之纯而辞之约也。惟于《书》终《秦誓》^⑦，公以为夫子知其终必得志于天下，推其效，自穆公垂创之为可继，故录其书使与《费誓》自为后先^⑧，窃以为不然。周公、鲁公皆周卿士，周公之《诰》录于《书》，鲁公之《誓》亦录于《书》，无以异也。夏之书终以《胤征》，周之书终以《秦

誓》，无以异也。而谓夫子序《书》，以
秦承周，以《殽誓》继《典》《谟》《命》，
其旨则微，毋乃近于谶纬之说，不若九峰
比于《诗》之录《鲁颂》《商颂》，犹未
害于义也。

【笺注】

①黄宣献公：黄度，字文初，号遂初，南宋绍兴新昌（今
属浙江）人。

②制阃（kǔn）：统领一方军事。

③九峰：南宋学者蔡沈，字仲默，号九峰，南宋建州建阳
（今属福建）人。少从朱熹游，后隐居九峰山下，注《尚书》，
撰《书集传》。

④程直方：元新安婺源人，字道大，作《蔡传辨疑》。

⑤余芑舒：作《读蔡传疑》。《书传会选》卷六载："蔡沈
《书传》虽源出朱子，而自用己意者多。当其初行，已多异
论。宋末元初，张葆舒作《尚书蔡传订误》，黄景昌作《尚书
蔡氏传正误》，程直方作《蔡传辨疑》，余芑舒作《读蔡传
疑》，递相诘难。及元仁宗延祐二年，议复贡举，定《尚书》
义用蔡氏，于是葆舒等之书尽佚不传。"

⑥袁仁：明袁仁，字良贵，号蓑波，苏州人。撰《尚书砭
蔡编》，纠蔡沈之误。

⑦《秦誓》：《尚书》篇名。《书序》："秦穆公伐郑，晋襄
公率师败诸崤。还归，做《秦誓》。"是秦文献流传下来较早
的一篇。

⑧《费（bì）誓》：《尚书》篇名。费，地名，在今山东省费县西北。鲁侯伯禽受封于鲁国，徐、夷等部落不服从命令，相继作乱，鲁侯伯禽前往征讨，作《费誓》。

时氏增修东莱书说序

宋乾淳中①，东莱吕成公讲道金华②，四方从游者千人。公同年进士时铸寿卿与其弟铢长卿，率其家子弟曰沄、曰澜、曰泾悉从公学。公尝辑《书说》，先之《秦誓》《费誓》，上至《洛诰》③，凡一十三卷。阅再岁而公殁，澜增修之，成二十二卷，合为三十五卷，于是《书说》乃全。予考成公实受业于林少颖之门④，少颖有《拙斋书集解》五十八卷。朱子谓《洛诰》以后非其所解，则亦门人续成之者。夫林氏之书既以《召诰》终⑤，公之书因以《洛诰》始，是公之用意，本以续其师说。而门人莫喻厥旨，忾其书之未就，辄补其余，其用心则勤，而公之意未免因之反晦矣。虽然，澜，公之高弟子也，其所补缀，一本师说，学者取林氏之书暨先生讲论，与澜所增修合而观之，匪独见今古文正摄义蕴之全⑥，而丽泽书院师友之渊源⑦，亦可睹矣。

【笺注】

①乾淳：宋孝宗的两个年号乾道（1165—1173）、淳熙（1174—1189）的合称。

②东莱吕成公：南宋理学大家吕祖谦，字伯恭，南宋婺州（今浙江金华）人。人称东莱先生，与朱熹、张栻齐名，同被尊为"东南三贤"。卒谥曰成，后世复以"吕成公"称之。

③《洛诰》：公既相宅，周公往营成周，使来告卜，作《洛诰》。

④林少颖：宋代林之奇，字少颖，号拙斋，福州侯官人。绍兴二十一年（1151）进士，召为秘书省校书郎。朝廷欲令学者参用王安石三经义说，之奇以为邪说异端，不可训。因患痹疾，乞祠家居，授徒著述，自号拙斋，人称拙斋先生。吕祖谦慕其名，远道来闽从其学。

⑤《召诰》：《书经》周书之篇名。《尚书·召诰》记载："成王在丰欲宅洛邑，使召公先相宅，作《召诰》。"

⑥匪独：犹言不单是，不只是。

⑦丽泽书院：南宋四大书院之一，吕祖谦讲学会友之所。

纳兰性德全集

书集传或问序

宋东阳陈大猷作《尚书集传》，用朱子释经，法吕氏读诗记例，采辑群言，附以己意成编。宋季其书盛行，学者多宗之。《集传》而外，复成《或问》二卷，明《集传》去取之意，亦犹紫阳《论孟集说》别为《或问》之旨也。《集传》未及见，而《或问》偶有传本。尝取而读之，其中变难往说[①]，著其从违，使治经者有所依归，无岐途之惑，其便于学者甚巨。惜全编不可得见。然因此以推则其搜辑之博，持择之精，信乎可传也矣。大猷登绍定二年进士[②]，由从仕郎历六部架阁，官不甚显，故《宋史》无传。同时有都昌陈大猷者，号东斋，常师饶双峰，仕为黄州军州判官，亦著《书传会通》，实元陈浩之父，与东阳别为一人，世人往往混而一之。故举而并著之，使校雠四库者有所考焉③。

①变难：变乱。

②绍定：南宋理宗的年号（1228—1233）。绍定二年为1229年。

③四库：犹四部。中国古代图书分类名称。将群书分为甲、乙、丙、丁或经、史、子、集四类，称四部。《新唐书·艺文志一》："两都各聚书四部，以甲、乙、丙、丁为次，列经、史、子、集四库。"

纳兰性德全集

王鲁斋书疑序

　　《书疑》九卷，宋金华王文宪公柏所著①。《书》自伏、孔二家传出，于是有今文、古文之别。由唐以前未有疑之者，有宋诸儒始疑古文后出，非尽孔壁之旧②，然于今文，固未有拟议也③。其并今文而疑之，则自公始。公高明绝识④，于群经穿穴钻研，不狃于训诂之旧⑤，故虽以二千年相传口授、壁藏之书，汉唐诸儒所服习者，犹有缺佚脱误之疑。至谓《大诰》："宁王遗我大宝龟，西土有大艰，人亦不靖"之语，无异于唐德宗奉天之难⑥，委之于定数。圣如姬公，宁肯为此语？《洛诰》复辟之事，谓成王幼，周公代王为政，成王长，周公归政于王，苏氏所谓归政初无害义，何所嫌而避此名乎？其不苟为同如此。元吴礼部师道言公初见何北山⑦，北山谦抑不敢以弟子视之，公宏论英辩，质疑往复，一事或十数过。公之为此书也，岂有得于北山与？是书之最善者，如订正皇极之经传，谓《论语》"咨尔舜"二十二言、《孟子》"劳来匡直"数语，宜补《尧典》缺文，《禹贡》叙一事之终始，《尧典》叙一代之终始，《禹贡》当继《尧典》之后，居《三谟》之前，皆卓然伟论。即以补伏、孔所未逮，可也。

【笺注】

①宋金华王文宪公：南宋藏书家、书画家王柏，字会之，婺州金华人。少慕诸葛亮，自号长啸，30岁后以为"长啸非圣门持敬之道"，改号鲁斋，金华（今属浙江）人。

②孔壁：孔子故宅的墙壁。据传古文经出于壁中，故著称。《汉书·鲁恭王余传》："恭王初好宫室，坏孔子旧宅以广其宫，闻钟磬琴瑟之声，遂不敢复坏。于其壁中得古文经传。"

③拟议：揣度议论。多指事前的考虑。《易·系辞上》："拟之而后言，议之而后动，拟议以成其变化。"

④绝识：卓越见识。

⑤狃（niǔ）：囿，局限。

⑥奉天之难：四镇之乱及泾原兵变的合称。因在这次战争中，有四人称王，两人称帝，即朱滔称冀王，王武俊称赵王，

田悦称魏王，李纳称齐王，朱泚称秦帝，李希烈称楚帝，又名"二帝四王之乱"。由削藩而引发的叛乱，晚唐败落的标志性事件。唐德宗因藩镇叛乱，被迫逃往奉天（今陕西乾县）。

⑦何北山：何基，字子恭，号北山。金华罗店后溪河人。对金华学派贡献充实甚多，有"中兴"金华学派之誉。

杏溪傅氏禹贡集解序

义乌傅寅同叔徙居东阳之杏溪，著《禹贡集解》二卷，乔文惠行简序之。其书先以山川总会之图，次九河、三江、九江之图，次及诸家说。断其言谓：禹之治水，皆自下而上。曰："治水者，必使其下能容而有余，易泄而无碍，然后可以安受上流，而不至于冲激以生怒。"又曰："治其最下而速其行，通其傍流而使其中无停积之患，则河之大体无足忧矣。吾于其言，默有取焉。"惜乎是编流传者寡，不见采于董氏之《纂注》，而焦氏《经籍志》、西亭王孙《授经图》，或以为说，或以为论，盖未尝见此书而著于录者。是本为吴人王止仲藏书，其后归于都少卿穆。其第一卷阙三十有七版，第二卷又阙其四版。验少卿前后私印，则知当日已非足本。亟刊行之，俟求其完者嗣补入焉。

梅浦王氏尚书纂传序

梅浦王氏《尚书纂传》四十六卷，先引汉、唐二孔氏之说[1]，次收诸家传注，而一以晦庵朱子、西山真氏为归[2]，与其乡先生彭翼夫往复考正十五年而后成。大德中，鄞人臧梦解为宪使，以其书上于朝，得授临江路儒学教授。其子振板行之，予所见者，即至大锓本也[3]。吉安自宋季文信公谋兴复不遂，被执以死，其门人宾客咸以忠义自奋，乡曲之士多知自好[4]，恒绝意仕进，潜心经义。于《易》则有龙仁夫之《集传》、刘霖之《太极图解》《易本义童子说》，于《诗》则有刘瑾之《通释》，于《礼》则有彭丝之《集说》，于《春秋》则有丝之《辨疑》、李廉之《会通》。《书》自梅浦而外，则耕野王氏，其撰述多有得者。梅浦是书，其钞撮也博⑤，而甄综也简⑥。其心似薄蔡氏而不攻其非，间亦采摭其说，择焉可谓精矣。彭翼夫者，尝仕于宋，为江陵府教授，即丝之父也。

【笺注】

①汉、唐二孔氏：西汉经学家孔安国，字子国。孔子后裔，武帝时任谏大夫。唐代经学家孔颖达，字冲远，冀州衡水（今属河北）人，奉唐太宗之命编《五经正义》，形成唐代义疏派。

②西山真氏：南宋大臣、学者真德秀，字景元，后改希元，世称西山先生。学术继承朱熹，与魏了翁齐名。

③锓（qǐn）本：刻本。

④乡曲：谓居里或籍贯相同。

⑤钞撮：抄摘。

⑥甄综：综合分析，鉴定品评。

今文尚书纂言序

《今文尚书纂言》四卷，元草庐先生吴澄所辑。《尚书》既遭秦火，汉初济南伏生以所忆二十八篇教授齐鲁间，即今书是也。其后孔壁书出[①]，增多二十五篇，谓之《古文尚书》，而目伏生所授者为今文[②]。自东汉及魏世，所行者惟伏生之书而已。古文旧藏于官，人不及见，迄东晋始复出。唐孔颖达因安国《传》而作《正义》，书以盛行，于是伏生之书遂为其所乱。有宋诸儒始疑其文体不协，朱子亦曰："孔书至东晋方出，前此诸儒皆未见，可疑之甚。"又曰："孔传及序不类西京文字。"则疑古文者，非一人矣。至先生序录群经，始分而出之，取伏生之二十八篇序于前，以还其旧，而以孔壁所出之古文别序于后。至为纂言，则独有今文。古文置而不释，其见可谓卓矣。而说者或谓先生果于自信，轻于非圣经，余以为非也。孔氏壁书已不可见，至东晋所上之书，出于梅赜一手③，其非安国原本明甚。至重华之名④，虽见于太史公本纪，彼姚方兴者，岂遂不能援以自实其所撰耶？固未可知也。呜呼！圣人之经，灿若日星。甲是乙非，未能遽定。而先生是编考据详博，厘正错简，咸皆确当。学者将以明经祛惑，其于是书必有取尔矣。

【笺注】

①孔壁书：相传在孔子故宅的壁中发现了古文经书。据《汉书》记载，武帝末，鲁恭王刘余坏孔子宅，得《古文尚书》《礼》《论语》和《孝经》等，凡数十篇，都用汉以前的文字书写。

②伏生：西汉经学者，字子贱，济南人，曾为秦博士。秦时焚书，于壁中藏《尚书》，汉初，仅存二十九篇。西汉今文《尚书》学者，皆出其门。后人评伏生传书之功曰："汉无伏生，则《尚书》不传；传而无伏生，亦不明其义。"

③梅赜：东晋人，字仲真，东晋汝南（今湖北武汉）人。曾任豫章内史，献《古文尚书》及伪《尚书孔氏传》，东晋君臣信以为真，立于官学。

④重华：虞舜的美称。《书·舜典》："曰若稽古帝舜，曰

重华，协于帝。"孔传："华，谓文德。言其光文重合于尧，俱圣明。"《楚辞·九章·涉江》："驾青虬兮骖白螭，吾与重华游兮瑶之圃。"一说，舜目重瞳，故名。《史记·五帝本纪》："虞舜者，名曰重华。"

尚书通考序

宋元之际，闽之樵川儒学蔚起，若严粲明卿之于《诗》①，黄清老子肃之于《春秋》②，黄镇成元镇之于《易》、于《书》，易有《通义》，书有《通考》，各十卷。予所见者，惟严氏之《诗缉》、黄氏之《尚书通考》而已。《通考》纪《尚书》名物度数，举夫七政、九畴、六宗、五礼、方州之贡赋水土、律吕之长短忽微，皆著其说。说有未尽，复系以图。汇集诸家而衷以己意，详且备矣。夫书以载道③，二帝三王之大经大法存焉④。度数名物，靡非经法之所寓，稍有未晰，则无以措诸事而施于用，何以免不学墙面之讥乎⑤！是编由器而寓夫道，由数以达其义，学者能详考精察，于以定礼乐、设制度有裕如者矣。元镇书成，执政因荐为江西路儒学提举。命下，禄不及而卒，集贤议谥曰"贞文"，处士以旌之。当时如元好问、安熙亦皆以下僚布衣得与易名之典⑥，于以见元节惠之锡，不视爵位为予夺，亦可录也。

【笺注】

①严粲：字明卿，精通《毛诗》。

②黄清老：字子肃，有《春秋经旨》。

③书以载道：经书（此处尤其指《尚书》）是用来表达一定的思想、道理的。这里的"道"多指儒家思想。

④二帝三王：二帝，唐尧、虞舜；三王，夏禹、商汤、周文王和周武王。大经大法：根本的原则和法规。明刘若愚《酌中志·大内规制纪略》："后殿匾曰：'学二帝三王，治天下大经大法。'"

⑤墙面：墙面而立。面对墙壁，目无所见。比喻不学无术。《书·周官》："不学墙面。"孔传："人而不学，其犹正墙面而立。"《论语·阳货》："人面不为《周南》《召南》，其犹正墙面而立也与！"刘宝楠正义："向墙面之而立，言不可行也。"

⑥下僚：职位低微的官吏。易名：指古时帝王、公卿、大夫死后朝廷为之立谥号。

王鲁斋诗疑序

金华王文宪公于六经、四子之书，论说最富。《诗》则有《读诗纪》十卷，《诗可言》二十卷，《诗辨说》二卷，见吴礼部正传节录《行实》中①。今所传《诗疑》，则《行实》未载，卷帙不分。绎其辞，殆即《诗辨说》。因公于《书》有《书疑》，遂比而同之也。古之说《诗》者，率本大、小《序》。自晦庵朱子去《序》言《诗》，遂以列国之风，多指为男女期会赠答之作。公师事何文定②，文定学于黄文肃③，文肃受业朱子之门，宜其以郑卫诸诗信为淫奔者所作④，且疑三百五篇岂尽夫子之旧，容或有删去之诗⑤，存于闾巷之口，汉初诸儒各出所记以补其缺佚者。又以《二南》各十有一篇，两两相配，于是削去《野有死麇》一篇，退《何彼秾矣》《甘棠》于《王风》⑥，其自信之坚，过于朱子。此则汉唐以来群儒莫之敢为者也。文定尝语公矣：诸经既经朱子订定，且当谨守，不必又多起疑论，有欲为后学言者，谨之又谨可也。昔贤之善，诲人盖如此。

【笺注】

①吴礼部正传：元人吴师道，字正传，婺州兰溪（今属浙江）人。至治三年（1323）进士，官至礼部郎中。

②何文定：明人何瑭，字粹夫，号柏斋，怀庆府（今河南焦作沁阳）人，谥"文定"。登弘治壬戌进士第，改庶吉士，历编修修撰。

③黄文肃：黄榦，赐谥"文肃"。

④淫奔：旧谓男女未经父母循序，私相奔就，自行结合。多指女方往就男方。《诗·王风·大车序》："礼义陵迟，男女淫奔。"孔颖达疏："男女淫奔，谓男淫而女奔之也。"

⑤容或：或许；也许。

⑥《何彼秾矣》：出自《诗经·国风·召南》。秾，繁盛。

诗传遗说序

　　子明于《易说》外，复取文集语录论诗者为书六卷，一、二卷纲领及序辩，三卷六义与思无邪问答，四、五、六卷论四诗之旨，末附以逸诗、诗乐谱、叶韵，皆集传所不载者，名曰《诗传遗说》。时为端平乙未①，子明官承议郎权知兴国军事所成也。按公凡三子，长曰塾，字受之，以荫补将仕郎，为子明之父，与弟野皆受业于吕东莱②，先文公十年卒，公请陈同父志其墓者也③。

【笺注】

　　①端平：宋理宗年号（1234—1236）。端平乙未为1235年。

　　②吕东莱：南宋学者、思想家吕祖谦，字伯恭，婺州（今

浙江金华）人，金华学派主要代表。后世学者称"东莱先生"。

③陈同父：南宋思想家、文学家陈亮，字同甫（父），学者称龙川先生，婺州永康（今属浙江）人。

　　仲即野，字文之，淳祐间荫补迪功郎①，差监德清县户部赡军酒库，后公十一年卒，黄直卿诔之②，称其在家之贤。季曰在，字敬之，一字叔敬，亦以荫补官，累至焕章阁待制，知袁州。野之子钜，南康丞，铨知登闻鼓院。在之子铉，两浙转运判官。名皆见黄直卿所为行状中③。再传曰溥者，浙西提举；湜，知丹徒县，淮，泉州路推官；沂，考亭书院山长。行状不载。盖皆后公卒而生者。若泉州于宋为军州，至元始改为路，岂淮与沂又已入元欤？若鉴之子浚，行状亦不载其名，尝尚宋理宗公主，官两浙转运使兼吏部侍郎。元兵入建宁，浚与公主走福州，知府王刚中以城降于阿剌罕，浚谓公主曰："君帝室王姬，吾大儒世胄，不可辱人手。"夫妇仰药死④，其事尤烈。浚之子林，官甘肃提举。林之子炯，延平路照磨；焰，武平簿；耿，邵武路照磨。林弟彬之子炜，济宁路同知。林之孙堂，建宁路照磨；壑，屏山书院山长。壑之子銮，銮之子淞，淞之子梴。明景泰壬申⑤，诏录文公后，得世袭五经博士，主建宁祠祀。其在婺源者，曰稳，于公为十世孙，举明天顺丁丑进士⑥，官福建盐运使，以廉称。弟懋，永年丞；桢，本县训导。正德中⑦，给事中戴铣等请朱氏比孔氏，衢州例增一博士以主婺源祀事，以十一世孙墅为之。

【笺注】

①淳祐：宋理宗年号（1241—1252）。

②黄直卿：黄榦，字直卿，世称勉斋先生，福州闽县（今福建福州）人。学尊朱熹，力倡道统之说。

③行状：文体名。专指记述死者世系、籍贯、生卒年月和生平概略的文章。也称状、行述。唐李翱《百官行状奏》："凡人之事迹，非大善大恶，则众人无由知之，故旧例皆访问于人，又取行状谥议，以为一据。"

④仰药：服毒药。

⑤景泰：明代宗年号（1450—1456）。景泰壬申为

纳兰性德全集

1452 年。

⑥天顺：明英宗年号（1457—1464）。天顺丁丑为
1457 年。

⑦正德：明武宗年号（1506—1521）。

嗟乎！我徽国文公著书明道①，上继二程、周、张诸子之后，而集其大成。盖孔子后一人也，故其垂裕之泽长且久者如此②。而子若孙如鉴者，能采葺公之所著以开示来学。其子浚能执节守义，不愧乃祖。他小说或讥其作书与贾似道称"万拜"，诚诬诋不足道也。鉴父塾之卒，公贻书同父及题其诗卷，有深痛焉。在当理宗朝，请进鲁子为公，崇祀二程及横渠③，而黜扬雄、王雱之祀，数者皆有关于人伦世教之大，咸出于公之子若孙，何其多贤哲欤！噫！斯又周、程、张、邵所不逮也夫！

【笺注】

①徽国文公：朱熹。宋理宗于绍定三年（1230）追封朱熹为"徽国公"。

②垂裕：谓为后人留下业绩或名声。《书·仲虺之诰》：

"王懋昭大德，建中于民，以义制事，以礼制心，垂裕后昆。" 孔传："垂优足之道示后世。"

③横渠：张载，北宋凤翔郿县（今陕西眉县）横渠镇人，人称"横渠先生"，因称其所创学派为"横渠学派"。

毛诗名物解序

　　六经名物之多，无逾于《诗》者。自天文、地理、宫室、器用、山川、草木、鸟兽、鱼虫，靡一不具。学者非多识博闻，则无以通诗人之旨意，而得其比兴之所在。自《尔雅》释《诗》，而后如《博雅》《埤雅》《尔雅翼》诸书，虽主于训诂，要以名物为重。此外复有疏草木鱼虫及门类物性，钞集传名物者，若蔡卞之《毛诗名物解》亦其一也。卞为王介甫婿[①]，其学一以王氏为宗。其书自释天至杂释，类凡十。卞为人固不足道，然为是书，贯穿经义，会通物理，颇有思致。盖熙丰以来之小人如吕惠卿、章惇、曾布及卞兄弟[②]，咸能以文采自见，而亦或博致经义以文其邪说，斯所以能惑世听而自结于人主也。嗟乎！当其诬罔宣仁，窜逐众正之时③，吾不知其于兴观美刺之义何居④？斯其人所谓投畀豺虎不食⑤，投畀有北不受者，而吾之犹录其书存之者，殆所谓不以人废言之意也欤。

【笺注】

①王介甫：北宋政治家、文学家、思想家王安石，字介甫，号半山，抚州临川（今江西抚州）人。

②熙丰：宋神宗两个年号熙宁（1068—1077）、元丰（1078—1085）的简称。

③窜逐：放逐，流放。

④美刺：称美与讽恶，多用于诗文。《诗·召南·甘棠序》："美召伯也。"唐孔颖达疏："至于变诗美刺，各于其时，故善者言美，恶者言刺。"

⑤投畀（bì）豺虎：将坏人投饲豺虎，表示深恶痛绝。《诗·小雅·巷伯》："彼谮人，投畀豺虎。"南朝梁刘勰《文心雕龙·奏启》："《诗》刺谗人，'投畀豺虎'。"

朱孟章诗疑问序

　　《诗疑问》七卷，元进士朱倬孟章著。朱氏《授经图》、焦氏《经籍志》皆作六卷，今本七卷，末附南昌赵德《诗辨说》一卷。始予得是书，称盱黎进士朱倬，莫知为何如人。考之《汉书·地理志》，豫章郡下有南城县，注云："县有盱水。"《图经》云："在县东二百一十步，一名建昌江，亦名盱江。"《名胜志》云："县之东境有新城县，立于宋绍兴八年，就黎滩镇置县，因号黎川。"然后知倬为建昌新城人。及考近所为《建昌志》，仅于科第中有倬姓名，载其为遂昌尹而已，他无所见也。暇读《新安文献志》，载明初歙人汪叡仲鲁所为《七哀辞》，盖录元季守节服义者七人，而倬与焉。因得据其《辞》而考定之。《辞》言倬以辛巳领江西乡荐，登壬午第。考龚敩《历代甲子编年》，辛巳为顺帝至正元年，壬午其二年。而《志》载倬以至顺元年登第，考至顺为文宗纪元，岁在庚午。仲鲁之交倬，当辛卯、壬辰间。倬自言登第十年，壬午至辛卯恰如其数。则《志》所云至顺者，误也。岂以顺帝至正二年，遂讹而为至顺邪？《辞》言初授某州同知，以忧家居，服阕，授文林郎、遂安县尹，则已为官矣。而倬之言于仲鲁者，曰"登科十年，未沾寸禄"，仲鲁哀辞亦有"十年未禄，奚命之屯"语，殊不可解。岂两任皆试职，故不授禄邪？《哀辞》言壬辰秋，寇由开化趋遂安，吏卒逃散，倬大书于座，有"生为元臣，死为元鬼"语，遂坐公所以待尽，寇焚廨舍，乃赴水死。遂安为严州属邑，壬辰为至正十二年。考《元史》，是年七月，饶、徽贼犯昱岭关，陷杭州路，当是其时。盖蕲、黄余党由衢而至严者也。《哀辞》言后竟无传其事者，岂非以邑小职卑，时方大乱，省臣以失陷郡邑，自饰不遑，遂掩其事而不鸣于朝邪？《哀辞》又称其下车兴学诵诗[①]，民熙化洽。盖倬固当时良吏，不仅以一死自了者。而《元史》既不为之立传，郡人亦不载其行事于《志》，苟非仲鲁是《辞》，不几与荒磷野蔓同尽哉^②？诚可哀也矣！《辞》称岁庚寅，倬同考江浙乡试，始识仲鲁于葛元哲家，因见仲鲁《诗义》而惜其不遇。盖倬以同经阅卷^③，则其著是书无疑。其为是书也，当在未为县尹之前。其论经义，大抵发朱子集传之蕴，往往微启其端而不竟其说。盖欲使学者心思自得，不欲遽告以微辞妙义也。赵德者，故宋宗室，举进士。入元不仕，隐居豫章东湖，于诸经皆有辩说，诗其一耳。嗟嗟，倬以义烈著，德以高隐称，虽无经学，皆可表见，况著述章章若是乎？是不可以无传也已。

【笺注】

①下车：官吏到任。

②荒磷：人或动物尸体腐烂分解出磷化氢，可自燃。夜间荒野之地有出现白色带蓝绿色的火焰，即磷火。

③同经：同试一经，同治一经。经，指儒家经典。

雪山王氏诗总闻序

　　雪山王氏《诗总闻》二十卷，每章说其大义，复有闻音、闻训、闻章、闻句、闻字、闻物、闻用、闻迹、闻事、闻人凡十门。每篇为总闻，又有闻风、闻雅、闻颂冠于"四始"之首①。自汉以来说《诗》者，率依小序，莫之敢违。废序言诗，实自王氏始。既而朱子集传出，尽删诗序，后之儒者咸宗之，而王氏之书晦而未显。其自诩谓研精覃思几三十年，而吴兴陈日强称其自成一家，能窥寐诗人之意于千载之上。要之虽近穿凿，而可以解人颐者多矣。王氏名质，字景文，汶阳人，过江侨居兴国，中绍兴庚辰进士②。

纳兰性德全集

108

【笺注】

①四始：指"风""小雅""大雅""颂"的首篇。《史记·孔子世家》："《关雎》之乱以为'风'始，《鹿鸣》为'小雅'始，《文王》为'大雅'始，《清庙》为'颂'始。"

②绍兴：宋高宗年号（1131—1162）。绍兴庚辰为1160年。

卷十二　经解序三

孙泰山春秋尊王发微序

宋晋州孙明复先生庆历间隐居泰山[①]，学《春秋》，著《尊王发微》十二篇，以教授弟子。范文正、富文忠两公言先生道德经术宜在朝廷[②]，召拜校书郎、国子监直讲，后官至殿中丞而卒。方先生卧病时，天子从韩忠献之言[③]，命其门人祖无择就家录其书，藏于秘阁。案唐以前诸为《春秋》说者，多本三传，至陆淳始别出新义[④]。柳子厚所谓明章大中[⑤]，发露公器者也[⑥]。先生之书，因淳意而多与先儒异。故当时杨安国谓其说戾先儒，而常秩亦言其失之刻。石林叶氏谓其不达经例，又不深礼学，议者殊纷纭。虽然群言异同，必质诸大儒而论定。欧阳子言："先生治《春秋》，不惑传注，不为曲说以乱经。其言简易，明于诸侯大夫功罪，以考时之盛衰，而推见王道之治乱，得经之义为多⑦"。而朱子亦谓："近时言《春秋》者，如陆淳、孙明复，推言治道，凛凛可畏，终是得圣人意。"绎二子之言以读先生是书，则《春秋》大义，诸家所不及者，先生独得之，又岂可以说之异同而妄议之也哉！

【笺注】

①孙明复：北宋初学者孙复，字明复，晋州平阳（今山西临汾）人，因曾隐居泰山，世称泰山先生。在经学领域注重探寻本义，不惑传注，开宋代以义解经的风气。

②范文正：北宋思想家、政治家、军事家、文学家范仲淹，字希文。谥号文正，世称范文正公。富文忠：宋时名相富弼，字彦国，洛阳（今河南洛阳东）人。曾封郑国公，故称富郑公。元丰六年卒，谥文忠。

③韩忠献：北宋政治家、名将韩琦，字稚圭，自号赣叟，相州安阳（今河南安阳）人，谥忠献。

④别出新义：唐代经学家陆淳以为《左传》长于叙事，但宣扬《春秋》"大义"，则不如《公羊传》和《谷梁传》，开宋儒怀疑经传的风气。

⑤柳子厚：唐文学家、哲学家柳宗元，字子厚，世称柳河东。明章：表明。大中：《易·大有》："《大有》，柔得尊位大中，而上下应之，曰《大有》。"王弼注："处尊以柔，居中以

大。"高亨注："象大臣处于尊贵之位,守大正之道。"后以"大中"指无过与不及的中正之道。

⑥发露:显示。公器:共用之器,这里指醇正之学术。

⑦欧阳子:宋代文学家欧阳修在《秋声赋》一文中曾自称"欧阳子方夜读书"。此段文字出自《欧阳修集》卷三十《孙明复先生墓志铭》,与原文略有差异。

春秋皇纲论序

　　《宋·艺文志》：《春秋》之书凡二百四十部、二千七百九十九卷。余所见者，仅三十余部，为卷数百。王皙《皇纲论》其一也。皙不知何如人，自称为太原王皙，陈直斋《书录解题》亦但言其官太常博士①，至和间人而已②，不能详其生平也。直斋《解题》于著书之人，往往举其立身大概，使后世读其书者，虽不获亲见其人，犹稍稍得其本末，以为论世知人之据。乃于皙独否，岂其人在直斋当时已不可得而论定邪？然直斋所录，《皇纲论》外尚有《明例隐括图》，又云：馆阁目有《通义》十二卷③。而王伯厚又云④：《通义》之外，别有《异义》十二卷。《通义》据《三传》《注》《疏》及啖、赵之学⑤，其说通者附经文之下，缺者以己意释之。则晳所著二义者，正其解经之本书，兹论则总括立言大旨以成编者也。论特弘伟卓荦⑥，则二义亦必有足观，惜乎不得而见也。嗟乎！古人辛勤著书将以求知于后世，而世顾不得而知之，即其书幸而传矣，又不能尽传也，岂不重可叹也欤！论凡五卷，二十有三篇。

【笺注】

①陈直斋《书录解题》：陈直斋，宋代藏书家陈振孙，字伯玉，号直斋，浙江吉安人。积书至五万一千余卷，仿晁公式《郡斋读书志》编成《直斋书录解题》一书，为宋代著名的提要目录。原本已佚，清人自《永乐大典》辑为二十二卷。

②至和：宋仁宗年号（1054—1055）。

③馆阁：北宋有昭文馆、史馆、集贤院三馆和秘阁、龙图阁等掌图书经籍和编修国史等事务，通称"馆阁"。明代将其职掌移归翰林院，故翰林院亦称"馆阁"。清代沿之。

④王伯厚：南宋学者王应麟，字伯厚，号深宁居士。在经史领域长于考证，撰有《困学纪闻》《玉海》《诗考》《深宁集》等。

⑤啖、赵：啖助、赵匡。啖助，唐经学家。长于《春秋》学，考核"三传"，以为《左传》叙事虽多，而解释"大义"则多有误。赵匡，唐代经学家。字伯循。师从啖助，补啖助所撰《春秋集传》和《春秋统例》。以为《春秋》文字隐晦，不

易明了，乃举例阐释，发挥"微言"；又怀疑《春秋》经文有缺误，开宋代学者怀疑经传的风气。

⑥卓荦（luò）：超绝出众。《后汉书·班固传》："卓荦乎方州，羡溢乎要荒。"李贤注："卓荦，殊绝也。"

刘公是春秋序

石林叶氏谓："庆历间欧阳文忠公以文章擅天下[①]，世莫敢抗衡。刘原父虽出其后，以通经博学自许，文忠亦以是推之，作《五代史》《新唐书》凡例，多问《春秋》于原父。"又曰："原父为《春秋》，知经而不废传，亦不尽泥传，据义考例以折衷之，经传更相发明。虽间有未然，而渊源已正。今学者治经不精，而苏、孙之学近而易明，故皆信之。而刘以难入，或诋以为用意太过，出于穿凿。彼盖不知经，无怪其然也。"石林所谓苏、孙，盖指子由、莘老也[②]。晁公武谓刘氏传如桓无王、季友卒、肹命用郊之类，皆古人所未言。诸公之推伏原父者若此。今观权衡之作，折衷三家，傍引曲证以析经义，真有权之无失轻重，衡之得其平者。传十五卷，集众说而断以己见，文类

《公》《谷》③。独《意林》一编，元吴莱谓多遗缺，疑未脱稿之书。然究而论之，皆经学名书也。宋四明史有之刊《权衡》《意林》于清江，其本犹有传者。传则出于录本，人或以为非真。观其文义与二书合，疑非赝鼎④，故并刊之以传示学者。

【笺注】

①石林叶氏：南宋文学家、学者叶梦得，字少蕴，号肖翁、石林居士，学问博洽，精熟掌故。词风近苏轼，亦能诗，勤于著述。庆历：宋仁宗年号（1041—1048）。欧阳文忠：北宋文学家、史学家欧阳修，字永叔，号醉翁，六一居士，吉州吉水（今属江西）人。天圣进士，官至翰林学士、枢密副使，参知政事情。谥文忠。

②子由：北宋散文家苏辙，字子由，号颍滨遗老。孙莘老：孙觉，字复明，号莘老。

③《公》：指春秋《公羊传》。《谷》：指春秋《谷梁传》。两者与《左传》并称"春秋三传"。

④赝鼎：《韩非子·说林下》："齐伐鲁，索谗鼎，鲁以其雁往，齐人曰：'雁也。'鲁人曰：'真也。'"后指仿造或伪托之物。

龙学孙公春秋经解序

宋熙宁以前①，荆舒未用②，《春秋》犹立于学官。以是经名者，有两孙先生，一为泰山孙明复，一为覧社孙莘老③。两人俱有著书传世。明复以师道与胡安定并称④，石介辈至尊之如孔子⑤。然石林叶氏谓其书不尽达于经例，又不深礼学，故其言多自牴牾，有甚害于经者。莘老则早从安定游，有声经社中。患诸儒解经之凿，蠹蚀遗经⑥，乃摭其所得而为之解。谓《谷梁》最饶精义，故多从之。而参以《左氏》《公羊》及汉唐诸家之说。义有未安，则补以所闻于安定者。晁公武称其论议精严⑦，良然也。王介甫恭其不能胜之也，因举圣人笔削之经⑧，而废之且为断烂朝报⑨。其始不过忮刻⑩，而终于无忌惮若此。龟山乃言当时三传异同无所是正^⑪，于他经为难知，故不列于学官，非废而不用。殆曲护之而为是言欤^⑫？是书宋南渡已不常见，故海陵周之麟有学士大夫罕知之叹。至绍熙癸丑^⑬，阳羡邵辑始得之而刊于毗社；其后庆元乙卯檇李张祯、嘉定丙子新安汪纲皆增为序跋^⑭。三君皆官于其地，争与表章先贤经术，可谓知所先务矣。先生别有《春秋经社》六卷，晁氏言其亦本啖、赵，凡四十门，惜乎不可复得而并行于世也。

【笺注】

①熙宁：宋神宗年号（1068—1077）。

②荆舒：指王安石。抚州临川（今江西抚州）人。熙宁二年（1069）为参知政事，次年拜相，后封舒国公，改封荆国公，故称荆舒。

③毗社：毗社湖，在江苏高邮县西北。湖东西长七十里，南北宽五十里。因孙莘老，即孙觉为高邮人，故称毗社孙莘老。

④胡安定：北宋初学者，教育家胡瑗，世居陕西路的安定堡，学者称安定先生。和孙复、石介提倡"以仁义礼乐为学"，并称"宋初三先生"。

⑤石介：北宋初学者，文学家，字守道，孙复弟子。因曾隐居徂徕，世称徂徕先生。

⑥蠹（dù）蚀：侵蚀；逐渐侵害，使之变坏。

⑦晁公武：南宋目录学家、藏书家，字子止，澶州清丰（今山东巨野）人。

⑧笔削：特指《春秋》。隋无名氏《李元暨妻邓氏墓志》："素王笔削，黄石兵书，莫不悬穷显晦，暗鉴胜负。"

⑨断烂朝报：王安石对《春秋》经的贬称。以《春秋》多残缺，而解经者每遇疑难之处，即指为阙文，故云。断烂，残缺不全。朝报，政府的公告。《宋史·王安石传》："先儒传注，一切废不用。黜《春秋》之书，不使列于学官，至戏目为断烂朝报。"

⑩忮（zhì）刻：褊狭刻薄。

⑪龟山：北宋学者杨时，字中立，南剑州将乐（今属福建）人。晚年隐居龟山，学者称龟山先生。

⑫曲护：曲意袒护。

⑬绍熙：宋光宗年号（1190—1194）。绍熙癸丑为1193年。

⑭庆元：宋宁宗年号（1195—1200）。庆元乙卯为1195年。嘉定：宋宁宗年号（1208—1224）。嘉定丙子为1216年。

涪陵崔氏春秋本例序

以例说《春秋》，著于录者，郑众、刘寔之《牒例》，何休之《谥例》，颍容、杜预之《释例》，荀爽、刘陶、崔灵恩之《条例》，方范之《经例》，范宁之《传例》，吴略之《诡例》，刘献之之《略例》，韩滉、陆希声、胡安国之《通例》，啖助、丁副之《统例》，陆淳之《纂例》，韦表微、成玄、孙明复、叶梦得、吴澂之《总例》，李瑾之《凡例》，刘敞之《说例》，冯正符之《志例》，刘熙之《演例》，赵瞻之《义例》，张思伯之《刊例》，王晳之《明例》，陈德宁之《新例》，王炫之《门例》，李氏之《异同例》，程迥之《显微例》，石公孺之《类例》，家铉翁之《序例》。而梁之简文帝、齐晋安王子懋皆有《例苑》，刁氏有《例序》，张大亨有《例宗》。杜氏之言曰：

"为例之情有五，推此以寻经传，王道之正、人伦之纪备矣。"而说《公羊》者则有五始、三科、九旨、七等、六辅、二类、七缺之义①，毋乃过于纷纶钦②？涪陵崔彦直尝与苏、黄诸君子游，知滁州日，曾子开曾为作记，刻石醉翁亭侧。其说《春秋》有《经解》十二卷，《本例》二十卷。建炎中③，江端友请下湖州，取彦直所著《春秋传》藏秘书省，于是其孙若上之于朝。今其《经解》不可得见，而《本例》独存。其说以为圣人之书，编年以为体，举时以为名，著日月以为例，《春秋》固有例也，而日月之例盖其本。乃列一十六门，而皆以日月时例之，其义约而该，其辞简而要，可谓善学《春秋》者也。题曰西畴居士者，殆书成于晚年罢官之日钦？

【笺注】

①五始：《春秋》纪事，始以元年、春、王、正月、公即位等五事，谓之"五始"。三科九旨：汉代《公羊》学家谓《春秋》书法有三科九旨，于三段中寓九种旨意。何休依胡母

生条例为《公羊传》定三科九旨凡例，新周、故宋，以《春秋》当新王，此为一科三旨；所见异词，所闻异词，所传闻异词，此为二科六旨；内其国而外诸夏，内诸夏而外四夷，此为三科，统而并之，则是三科九旨。宋衷注《春秋说》，三科者：一曰张三世，二曰存三统，三曰异外内，是三科也；九旨者，一曰时，二曰月，三曰日，四曰王，五曰天王，六曰天子，七曰讥，八曰贬，九曰绝。七等：公羊家谓孔子作《春秋》寓褒贬的七个等级，即州、国、氏、人、名、字、子。六辅：公辅天子、卿辅公、大夫辅卿、士辅大夫、京是辅君、诸夏辅京师。二类：人事与灾异。七缺：汉何休称夫道缺、妇道缺、君道缺、臣道缺、父道缺、子道缺、周公之礼缺为"七缺"。

②纷纶：指杂乱；众多。

③建炎：宋高宗年号（1127—1130）。

春秋经筌序

　　《春秋》之传五，邹氏无师，夹氏未有书，列于学官者三焉。《汉志》二十三家，《隋志》九十七部，《唐志》六十六家，未有舍三传而别自为传者。自啖助、赵匡稍有去取折衷，至宋诸儒各自为传，或不取传注，专以经解经，或以传为案，以经为断，或以传有乖谬则弃而信经，往往用意太过，不能得是非之公。呜呼！圣人之志不明于后世久矣。盖尝读黄氏《日钞》[①]，见所采木讷赵氏之说，恒有契于心焉。既得《经筌》定本，乃镂版传之。善哉！木讷子之言乎！善学《春秋》者，当先平吾心，以经明经，而无惑于异端，则褒贬自见。盖《春秋》公天下之书，学者当以公天下之心求之。斯言也，庶几得是非之公，而圣人之志可以勿晦焉已。

【笺注】

①《日钞》:《东发日钞》。宋代学者、思想家黄震所撰。黄震,字东发,浙江慈溪人,学者称于越先生。曾任史馆检阅、提点刑狱等官职,宋亡后不仕,隐居宝幢山。

叶石林春秋传序

宋吴郡叶少蕴当绍兴中著《春秋传》《考》《谳》三书凡七十卷，又为《指要》《总例》二卷，《例论》五十九篇。开熙中，公孙筠守延平，刊于郡斋。历世既久，其书不可尽见。所见者，传二十卷而已。

少蕴之言曰："《春秋》非为当世而作，为天下后世而作也。后世言《春秋》者，不外三家，左氏传事不传义，是以详于史而事未必实，以其不知经也。公、穀传义不传事，是以详于经而义未必当，以其不知史也。"乃酌三家，求史与经其不得于事者，则考于义；不得于义者，则考于事，更相发明①，以作是传，辩定考究，最称精详。直斋陈振孙言其学视诸儒为精，则是书岂非有志《春秋》者所当研究者欤！其为《谳》也，即啖、赵《辩

纳兰性德全集

疑》、刘氏《权衡》而正其误，补其疏略。自序《春秋考》曰："自吾所为《谳》推之，知吾之所正为不妄也，而后可以观吾考。自其考推之，知吾之所择为不诬也，而后可以观吾传。"是三书者，阙一则无以见少蕴之用心，而惜乎今之不得见其全也。虽然，即传所取之义以求其所舍择，纵全书未能尽窥，亦可得其大概矣。况四海之大，好事之儒、藏书之老，宁无秘而传之者？安知不因是书之行而亟出欤？少蕴名梦得，官至参知政事，生平具见《宋史》，居吴兴弁山，为园亭，奇石森列，故用《楚辞·天问》语自号云。

【笺注】

①更相：交互，互相。发明：印证。

清江张氏春秋集注序

　　清江张元德游朱子之门，为白鹿书院长，终著作佐郎。迨除直宝章阁，而元德已殁矣。其于《春秋》，有《集传》《集注》《地理沿革表》三书，端平中进于朝，宣付秘阁。朱子尝报元德书矣，曰："春秋某所未学，不敢强为之说。"而于《尚书》则谓有老师宿儒所未晓者。夫学至朱子，智足以知圣人矣，而于《尚书》《春秋》无传，非不暇为，亦慎之至也。明洪武初颁"五经""四书"于学官，传注多宗朱子，惟《易》则兼用程、朱传义，《春秋》则胡氏传、张氏注并存。久之，习《易》者舍程传而专宗朱子，习《春秋》者，胡传单行，而《集注》流传日鲜矣。余诵其书，集诸家之长而折衷归于至当①，无胡氏牵合之弊②，允宜颁之学官者也③。昔明太祖不主蔡仲默七政左旋之说④，乃命学士刘三吾率儒臣二十六人更定书传，曰《书传会选》，今其书渐废而仍行蔡传。顾元德是书，昔之所颁行者，反不得与蔡氏并书之，取舍兴废盖亦有幸不幸焉，可感也已！

【笺注】

①至当：最恰当。

②牵合：牵强凑合。

③允宜：合宜。

④七政：太阳、太阴、木星、火星、土星、金星、水星。明祝允明《野记》："高皇（明太祖）圣孝超杰，以《尚书》'咨义和'，'惟天阴骘下民'二简蔡沈注误，尝问群臣：'七政左旋，然乎？'答禄与权仍以朱熹新说对。上曰：'朕自起兵迄今，未尝少置步览，焉可徇儒生腐谈？'因命礼部试右侍郎张智与学士刘三吾等改正，为《书传会选》，札示天下学子曰：凡前元科举，《尚书》专以蔡传为主，考其天文一节，已自差缪。谓日月随天而左旋。今仰观乾象，甚为不然。夫日月五星之丽天也，除太阳人目不能见其行于列宿之间，其太阴与五星昭然右旋。何以见之？当天清气爽之时，指一宿为主，使太阴居列宿之西一文许，尽一夜，则太阴过而东矣。盖列宿附天，舍次而不动者，太阴过东，则其右旋明矣。夫左旋者，随

天体也，右旋者，附天体也。必如五星右旋为顺行，左旋为逆行。其顺行之日常多，逆行之日常少。若如蔡氏之说，则逆行多而顺行少。岂理也哉？若不革正，有误方来。"

春秋五论序

　　《春秋论》五篇，共一卷。一曰《论夫子作春秋》，二曰《辩日月褒贬之例》，三曰《特笔》，四曰《论三传所长所短》，五曰《世变》，宋吏部侍郎知兴化军武荣吕大圭圭叔所著也。五论闳肆而严正[①]，《春秋》大旨具是矣。

　　圭叔登淳祐七年进士[②]，授潮州教授，改赣州提举司幹官，秩满调袁州、福州通判，升朝散大夫，行尚书吏部员外郎，兼国子编修、实录检讨官，兼崇政殿说书，出知兴化军。常以俸钱代中下户输税。德祐初元[③]，转知漳州军，节制左翼屯戌军马。未行，属元兵至沿海，都制置蒲寿庚举全州降，令圭叔署降笺。圭叔不肯，将杀之。会圭叔门弟子有为管军总管者，掖之出[④]。圭叔变服遁岛上[⑤]。寿庚将逼以官，遣追之，问其姓名，不答，被害。先是圭叔缄其著书于一室，至是毁焉。《五论》与《读易管见》《论语孟子解》以传在学者得存。然《管见》诸书皆不可见，见者又仅此而已。惜哉！

圭叔少嗜学，师事乡先生潜轩王昭。昭为北溪陈淳弟子，淳受业晦菴称高足。渊源之来，人称温陵截派。呜呼！当时诋訾道学者⑥，往往谓其迂疏无济⑦。然宋社既屋⑧，人争北向，圭叔独不为诡随⑨，甘走海岛，不惮以身膏斧钺⑩，大节何凛凛也。以是观之，道学又何负于人国乎？良可叹也矣！武荣即今泉郡之南安县，唐嗣圣中尝以县为武荣州，故名。圭叔居县之朴兜乡大丰山下，学者因号为朴乡先生。

【笺注】

①闳肆：宏伟恣肆。

②淳祐七年：1247 年。淳祐，宋理宗年号。

③德祐：宋恭帝赵㬎（xiǎn）年号（1275—1276）。初元：帝王登位之后，按例改元，谓改元之初为"初元"。德祐初元即为 1275 年。

④掖（yè）：扶持，搀扶。

⑤变服：改变服饰。遁：隐匿。《楚辞·离骚》：“初既与余成言兮，后悔遁而有他。”王逸注：“遁，隐也。”

⑥诋訾：毁谤，非议。《史记·老子韩非列传》：“故其著书十余万言，大抵率寓言也。作《渔父》《盗跖》《胠箧》，以诋訾孔子之徒，以明老子之术。”司马贞索隐：“诋，訐也……谓诋訐毁訾孔子也。”

⑦迂疏：迂远疏阔。

⑧屋：《礼记·郊特牲》：“是故丧国之社屋之，不受天阳也。”孔颖达疏：“丧国社者，谓周立殷社也。立以为戒……屋隔之，令不受天阳也。”后遂以“屋”谓国家覆亡。

⑨诡随：妄随他人。

⑩膏（gào）：犹沾溉。借指赴死或受死。斧钺：斧与钺。泛指兵器。亦泛指刑罚、杀戮。《左传·昭公四年》：“王弗听，负之斧钺，以徇于诸侯。”

春秋经传类对赋题辞

　　《春秋》，其事二百四十年，其文一万八千言尔，视诸经为最简。左氏作传，而事与文详矣，学者不能殚记也①。宋皇祐中②，徐秘书以韵语包括之，计一万五千言，而其义大备。记曰："属辞比事③，《春秋》教也。"属辞比事而不乱，则深于《春秋》者也。诵秘书之赋，其比事之切，非深于《春秋》者能然欤？《〈春秋〉赋》见《宋·艺文志》，有崔升、裴光辅、尹玉羽、李象诸家，而晁氏《读书志》又有杨筠《分门属类赋》十篇，独不载是书。朱氏《授经图》、焦氏《国史经籍志》亦无之。则诸君子皆未之见者。古人之书往往不尽传于后世，或并其姓氏失之。若秘书赋寥寥数简，以藏书家所未及见者，幸得传于今日，此予所为赧然而喜也^④。

【笺注】

①殚记：详尽记述。

②皇祐：宋仁宗年号（1049—1053）。

③属辞比事：连缀文辞，排比史事。后亦泛指撰文记事。《礼记·经解》有云："属辞比事，《春秋》教也。"

④龁（chǎn）然：笑貌。《文选·左思〈吴都赋〉》："东吴王孙龁然而哈。"刘逵注："龁，大笑貌。"

程积斋春秋序

元四明程积斋先生，尝慨《春秋》在诸经中独未有归一之说，遍索前代说《春秋》者凡百三十家，沉潜紬绎者二十余年①，著《春秋本义》三十卷、《三传辩疑》二十卷、《或问》十卷，经筵申请，下有司锓板于集庆路儒学。南海黄佐南雍志录其书，而别有《纲领》一卷，明著书大义。大旨以程、朱二氏之论，考正三传及胡氏之得失，作《本义》以发圣人之经旨，《辩疑》以订三传之疑似，《或问》以校诸儒之异同。其书世有传本，然余所见，则《本义》《或问》而已，《辩疑》缺佚不完。今刻二书，而《辩疑》姑俟焉。始四明之学多宗象山②，惟黄震、史蒙卿实为朱子之学。先生与其兄畏斋师事蒙卿，尽得朱子明体达用之指。二难自为师友，方严刚正，时人以二程目之。畏斋发明朱子读书之法，作《读书工程》，国子监尝取其书颁示校官，以式学者。先生为是书，一本伊川、晦菴之意，遍览传说，折衷同异，欧阳圭斋言其精神心术萃在是书③，朝夕改订，寝食为废。盖二先生学本紫阳④，故其道问学之功，精专若是也。先生名端学，字时叔，举进士第二人，为国子助教，改翰林、国史院编修官，出为筠州幕，有循良称。畏斋名端礼，字敬叔，以荐为台州路儒学教授，《元史》有传。今著其略，俾读是书者，有以论其世焉。

【笺注】

①绅（chōu）绎：引出端绪，引申为阐述。

②四明之学：四明，山名，在浙江宁波西南。宋时期以传陆九渊心学为宗旨，以尊德性为目的的学术派别。陆九渊：南宋哲学家、教育家，字子静，自号存斋，曾结茅讲学于象山（今江西贵溪西南），学者称象山先生。

③欧阳圭斋：元代史学家、文学家欧阳玄，字元功，号圭斋，祖籍庐陵（今江西吉安），欧阳修之后裔。

④紫阳：朱熹，字元晦，一字仲晦，号晦庵，别称紫阳。

赵氏春秋集传序

　　东山赵子常先生，元季师事九江黄楚望，传《春秋》之学，著《属辞》《补注》《师说》三书。为三传之学者尊称之。先生复有《集传》十五卷，则先《属辞》而成者。自序言："策书之例十有五①，而笔削之义有八。"迨后《属辞》成，以《集传》义例微有未合，更须讨论。至正壬寅②，先生再著其书，至昭公二十七年以病辍笔。门人倪尚谊援先生之义续成之，即今书也。先生常谓《属辞》特推笔削之权，而《集传》大明经世之志，必二书相表里，而后《春秋》之旨方完。则是书宜与《属辞》并行也，明矣。

　　予得千顷堂藏本③，因论次焉。窃观宋元之际，新安沐浴紫阳之泽④，老师宿儒，多出其间。若云峰、双湖两胡氏⑤，定宇陈氏⑥，仲弘倪氏⑦，见心程氏，皆能著书推明朱子之学。其与先生同时，又有环谷、蓉峰两汪氏⑧，风林朱氏，与先生辅翊开代，修明礼乐，为世儒宗。其纂辑群言，羽翼往说⑨，如环谷之纂疏者，亦有其人。然未有迥然特出，能得知我罪我之义如先生者。先生蚤见楚望⑩，即告以穷经之要在乎致思，于是深悟夫《鲁史》有一定之书法，圣经有笔削之大旨，《鲁史》亡而圣人所书遂莫能辨，独幸左氏《传》尚存遗法。杜预注《左》，于史例推之颇详。公、谷二氏多举书不书见义。其后止斋陈氏因公、谷所举之书法，以考正《左传》笔削大义，最为有征。故先生为《集传》，本之二家，而兼采众说，要使学者即策书之例⑪，以求笔削之旨，则知圣经不可以虚词立异，破碎牵合以为说，而后圣人之经明矣。故朱风林一见其书辄曰前无古人，其推服之如此，岂同时诸儒所可及哉！先生卒后，门人辑成藏弆⑫，故人不见。嘉靖中，东阿刘隅始得其书于先生乡人汪元锡，而属教谕夏镗传

之。噫！后之学者知三传之不可废，不仅
抱遗经以究终始者，岂必赖是书也夫！

【笺注】

①策书：指古代常用以记录史实的简册，这里指史书。

②至正：元惠宗年号（1341—1370）。至正壬寅为
1362年。

③千顷堂：明末清初藏书家黄虞稷藏书之处。

④紫阳之泽：朱熹好友刘子羽为朱熹母子构筑楼宅于潭溪
之畔，屏山之麓，朱熹侍奉慈母安居于此。朱熹祖籍徽州婺源
（江西婺源）有一座紫阳山，为不忘先祖，故名新宅为紫阳
楼，匾其厅堂为"紫阳书堂"。在朱氏宗祠上，有门联一副：
"沛国家声，紫阳世泽。"

⑤云峰、双湖两胡氏：胡一桂，字庭芳，南宋景定五年
（1264）乡荐礼部不第，退而讲学于乡里，远近师之，号"双
湖先生"。其学源于胡方平，治朱熹易学。胡炳文，字仲虎，
号云峰，元代教育家、文学家，一生致力于研究、弘扬朱子
理学。

⑥定宇陈氏：元代著名学者、教育家陈栎，字寿翁，徽
之，休宁人。宋亡，隐居著书，延祐初有司强之科举，试乡闱
中选，不赴礼部教授于家，晚号东阜老人，举者称定宇先生。

⑦仲弘倪氏：元儒倪士毅，字仲宏，歙县（一作休宁）
人。尝学于陈栎，隐居祁门山，潜心讲学，学者称道川先生。

⑧环谷、蓉峰两汪氏：汪克宽，元末明初理学家、教育
家，字德辅，号环谷。

⑨羽翼：辅佐；维护。《吕氏春秋·举难》："（魏文侯）

纳兰性德全集

以私胜公，衰国之政也。然而名号显荣者，三士羽翼之也。"高诱注："羽翼，佐之。"

⑩楚望：《左传·哀公六年》："三代命祀，祭不越望。江、汉、睢、漳，楚之望也。"望，古代祭祀山川的专称。后以"楚望"指楚地的山川。

⑪策书：指古代常用以记录史实的简册。晋杜预《〈春秋经传集解〉序》："仲尼因鲁史策书成文，考其真伪而志其典礼。"

⑫藏弆（jǔ）：收藏。《汉书·游侠传·陈遵》："性善书，与人尺牍，主皆藏弆以为荣。"颜师古注："弆亦藏也。"

清全斋读春秋编序

宋元之际，吴中多老师宿儒。若俞石涧琰、陈清全深、俞邦亮元燮、汤思言弥昌、王子英元杰，皆精究群经，咸有撰著。石涧之《大易会通》至一百三十卷，又为《集说》十卷，而他如《经传考证》《读易须知》《卦爻象占分类》不与焉。清全于《易》、于《诗》、于《春秋》皆有编，自宋社既屋，即谢去举业①，沉潜问学，淹贯遗经②，闭门教授。郑元祐称其"年登耄耋，生识先辈③，著书立言，咸造底蕴"，良有然矣。《读春秋编》十二卷，原本左胡采摭诸说深有益于学者，偶获元椠本④，为加校勘而属之梓。先生字子微，世为吴人，元天历间奎章阁臣⑤，以能书荐，匿不肯出，别号宁极。所著诗文名《宁极斋稿》。子直，字叔方，有孝行，能继父业，以"慎独"名其斋。盖父子皆吴隐君子也。

【笺注】

①举业：为应科举考试而准备的学业。

②淹贯：深通广晓。

③生识：预见，先见。

④元椠（qiàn）：元代刻本。

⑤天历：元文宗年号（1328—1329）。

张翠屏春秋春王正月考序

　　《春秋》，纪事之书也。纪事者，必有岁时月日，此经所以有"春王正月"之笔也。春者，周之春；正月者，周之子月。此鲁史册书之旧也①。曰"春王正月"者，吾夫子之特笔也②。后世不知册书之义，于是有夏时冠周月之说③，而夫子从周之志荒矣。翠屏张志道先生始采摭群书以考订之，本之以《语》《孟》之言，而归宿于紫阳晚年之定论，别引三传与他经及史传以证之。其说之庞者，则为辩疑以折其误。凡为书二卷。嗟乎！六经之旨未易窥也，学者治经必先明其大者，则其余可得而通矣。《易·乾》之"四德"④、《诗·二南》之《关雎》⑤、《书》之"二典"⑥、《春秋》之"春王正月"，皆经旨之大者。于此无定论焉，则微言精意将有不能究者矣。先生是书剖析精当，于开章之大义井如，学者诚有得于此，则于全经之旨不有如振裘而挈领者哉⑦！先生举元泰定丁卯进士，累官翰林、侍讲学士⑧，入明仍故官。洪武二年⑨，奉使册封安南国王。是书安南寓舍所著，书成而卒。宣德中⑩，先生嗣孙隆始取手泽而梓之。

【笺注】

①册书：史册，史籍。

②特笔：独特的笔法。宋罗大经《鹤林玉露》卷五："鲁史旧文，必著隐公摄位之实，去摄而书公，乃仲尼之特笔。"

③夏时冠周月：宋人胡安国在《春秋胡氏传》里提出，认为《春秋经》虽然改月，却没有改时，记月份用的是周历，记季节用的是夏历。

④四德：指《易》"乾"卦元、亨、利、贞四德。《易·乾》："元者，善之长也；亨者，嘉之会也；利者，义之和也；贞者，事之干也。君子体仁足以长人，嘉会足以合礼，利物足以合礼，利物足以合义，贞固足以干事。君子行此四德者，故曰乾元亨利贞。"

⑤二南：《诗经·国风》中《周南》《召南》的合称，共二十五篇，其中《关雎》为《周南》，亦是整部《诗经》之首篇。

⑥二典：《尚书》中《尧典》《舜典》的合称。宋陆游《杂感》："士生诵'二典'，恍若生唐虞。"

⑦振裘挈领：振裘持领。比喻抓住事物的关键。汉杨伦

《上书案坐任嘉举主罪》："臣闻《春秋》诛恶及本，本诛则恶消；振裘持领，领正则毛理。"

⑧泰定：元泰定帝年号（1324—1328）。泰定丁卯为1327年。

⑨洪武：明太祖朱元璋年号（1368—1398）。洪武二年为1369年。

⑩宣德：明宣宗朱瞻基年号（1426—1435）。

春秋集传释义大成序

　　《春秋》之义明，而《传》之真伪自辩。《春秋》何义乎？尊周明法、黜霸崇王、彰善瘅恶而已。王者之治天下，先之以教化，继之以法令，申之以赏罚。三者行则王政举、人心正，而《春秋》可以不作。周之东也，教化既衰，法令赏罚不行于天下，于是诸侯并吞，仁义道息，不有圣人出而正之，则乾坤不几息乎？故曰："迹息诗亡，然后《春秋》作。"[①]又曰："《春秋》成而乱臣贼子惧。"[②]此《春秋》之义也。夫举其纲而未及其目，断其义而未详其案，三传之作可少哉！乃有传而事之湮没者虽少，义之隐晦者滋多。盖以传闻异辞，各以意见为言，而理有未合。汉儒又各执一家之说以相传习，遂使后世因传以误经，觉经之立法多不明，赏罚多不当，而尊王立教之本义亦遂失矣。程子曰："读《春秋》者，当以传考经之事迹，以经别传之真伪。"朱子曰："孔子非有意以一字为褒贬，但直书其事，而善恶瞭然。"元新安俞氏著《春秋集传释义》，一以程、朱为断，参以啖、赵诸家而折衷以己意，于是经义明，而传之真伪是非判如黑白。噫！汉、唐诸儒但知释传，不知明经，胡氏虽明经义，而时事激发，又多附会，较之程、朱无事穿凿而自得圣人之意者，大有径庭。俞氏之书出，可以救胡氏之偏而发程、朱所未尽。二百四十二年之间，其治乱兴衰之故，仁义诈力之异，贤不肖之用舍，行政出令之得失，足为人鉴戒者，何可胜数？特经义不明，而学术之害有不可胜言者。夫以圣人垂训之经，反致有贻误后学之弊，此俞氏之书所以不可不亟为表彰于天下也。

【笺注】

①迹息诗亡，然后《春秋》作：此句出自《孟子·离娄下》："孟子曰：'王者之迹熄，而诗亡，诗亡，然后《春

秋》作。'"

②《春秋》成而乱臣贼子惧：此句出自《孟子·滕文公下》："孟子曰：'……孔子成《春秋》，而乱臣贼子惧。'"

卷十二　经解序三

河南聂氏三礼图序

　　《九经》，《礼》居其三，其文繁，其器博，其制度今古殊，学者求其辞不得，必为图以象之，而其义始显。即书以求之，不若索象于图之易也。《礼》之有图自郑康成始①，而汉侍中阮谌受《礼》于綦毋君②，取其说为图，又有梁正、夏侯伏明、张镒三家，而今皆无传矣。周世宗厘正典礼，洛阳聂崇义以国子司业兼太常博士，凡山陵禘祫、郊庙器玉之制度③，悉从其讨论。乃考正《三礼》旧图，缋素而申释之④，篇叙其凡，参以古今沿革之说，至宋建隆三年表上于朝⑤。诏太子詹事尹拙集儒学之士重加参议，拙所驳正，崇义复引经释之。当书成时，太祖嘉其刊正疑讹，既被紫绶、犀带、白金、缯帛之赐⑥，颁其书学宫，又以其图绘国子监宣圣殿后北轩之壁。逮至道初⑦，旧壁颓落，命易以版，改作于论堂之上。咸平中⑧，天子幸学⑨，亲览观焉。

【笺注】

①郑康成：郑玄，字康成，东汉末年的经学大师。

②阮谌：师从綦毋君，造《三礼图》传于世。

③禘（dì）祫（xiá）：古代帝王祭祀始祖的一种隆重仪礼。或禘祫分称而别义，或禘祫合称而义同，历代经传，说解不一。章炳麟以为，"禘祫之言，汹汹争论既二千年。若以禘祫同为殷祭，祫名大事，禘名有事，是为禘小于祫，何大祭之云？故知周之庙祭有大尝、大烝，有秋尝、冬烝。禘祫者大尝、大烝之异语。"详《国故论衡·明解故下》。《后汉书·章帝纪》："其四时禘祫于光武之堂。"李贤注引《续汉书》："五年再殷祭，三年一祫，五年一禘。"《国语·周语上》："我先王不窋用失其官。"

④缋（huì）素：《论语·八佾》："绘事后素。"谓先有白色底而后施以五彩。后遂以"缋素"喻修饰。

⑤建隆：宋太祖年号（960—963）。建隆三年为962年。

⑥紫绶：紫色丝带。古代高级官员用作印绶，或做服饰。《汉书·百官公卿表上》："相国、丞相，皆秦官，金印紫绶。"犀带：犀角带。饰有犀角的腰带。非品官不能用。缯帛：丝绸之统称。

⑦至道：宋太宗年号（995—997）。

⑧咸平：宋真宗年号（998—1003）。

⑨天子：这里指宋真宗赵恒。幸学：皇帝巡幸学校。

　　《宋史》列诸儒林之首，可谓极儒生稽古之荣矣。其后陆佃撰《礼象》，陈祥道作《太常礼书》，正聂氏之失而补其阙，于是贾安宅、王普交言崇义未尝亲见古器①，出于臆度，有诏毁学宫旧画两壁图。然绎窦学士伊序聂氏书，称其博采旧图，凡得六本，则实原于梁、郑、阮、张、夏侯诸家之言，而非出于臆说。礼图之近乎古者，莫是书若也。惟是尹拙依旧图画釜，聂氏去釜画镬②，两人异同，当日下中书省集议，张昭谓釜不可去，而《周官》《仪礼》皆有镬，因请两存之，图镬于鼎下。而今流传雕本有釜无镬，则有不可解者，请以质深思博学之君子。

【笺注】

①交言：一齐进言。

②镬（huò）：无足鼎。古时煮肉及鱼、腊之器。《周礼·天官·亨人》："亨人掌共鼎镬以给水火之齐。"

卫氏礼记集说序

高堂生传《士礼》十七篇，五传而得戴德、戴圣。德因河间献王所得《记》百三十一篇及《明堂阴阳记》三十三篇①，删其繁重为八十五篇，号《大戴礼记》。圣复删次德书为四十六篇，号《小戴礼记》。其后马融传小戴之学②，增入《月令》《明堂位》《乐记》三篇，合四十九篇，今列在学官者是。郑注、孔疏而外，宋之李格非、吕大临、陆佃、马希孟、方悫皆有解，世不尽传。宋昆山卫湜集诸家解，为说百六十卷，各著其姓氏，理宗宝庆二年表上于朝③，得寓直中秘④，盖嘉其用心之勤也。尝慨是经虽列学官，而士子所习，惟元东汇陈澔之集说与永乐时所辑大全而已⑤。澔书陋略不足观，大全主潴而无所阐发，又成于胡广辈之手，其与《易》《春秋》诸经之剿袭先儒成书者等耳⑥。正叔网罗采辑，无所不周。即他书杂录有所论及，亦摭入之，使先王立纲陈纪之道，为经为曲之详，灿然明著，岂非是经之大全也欤！是书钞帙颇有缺轶，然不碍其可传。因从东海夫子请归，校而授梓焉⑦。湜，字正叔，卫文节公泾弟，累官朝散大夫，知袁州，学者称栎斋先生。兄弟三世同居，理宗名其堂曰友顺，实夫子邑先正也。

【笺注】

①河间献王：刘德，汉景帝第三子，修学好古，广求天下善书，推尊儒术，立《毛诗》《左传》博士，是西汉时期大藏书家。

②马融：东汉经学家、文学家，字季长，右扶风茂陵（今陕西兴平东北）人，生徒常有千余人，郑玄、卢植都出其门。遍注儒家经典，使古文经学达到成熟的境地。

③宝庆：宋理宗年号（1225—1227）。宝庆二年为1226 年。

④寓直：寄宿于别的署衙当值，后称夜间于官署值班。

纳兰性德全集

⑤永乐：明成祖年号（1403—1424）。

⑥剿袭：剽窃人言以为己说。

⑦授梓：交付雕板，付印。

东岩周礼订义序

东岩《周礼订义》八十卷，载《宋史·艺文志》。宋之群儒经义最富，独诠解《周礼》者寡，见于志者，仅二十有二家而已。盖自王安石当国，变常平为青苗①，借口《周官·泉府》之遗，作新经义，以所创新法尽傅著之。又废《春秋》，不立学官。于是与王氏异者，多说《春秋》而罢言《周礼》。若颍滨苏氏②、五峰胡氏③，殆攻王氏而并及于《周礼》者与！昔之言周礼者，郑康成信为周公致太平之迹，陆陲谓为群经源本，王仲淹美其经制大备，朱子亦称其广大精密，非圣人不能作，则为先秦古书无可疑焉者。东岩之说，谓周公将整齐六典以为宅洛计，不幸殁，而成王不果迁，规模不获④。究其说，本郑氏注而畅发之。至云："冬官未尝亡，错见于五官中。"则与临川俞寿翁合。其编集诸家之说，宋儒自刘仲原父以下凡四十五家，可谓详且博矣。东岩姓王氏，名与之，字次点，乐清人。从松溪陈氏学，传《六典》要旨。其书淳祐初郡守赵汝腾进于朝，付秘书省，特补一官，授宾州文学，终通判泗州，卒年九十有七。

【笺注】

①常平：古代一种调节米价的方法。筑仓储谷，谷贱时增价而籴，谷贵时减价而粜。汉宣帝时耿寿昌首创。宋高承《事物纪原·利源调度·常平》：“汉宣帝时数丰稔，耿寿昌奏诸边郡以谷贱时增价籴入，贵则减价粜出，名曰‘常平’，此其始也。”青苗法：也称常平给敛法、常平敛散法。宋王安石新法之一。其法以诸路常平、广惠仓所积钱粮为本，在春夏两季青黄不接时出贷给民户。春贷夏收，夏贷秋收。每期收息二分。本意在以低息限制豪强盘剥，减轻百姓负担，但因在施行中弊端层出，又遭到保守派的反对而废止。以后兴废无常，原意也渐丧失。《宋史·食货志四上》：“于陕西转运司私行青苗法，青散秋敛，与安石意合。至是，请施行之河北，于是安石决意行之，而常平、广惠仓之法遂变而为青苗矣。”

②颍滨苏氏：北宋文学家、诗人苏辙，字子由，眉州眉山（今属四川）人。与父亲苏洵、兄长苏轼齐名，合称三苏。熙宁三年（1070）上书神宗，力陈法不可变，又致书王安石，激烈指责新法。崇宁三年（1104），定居颍川，过隐逸生活，筑室曰“遗老斋”，自号“颍滨遗老”，以读书著述、默坐参禅

为事。

③五峰胡氏：南宋学者胡宏，字仁仲，崇安（今福建武夷山市）人，学者称为五峰先生。

④获：恢廓貌。

仪礼集说序

　　鲁高堂生传《士礼》十七篇，即今
《仪礼》也。生之传既不存，而王肃、袁
准、孔伦、陈铨、蔡超宗、田僧绍诸家注
亦未流传于世。今自注疏而外，他无闻
焉。岂非昌黎所言：文既奇奥，且沿袭不
同，复之无由，学者不好，故亦不之传说
邪？夫亦周公之著作、三代之仪文，学者
有志稽古礼文之事，乃以其词之难习，遂
无以通其义，非有志于学者之所为也。元
大德中[①]，长乐敖继公以康成旧注疵多醇
少[②]，辄为删定，取贾疏及先儒之说补其
阙，又未足，则附以己见，名曰《集说》，
盖不以其艰词奥义自委者已。宋相马廷
鸾，生五十八年，始读《仪礼》，称其奇
词奥旨中有精义妙道焉，纤悉曲折中有明
辨等级焉[③]。观于继公是书，不信然欤！
继公字君善，闽人而家于吴兴，居小楼，

日从事经史，吴士多从之游，赵孟頫其弟

子也。以江浙平章高彦敬荐为信州教授。

【笺注】

①大德：元成宗年号（1297—1307）。

②疵：过失，缺点。《易·系辞上》："悔吝者，言乎其小疵也。"醇：精纯，纯一不杂。《书·说命中》："惟厥攸居，政治惟醇。"孔传："其所居行皆如所言，则王之政事醇粹。"《汉书·礼乐志二》："殷殷钟石羽籥鸣，河龙供鲤醇牺牲。"颜师古注："醇谓色不杂也。"

③纤悉：细微详尽。

永嘉蔡氏论语集说序

　　《论语集说》二十卷，宋朝散郎、试太府卿、兼枢密副都承旨、永嘉蔡节编，淳祐五年表进于朝①。今作十卷，盖当日刊于湖泮本已然也。是书《宋·艺文志》不载，诸家藏书目俱未收。予乃购得之，幸矣。永嘉自伊洛诸儒未作，王景山出，发明经蕴，述《儒志》一编，其后则有刘安节元承、鲍若雨商霖、谢天申用休、潘旻子文、周行己恭叔、陈经正贵一暨弟经邦贵叙，其姓名皆入《伊洛渊源录》中。而著群经说者，若陈鹏飞少南、薛季宣士龙、张淳忠甫、叶适正则、戴溪肖望、陈傅良君举、叶味道知道、钱文子文季、黄仲炎若晦、汤建达可、陈埴潜室、王与之次点皆有成书著录。谚曰："温居瀛堧②，理学之渊。"不信然与？顾诸君子之书或存或亡，不可尽得，予序蔡氏《集说》而附及之，盖将以求所未见焉。

【笺注】

①淳祐五年：即 1245 年，宋理宗赵昀在位。
②瀛堧（ruán）：湖泽岸边的空地。

建安蔡氏孟子集疏序

牧堂老人蔡发仲与，朱子称其教子不于利禄，而开之以圣贤之学，非世人所及。其子元定、季通，孙渊伯静、沉仲默，曾孙模仲觉、抗仲节，皆隐居著书。既而仲觉任建安书院席长，以谢方叔、汤恢荐，补迪功郎，添差本州教授①。而仲节旋中进士，为诸王教授，累迁端明殿学士，参知政事。蔡氏撰述，季通《律吕新书》，仲默《书传》最著。而伯静《易训解》，鄱阳董氏载入《诸儒沿革》中。仲觉则有《易传集解》《大学衍》《论语、孟子集疏》《河洛探赜》《续近思录》诸书。予所见者，仅《孟子集疏》十四卷而已。仲节为之后序，称其参《或问》以见同异，采《集义》以备阙遗，洵有功于《集注》者矣。仲觉被荐，尝疏言敬义为万世帝王心学之本，而《大雅》"价人维藩"六语②，为国家守邦要道。又请以《白鹿洞学规》颁诸天下③。盖无愧牧堂老人之教，而其家学，诚非世人所能几及也。

【笺注】

①添差：宋制，凡授正官，皆作计给禄俸的虚衔，实不任事。内外政务则于正官外另立他官主管，称"差遣"。凡于差遣员额外增添的差遣，叫"添差"。

②价人维藩：此诗引自《诗·大雅·板》："价人维藩，大师维垣，大邦维屏，大宗维翰。"

③《白鹿洞学规》：朱熹所撰《白鹿洞书院揭示》，为白鹿洞书院办学纲领，对后世影响极大。

经解书后

书成氏毛诗指说后

右《毛诗指说》四篇：一《兴述》，二《解说》，三《传受》，四《文体》，合为一卷，唐成伯瑜撰。后有建安熊子复跋尾，盖乾道中尝刊于京口者①。唐以诗取士，而三百篇者，诗之源也，宜一代论说之多。乃见于《艺文志》者，自《毛诗正义》而外，惟成氏二书及许叔牙《纂义》而已。成氏《断章》二卷，许氏《纂义》十卷，今俱无存，惟是编在耳，不可不广其传也。

【笺注】

①乾道：宋孝宗年号（1165—1173）。

书张文潜诗说后

　　文潜《诗说》一卷①，杂论《雅》《颂》之旨，仅十二条，已载《宛丘集》中，后人钞出别行者。观所论"土宇昄章"一则②，其有感于熙宁开边斥境之举而为之也欤③？《宛丘集》今不甚传，此亦经学一种，因校而梓之。

【笺注】

　　①文潜：张耒，字文潜，号柯山，世称宛丘先生，楚州淮阴（今江苏淮安市淮阴区）人。有《宛丘集》《柯山词》等。

　　②土宇昄章：出自《诗经·大雅·卷阿》。

　　③熙宁：宋神宗年号（1068—1077）。开边斥境：开拓国境。《宋史·范祖禹传》："熙宁之初，王安石，吕惠卿造立新法……又用兵开边，结怨外夷，天下愁苦，百姓流徙。"《汉书·地理志上》："至武帝攘却胡越，开地斥境。"

吕氏春秋集解序

　　《春秋集解》三十卷，赵希弁《读书附志》云东莱先生所著也。长沙陈邕和父为之序。按成公年谱，凡有著述必书，独是编不书。《宋史》本传，公所著有《易》《书》《诗》而独无《春秋》。惟《艺文志》于《春秋集解》三十卷直书成公姓名。考吴兴陈氏《书录题解》有《春秋集解》十二卷，云是吕本中撰，且撮其大旨，谓"自《三传》而下，集诸儒之说，不过陆氏、两孙氏、两刘氏、苏氏、程氏、计氏、胡氏数家而已，其所择颇精，却无自己议论。"合之是编诚然。盖吕氏自右丞好问徙金华[①]，成公述家传，称为东莱公；而本中为右丞子，学山谷为诗[②]，作《江西宗派图》，学者称为东莱先生，以之名集。然则吕氏三世皆以东莱先生为目，成公特最著者尔。朱子尝曰：

"吕居仁《春秋》亦甚明白，正如某《诗传》相似。"窃疑是编为居仁所著，第卷帙多寡不合，或居仁草创而成公增益之者。与序其端，用质淹通博达之君子。倘获善本有陈和父序者，予之疑庶可以释矣。

康熙丙辰二月纳兰成德容若序③

【笺注】

①好问：吕好问，字舜徒，寿州（今安徽寿县）人，宋钦宗时任御史中丞，后改兵部尚书，封东莱郡侯，定居婺州金华。吕本中为其长子。吕祖谦（成公）为其孙。

②山谷：北宋诗人、书法家黄庭坚，字鲁直，号山谷道人、涪翁，洪州分宁（今江西修水）人。出于苏轼门下，为"苏门四士"之一，又与苏轼齐名，世称"苏黄"。

③康熙丙辰：康熙十五年，1676 年。

＊此文据《通志堂经解》（康熙十九年通志堂刻本）补录。

纳兰性德全集

赵氏四书纂疏序

　　格庵赵氏《四书纂疏》共二十六卷。前有清源洪天锡序，而陵阳牟子才又分序之。其书一以朱子为归，不杂异论。于《大学》《中庸》，先之以《章句》，次以《或问》，间以所闻附其后，又以《语录》暨诸儒发明大义者注其下。于《论语》《孟子》则一本《集注》，而采《或问》《集义》《详说》《语录》所载分注焉。昔朱子之为《章句》也，《大学》则宗程子，会众说而折其中；《中庸》则以己意分之，复取石子重《集解》删其繁，名以《辑略》。

　　其为《集注》也，取二程、张、范、二吕、谢、游、杨、侯、尹十一家之说，辑为要义，更名之曰《精义》。载更集义，又本注疏参说，又会诸家之言为《训蒙口义》，更名之曰《详说》，然后约其精粹，为《集注》。而于《集注》《章句》之外，记其所辨论取舍之意别为《或问》，若是其严密也！朱子自言："《集注》如称上称来，无异不高不低。"又言"添减一字不得。"然学者非由《集义》《详说》《或问》《语录》以观其全，无由审《章句》《集注》之精粹，则是书之有功于朱子多矣。今学宫所颁《四书大全》，盖即倪仲弘之辑释，而是编之流传者少，乃较而刊行之，俾相为表里云。

康熙丁巳纳兰成德容若序①

【笺注】

①康熙丁巳：康熙十六年，1677 年。

*此文据《通志堂经解》（康熙十九年通志堂刻本）补录。

卷十三 序、记、书、书简

序

名家绝句钞序①

夫圜流千顷②，鸡犀划而中分③；灵岳三成④，质屃开而独擘⑤。吴淞之水，并剪双裁⑥；崐岫之瑶⑦，昆刀缕切⑧。只袜溅杨家之泪⑨，自尔温麛⑩；半鬟窥徐后之妆⑪，居然掠削⑫。团圞三五⑬，乍看新月宜人；烂熳千行，时或残英照眼⑭。靡不宝文鳐之单翼⑮，珍赤鲤之片鳞⑯。物既有之，并以偏隅擅胜⑰；文亦宜尔，自应断句专长也。然则《阳春》《渌水》⑱，缔搆差同⑲；《子夜》《前溪》⑳，体裁相类。较之《易水》两言之制㉑，《大风》三叠之章㉒，机上盘中，回旋隐互㉓，焦卿秦女㉔，飒沓纵横。似犹凫鹤之异短长㉕，不啻马牛之殊逆顺。而乃同收乐府，狎处词坛㉖，泾渭可以不分，涪汉于焉相混㉗。盖古人言以足志，声律不以为程；情见乎辞，字句非其所限。流泉呜咽，行止随时；天籁噫嘘㉘，洪纤应节㉙。无律体之可称，何绝句之能准乎？自夫沈宋连镳㉚，斫雕破朴㉛；高岑继轨㉜，毁瓦为方㉝。则有沈香倾妃子之杯㉞，画壁下女伶之拜㉟。仲初新体㊱，并咏宫中；少伯悲吟㊲，都由塞上。柘枝蛮舞㊳，鼓腰魂断流官㊴；杨柳妍词㊵，笏面神飞节使㊶。恼鄜州之从事，何物红儿㊷；悲蜀国之夫人，当年白帝。固不独义山咏史㊸，讽托情深；抑岂惟杜牧闲愁㊹，风流调逸。迩来作者代不乏人。始则搜讨于洪公㊺，继复校雠于赵氏。观斯止矣，可略言焉。独有明起元宋之衰，昭代际唐虞之盛㊻，洪河岱岳㊼，既澒洞而惊神；拳石偃松㊽，亦留连而动目㊾。短章片什，可喜可观。至乃鹤裘客归㊿，裂长笛于五湖；乌犍佯狂，垫角巾于三泖(51)。四杰之争芳兰蕙(52)，月死珠伤；七子之互有薰莸(53)，水清石见(54)。谢山人邺下琵琶(55)，徐博士扬州烟月(56)。崐岭兀奡(57)，不减白蓑青笠之游；蒙叟幽忧(58)，可怜红豆碧梧之句。尧峰山麓(59)，踏歌旧有汪伦(60)；历下亭隅，觞咏夙推王令(61)。并可以发挥雅颂，领袖风骚。迷谷之华四照(62)，炜炜欲浮(63)；版桐之圃九层(64)，峣峣直上(65)。

【笺注】

①张任政《纳兰性德年谱》附《遗著考略》，有《名家绝句钞》一书，称其为纳兰“与蒋宣虎、顾梁汾、吴汉槎共相编定”，实则纳兰与顾贞观均未参与该书的编选。纳兰只是应邀撰写此序。

②圜流：漩涡急流环绕。《列子·说符》：“有悬水三千仞，圜流九十里，鱼鳖弗能游。”

③鸡犀：“通天犀”的别称，鸡见之即惊，故称“骇鸡犀”“鸡犀”。此犀牛角上有一白缕贯通，夜视月光，俗谓可通神开水，禽兽见之则惊走。晋葛洪《抱朴子·登涉》：“得真通天犀角三寸以上。刻以为鱼，而衔之以入水，水常为人开。”

④灵岳：灵秀的山岳。三成：三重，三层。《周礼·秋官·司仪》：“令为坛三成，宫旁一门。”郑玄注引郑司农曰：“三成，三重也。”

⑤赑屃：赑（bì）屃（xì）。传说中的一种动物，像龟。旧

时大石碑的基座多雕成它的形状。

⑥并剪：古时并州所产剪刀，以锋利著称。唐杜甫《戏题画山水图歌》：“焉得并州快剪刀，剪取吴松半江水。”

⑦崐岫之瑶：昆山玉。指昆仑山的美玉，相传这种玉燔以炉炭，三日三夜，色泽不变，是玉中之最美者。《尚书·胤征》：“火炎崐冈（山脊曰冈，崐山出玉），玉石俱焚（言火逸而害玉）。天吏逸德（逸，过也），烈于猛火（天王之吏，为过恶之德，其伤害天下，甚于火之害玉，猛火烈矣，又烈于火）。”

⑧昆刀：昆吾刀。用昆吾石冶炼成铁制作的刀。《海内十洲记·凤麟洲》：“昔周穆王时，西胡献昆吾割玉刀及夜光常满杯，刀长一尺，杯受三升。刀切玉如切泥……剑之所出，从流州来。”缕切：细切。《文选·潘岳〈西征赋〉》：“雍人缕切，鸾刀若飞。”刘良注：“缕切，言切鱼细如线缕也。”

⑨只袜：指唐杨贵妃在马嵬驿死后的遗物。唐冯贽《记事珠》：“杨贵妃死之日，马嵬媪得锦袎袜一只，遇过客一玩百钱，前后获钱无数。”

⑩自尔：犹自然。

⑪半靥：犹半妆。徐后：南朝梁元帝妃，姓徐，名昭佩。徐妃漂亮多情，年长色衰而风韵犹在，曾以帝眇一目每知帝将至，必为半面妆以俟，帝见则大怒而出。五代王定保《唐摭言·载应不捷声价益振》：“乾符中，蒋凝应宏辞，为赋止及四韵，遂曳白而去。试官不之信，逼请所试，凝以实告。既而比之诸公，凝有得色，试官叹息久之。顷刻之间，播于人口。或称之曰：‘白头花钿满面，不若徐妃半妆。’”

⑫掠削：梳理齐整貌。唐元稹《连昌宫词》：“春娇满眼睡红绡，掠削云鬟旋装束。”

⑬团圞（luán）：团栾，团聚。三五：指十五月圆之际。

⑭残英：残存未落又即将要落之花。

⑮文鳐：传说中的鱼名。《山海经·西山经》："又西百八十里，曰泰器之山。观水出焉，西流注于流沙。是多文鳐鱼，状如鲤鱼，鱼身而鸟翼，苍文而白首，赤喙，常行西海，游于东海，以夜飞。"

⑯赤鲤：赤色鲤鱼。传说中仙人所骑。晋干宝《搜神记》卷一："琴高，赵人也。能鼓琴。为宋康王舍人。行涓彭之术，浮游冀州、涿郡间，二百余年。后辞入涿水中，取龙子。与诸弟子期之曰：'明日皆洁斋，候于水旁，设祠屋。'果乘赤鲤鱼出，来坐祠中。"

⑰偏隅：偏僻的一方一隅之地。擅：占有，据有。《庄子·秋水》："且夫擅一壑之水，而跨跱埳井之乐，此亦至矣。"

⑱《阳春》：古歌曲名，一种高雅难学的曲子。汉李固《致黄琼书》："峣峣者易缺，皦皦者易污。《阳春》之曲，和者必寡。"后用以泛指高雅的曲调。《渌水》：古曲名。《文选·马融〈长笛赋〉》："中取度于《白雪》《渌水》。"李周翰注："《白雪》《渌水》，雅曲名。"

⑲缔搆：结构。搆，通"构"。

⑳《子夜》：子夜歌，乐府《吴声歌曲》名。《宋书·乐志一》："《子夜哥》者，有女子名子夜，造此声。"《前溪》：前溪曲，古乐府吴声舞曲。《宋书·乐志一》："《前溪哥》者，晋车骑将军沈充所制。"《乐府诗集·清商曲辞一·吴声歌曲一》引南朝陈智匠《古今乐录》："吴声十曲……七曰《前溪》。"

㉑《易水》：《易水歌》。《战国策·燕策三》载，荆轲将为燕太子丹往刺秦王，丹在易水边为他饯行。高渐离击筑，荆

轲和而歌曰："风萧萧兮易水寒，壮士一去兮不复还！"后人称之为《易水歌》。两言：三言两语，指少量的话。

㉒《大风》：指汉高祖的《大风歌》。《史记·高祖本纪》："高祖还过沛，留。置酒沛宫，悉召故人父老子弟纵酒，发沛中儿得百二十人，教之歌。酒酣，高祖击筑，自为歌诗曰：'大风起兮云飞扬，威加海内兮归故乡，安得猛士兮守四方！'"后称此歌为《大风歌》。三叠：古奏曲之法，至某句乃反复再三，称三叠。宋苏轼《仇池笔记·阳关三叠》："余在密州，文勋长官以事至密，自云得古本《阳关》，每句皆再唱，而第一句不叠，乃知古本三叠盖如此。"

㉓盘中：盘中诗，杂体诗名。宋严羽《沧浪诗话·诗体》："《盘中》：《玉台集》有此诗，苏伯玉妻作，写之盘中，屈曲成文也。"全诗凡一百六十八字，四十九句，二十七韵，篇中多伤离怨别之词。读时从中央以周四角，婉转回环，当属回文诗体一类。

㉔焦卿：焦仲卿。东汉末年的庐江小吏，与刘兰芝殉情而死。东汉乐府民歌《孔雀东南飞》。秦女：指秦穆公女弄玉。三国魏曹植《仙人篇》："湘娥抚琴瑟，秦女吹笙竽（笙和竽。因形制相类，故常联用。竽亦笙属乐器，有三十六簧）。"黄节注："《列仙传》曰：'萧史者，秦缪公时人也，善吹箫。缪公有女，号弄玉，好之，公遂以妻焉。遂教弄玉作凤鸣吹，似凤声，凤凰来止其屋。'"

㉕凫鹤之异短长：《庄子·骈拇》："长者不为有余，短者不为不足。是故凫胫虽短，续之则忧；鹤胫虽长，断之则悲。"

㉖狎处：亲密共处。

㉗涪汉：涪水和汉水。

㉘噫嘘：叹息。

㉙洪纤：大小，巨细。《文选·班固〈典引〉》："铺观二代洪纤之度，其瞋可探也。"张铣注："言布观殷周大小之度，其幽深之迹亦可探究也。"应节：应合节拍。

㉚沈宋：沈佺期、宋之问合称。沈佺期，唐诗人，字云卿。诗多应制之作。律体谨严精密，对律诗体制的定型颇有影响。与宋之问齐名，并称"沈宋"。宋之问，唐诗人，多应制唱和之作，文辞华丽。连镳：接续。

㉛斫雕破朴：斫雕为朴。去掉雕饰，崇尚质朴。

㉜高岑：唐诗人高适、岑参的并称。最早见于唐杜甫《寄彭州高三十五使君适、虢州岑二十七长史参三十韵》："高岑殊缓步，沈鲍得同行。"高适，唐诗人，所作边塞诗，对当时的边地形势和士兵疾苦均有反映。岑参，唐诗人，长于七言歌行。由于从军西域多年，对边塞生活有深刻体验，善于描绘异域风光和战争景象。

㉝毁瓦为方：毁方瓦合。毁去棱角，与瓦砾相合。比喻屈己从众，君子为道不远离于人。后指毁弃自己的原则，迎合世俗。《礼记·儒行》："慕贤而容众，毁方而瓦合，其宽裕有如此者。"郑玄注："去己之大圭角，下与众人小合也。"

㉞沈香倾妃子之杯：李白供翰林，时宫中木芍药盛开，玄宗于月夜赏花，召杨贵妃侍酒，以金花笺赐李白，命进新辞《清平调》，白醉中乃成三章。其中一章为："名花倾国两相欢，长得君王带笑看。解释春风无限恨，沈香亭北倚阑干。"唐《礼乐志》曰："清调、平调，房中乐遗声。开元中，禁中重木芍药，会花方繁开，帝乘照夜白，太真妃以步辇从，李龟年以歌擅一时之名。帝曰：'赏名花，对妃子，焉用旧乐辞为？'遂命白作《清平调》词三章，令梨园弟子略抚丝竹以促歌，帝自调玉笛以倚曲。"

㉟画壁下女伶之拜：用"旗亭画壁"之典。唐薛用弱《集异记》："开元中，诗人王昌龄、高适、王之涣齐名。时风尘未偶，而游处略同。一日，天寒微雪，三人共诣旗亭，贳酒小饮，忽有梨园伶官十数人，登楼会宴。三诗人因避席偎映，拥炉火以观焉。俄有妙妓四辈，寻续而至，奢华艳曳，都冶颇极。旋则奏乐，皆当时之名部也。昌龄等私相约曰：'我辈各擅诗名，每不自定其甲乙。今者，可以密观诸伶所讴，若诗人歌词之多者，则为优矣。'俄而，一伶拊节而唱曰：'寒雨连江夜入吴，平明送客楚山孤。洛阳亲友如相问，一片冰心在玉壶。'昌龄则引手画壁曰：'一绝句！'寻又一伶讴之曰：'开箧泪沾臆，见君前日书。夜台何寂寞，犹是子云居。'适则引手画壁曰：'一绝句！'寻又一伶讴曰：'奉帚平明金殿开，且将团扇共徘徊。玉颜不及寒鸦色，犹带昭阳日影来。'昌龄则又引手画壁曰：'二绝句！'之涣自以得名已久，因谓诸人曰：'此辈皆潦倒乐官，所唱皆巴人下里之词耳！岂阳春白雪之曲，俗物敢近哉？'因指诸妓之中最佳者曰：'待此子所唱，如非我诗，吾即终身不敢与子争衡矣！脱是吾诗，子等当须列拜床下，奉吾为师！'因欢笑而俟之。须臾，次至双鬟发声，则曰：'黄河远上白云间，一片孤城万仞山。羌笛何须怨杨柳，春风不度玉门关。'之涣即揶揄二子，曰：'田舍奴！我岂妄哉？'因大谐笑。诸伶不喻其故，皆起诸曰：'不知诸郎君，何此欢噱？'昌龄等因话其事。诸伶竞拜曰：'俗眼不识神仙，乞降清重，俯就筵席！'三子从之，饮醉竟日。"

㊱仲初：唐诗人王建，字仲初。擅长乐府诗，与张籍齐名，世称"张王"。所作《宫词》一百首，多描写宫廷内的奢华生活，对后世此类作品影响颇大。

㊲少伯：唐代诗人王昌龄，字少伯。开元、天宝间诗名甚

盛，有"诗家夫子王江宁"之称。尤擅长七绝，多写当时边塞军旅生活，格调高昂。其官词善写女性幽怨之情。

㊳柘（zhè）枝：柘枝舞的省称。唐章孝标《柘枝》："柘枝初出鼓声招，花钿罗衫耸细腰。"

㊴流官：朝廷派遣到边远地区的地方官。因其有一定任期，非世袭，非土著，有流动性，故称。杨柳：借指侍妾、歌姬。樊素善唱《杨枝曲》，故以曲名人。后常用以为典，亦泛指侍妾婢女或所思恋的女子。唐白居易《不能忘情吟》序："妓有樊素者，年二十余，绰绰有歌舞态，善唱《杨枝》。人多以曲名之，由是名闻洛下。"

㊵妍词：优美的词句。

㊶节使：持符节的使者。

㊷鄜州：指李孝恭。鄜州之从事：指罗虬。红儿：杜红儿。唐代名妓。《唐摭言》卷十："罗虬辞藻富赡，与宗人隐、邺齐名。咸通、乾符中，时号'三罗'。广明庚子乱后，去从鄜州李孝恭。籍中有红儿者，善肉声，常为贰车属意。会贰车骋邻道，虬请红儿歌而赠之缯彩。孝恭以副车所贮，不令受所贶。虬怒拂衣而起，诘旦，手刃。绝句百篇，号比红诗，大行于时。"

㊸义山：唐诗人李商隐，字义山。咏史题材的诗作对当时藩镇割据、宦官擅权和时政弊端多有反映。

㊹杜牧：唐文学家。感于藩镇跋扈和吐蕃、回纥的功掠，诗文中多指陈讽喻时政之作。小诗写景抒情，多清俊生动。也有一些诗写他早年的纵酒狎妓生活。

㊺搜讨：深入探讨。

㊻昭代：政治清明的时代。常用以称颂本朝或当今时代。

㊼洪河：大河，古时多指黄河。岱岳：泰山的别称。《淮

南子·墬形训》："中央之美者，有岱岳，以生五谷桑麻，鱼盐出焉。"高诱注："岱岳，泰山也。"

㊽拳石：指园林假山。偃松：常绿小乔木。

㊾动目：目光被引动；使人注目。

㊿鹤裘：鹤羽做的袍服，多为道士服饰。这里指唐贞观年间道士杜杯谦。传说杜杯谦苦心修炼断谷绝粒，喜好吹奏长笛，常让徒弟去买竹笛，吹完一曲，便把笛子投于崖下，投完再买，始终如一。

(51)角巾：指归隐。方巾，有棱角的头巾。为古代隐士冠饰。三泖（mǎo）：泖湖。在上海市松江县西。有上、中、下三泖。上承淀山湖，下流合黄浦入海。今多淤积为田。宋何薳《春渚纪闻·泖茆字异》："今观所谓三泖，皆漫水巨浸，春夏则荷蒲演迤，水风生凉；秋冬则葭苇藂翳（草木繁盛貌），鱼屿相望，初无江湖凄凛之色。所谓冬暖夏凉者，正尽其美。"

(52)四杰：四位杰出的人物。旧时多以称著名文士。这里指唐王勃、杨炯、卢照邻、骆宾王。《旧唐书·文苑传上·杨炯》："炯与王勃、卢照邻、骆宾王以文词齐名，海内称为王、杨、卢、骆，亦号为'四杰'。"四位虽然才高八斗，但是生活都不如意。王勃"为僚吏共嫉""雄略顿于穷途""高材屈于卑势"（《上绛州上官司马书》）"徒志远而心屈，遂才高而位下"（《涧底寒松赋》）；杨炯一生都被排斥打击；卢照邻一生穷愁潦倒、疾病缠身，又为权贵所不容，最后投河自杀；骆宾王后亡命天涯，不知所踪。

(53)七子：明代弘治、正德年间李梦阳、何景明、徐祯卿、边贡、康海、王九思、王廷相七人，并以文章名世，称"前七子"。见《明史·李梦阳传》。又嘉靖、隆庆时期李攀龙、谢榛、梁有誉、宗臣、王世贞、徐中行、吴国伦七人，亦以文章名世，称"后七子"。见《明史·李攀龙传》。薰（xūn）莸（yóu）：香草和臭草。喻善恶、贤愚、好坏等。《左传·僖公四年》："一薰一莸，十年尚犹有臭。"杜预注："薰，香草；莸，臭草。十年有臭，言善易消，恶难除。"

㊿水清石见：清，清澈；见，同"现"，显露。比喻情况搞清楚了，问题的性质也就明白了。汉无名氏《艳歌行》："语卿且勿眄，水清石自见。石见何累累，远行不如归。"

㊺谢山人：明文学家谢榛，字茂秦，号四溟山人，爱好声乐。30 岁左右，西游彰德，彰德旧为邺地。谢榛不耐陪宴凑趣的帮闲生活，遂以邺城为中心，开始云游四方。

㊻徐博士：明代文学家徐祯卿，字昌谷，一字昌国，吴县（今江苏苏州）人。举弘治十八年进士。少与祝允明、唐寅、文征明齐名，号"吴中四才子"。孝宗遣中使问祯卿与华亭陆深名，深遂得馆选，而祯卿以貌寝不与。授大理左寺副，坐失囚，贬国子博士。因"文章江左家家玉，烟月扬州树树花"之绝句而为人称誉。

㊼崐崺：明人张诗，字子言，自号昆仑子。为文雄奇变怪，书放劲惊人。著有《昆仑山人集》。钱谦益《列朝诗集小传》丙集："昆仑山人张诗，字子言，北平人。……学举业于吕泾野，学诗于何大复。顺天府试士，令自负卓凳以进，拂衣而去。"《鹿原集》五言律《良夜张子言过饮，弹剑赋诗》："共君须夜醉，不醉莫言归。即怕倾春瓮，犹能典客衣。风回花漏水，月落雁声微。万事难回首，酣歌愿不违。"兀臲（ào）：孤傲不羁。

㊽蒙叟：明清之际钱谦益，字受之，号牧斋，晚号蒙叟，常熟（今属江苏）人。辛丑岁逼除作《后秋兴之十一》，时自红豆江村，徙居半野堂绛云余烬处，其中有"一别正思红豆

子，双栖终向碧梧枝"句。

⑤尧峰：清初官吏学者、散文家汪琬，字苕文，号钝庵，初号玉遮山樵，晚号尧峰。晚年隐居太湖尧峰山，闭户撰述，不问世事，学者称"尧峰先生"。他在苏州西部的尧峰山麓买了卢氏旧园，并隐居于此，心情舒畅，写有《小隐》诗，其中有"踪迹聊将小隐同，尧峰侧畔即墙东。素心托寄烟云外，习气销磨卷帙中。渐废啸歌缘老疾，久疏丝竹为期功"句。

⑥汪伦：字文焕，唐开元间任泾县令，李白好友。卸任后因留恋桃花潭将其家迁至泾县。唐天宝年间，汪伦听说李白旅居南陵，便邀请李白到家中做客。适逢桃李花开，李白来到了桃花潭。汪伦留李白数日，每日美酒相待。临别时，汪伦在古岸阁上设宴为李白饯行，并拍手踏脚，歌唱民间的《踏歌》相送，并又挑来两坛酒赠予李白。

⑥王令：王士祯，字贻上，一字子真，号阮亭，别号渔洋山人。为清初名著一时的"神韵派"领袖。顺治十四年（1657）秋天，王士祯来到济南，在大明湖历下亭上邀集诸多名士，举办秋柳诗社，即席作《秋柳》诗四首，诗传大江南北，和者百数十人，士祯因而声名大噪。

⑥迷谷：招摇山上生长的一种树木，形状很像构木，但木纹呈黑色，花放出的光华能照耀四方。《山海经·鹊山》："有木焉，其状如谷而黑理，其华四照，其名曰迷谷，佩之不迷。"

⑥炜炜：光彩炫耀貌。晋孙楚《莲花赋》："红花电发，晖光炜炜。"

⑥版桐：犹板桐。古代传说仙人所住之山名。《楚辞·严忌〈哀时命〉》："揽瑶木之檘枝兮，望阆风之板桐。"王逸注："板桐，山名也。"

⑥峣（yáo）：高貌。

顾以简编杂沓，载重牛腰①；后学模糊，情惊鼠吓。于是杜陵蒋诩宣虎②，扫径余闲；吴郡顾荣茂伦③，挥扇多暇。适逢吴札乍返延州汉槎④，遂相与研露晨书，然糠暝写⑤。撷两朝之芳润，掇数氏之菁英，凡若干篇，都为一集。按新词于菊部⑥，磊磊敲珠⑦；奏丽曲于芍阑⑧，声声戛玉⑨。若彼文犀翠羽⑩，拣自金盘；因而合组纂綦⑪，织成璇锦。藏之秘帐⑫，顿令更得异书；悬彼国门⑬，定是难增一字。

【笺注】

①牛腰：牛的腰部。喻诗文数量之大。唐李白《醉后赠王历阳》诗："书秃千兔笔，诗裁两牛腰。"王琦注："言其卷大如牛腰也。"

②蒋诩：蒋宣虎。

③顾荣：顾茂伦。

④吴札乍：清初诗人吴兆骞，字汉槎。吴兆骞与蒋宣虎、顾茂伦合编《名家绝句抄》，性德为之作序。

⑤然：同"燃"，烧。糠：谷壳。然糠，比喻勤奋。

⑥菊部：菊部头。宋高宗时宫中伶人有菊夫人者，人称"菊部头"。宋周密《齐东野语·菊花新曲破》："思陵朝，披

纳兰性德全集

庭有菊夫人者，善歌舞，妙音律，为仙韶院之冠，宫中号为菊部头。"元宋无《宫词》："高皇尚爱梨园舞，宣索当年菊部头"。后因以"菊部"为戏班或戏曲界的泛称。

⑦磊磊：众多委积貌。《楚辞·九歌·山鬼》："采三秀兮于山间，石磊磊兮葛蔓蔓。"

⑧芳闌：对勾栏瓦舍的美称，宋元戏曲的表演场所。

⑨戛（jiá）玉：敲击玉片，形容声音清脆悦耳。

⑩文犀：有纹理的犀角。《国语·吴语》："建肥胡，奉文犀之渠。"韦昭注："文犀，犀之有文理者。"翠羽：翠鸟的羽毛，古代多用作饰物。《逸周书·王会》："正南：瓯邓、桂国、损子、产里、百濮、九菌，请令以珠玑、瑇瑁、象齿、文犀、翠羽、菌鹤、短狗为献。"《文选·曹植〈七启〉》："戴金摇之熠耀，扬翠羽之双翘。"刘良注："金摇，钗也；熠烁，光色也；又饰以翡翠之羽于上也。"

⑪纂（zuǎn）：赤色丝带。綦（qí）：鞋带。《礼记·内则》："屦，着綦。"郑玄注："綦，履系也。"

⑫藏之秘帐：西汉的景帝、武帝之际，河间献王刘德从民间征得一批古书，其中一部名为《周官》。原书当有天官、地官、春官、夏官、秋官、冬官六篇，冬官篇已亡，汉儒取性质与之相似的《考工记》补其缺。王莽时，因刘歆奏请，《周官》被列入学官，并更名为《周礼》。西汉河间献王以重金购得《周官》古文经后，献给了朝廷，深藏于秘府，"五家之儒莫得见焉"。

⑬悬彼国门：秦相吕不韦使门客著《吕氏春秋》，书成，公布于咸阳城门，声言能增删一字者，赏予千金。汉刘安著《淮南子》亦悬赏千金，征求士人意见。

某技媿雕虫①，识惭窥豹②。入贾胡之肆③，目炫琳琅；游广乐之庭④，梦迷阊阖⑤。惊看妙选⑥，悬冰鉴而呈形⑦；快睹雅裁，衔烛阴而照夜⑧。自此南山望雪，何妨意尽终篇；抑令东海熬波⑨，不惮应声成韵。循环在手，似获灵珠⑩；吟讽忘疲⑪，如探束锦⑫。爰题简首，载以芜词。拟玄晏先生之笔⑬，非所敢居；诵昭明太子之编⑭，实缘多幸尔。

【笺注】

　　①雕虫：汉扬雄《法言·吾子》："或问：'吾子少而好赋？曰：'然。童子雕虫篆刻。'俄而，曰：'壮夫不为也。'"虫，指虫书；刻，指刻符，各为一种字体。后以"雕虫篆刻"喻辞章小技。

　　②窥豹：谓只见局部未见全本。《晋书·王献之传》："（献之）年数岁，尝观门生樗蒱（古代一种博戏），曰：'南风不竞。'门生曰：'此郎亦管中窥豹，时见一斑。'"

　　③贾胡：经商的胡人。《后汉书·马援传》："伏波类西域贾胡，到一处辄止，以是失利。"李贤注："言似商胡所至之处辄停留。贾音古。"肆：店铺。

　　④广乐：盛大之乐。多指仙乐。

　　⑤阊阖：传说中的天门。《楚辞·离骚》："吾令帝阍开关兮（帝阍，古人想象中掌管天门的人），倚阊阖而望予。"王

逸注：“阊阖，天门也。”

⑥妙选：精选。

⑦悬冰：悬挂着的冰柱。

⑧衔烛：口含火炬。《楚辞·天问》：“日安不到，烛龙何照。”汉王逸注：“言天之西北有幽冥无日之国，有龙衔烛而照之也。”

⑨熬波：煮海水为盐。宋姚宽《西溪丛语》卷上：“盖自岱山及二天富皆取海水炼盐，所谓熬波也。”

⑩灵珠：灵蛇珠。喻锦绣文才。晋干宝《搜神记》卷二十载，相传春秋时隋侯出行，见大蛇被伤中断，使人以药敷之，蛇乃能走。岁余，蛇衔明珠以报之，谓之“隋侯珠”，亦曰“灵蛇珠”。

⑪吟讽：作诗。《孟浩然集序》：“词理卓绝，吟讽忘疲，书写不一，纸墨薄弱。”

⑫束锦：五匹锦。古代用作礼物。《仪礼·士昏礼》：“舅飨送者一献之礼，酬以束锦。姑飨妇人送者，酬以束锦。若异邦，则赠大夫，送者以束锦。”

⑬玄晏：魏晋间作家、医学家皇甫谧，字士安，号玄晏先生。有《玄晏春秋》。

⑭昭明太子：南朝梁文学家萧统，谥昭明，世称昭明太子。编纂中国最早的一部诗文总集《文选》三十卷。

渌水亭宴集诗序①

清川华薄②，恒寄兴于名流③；綵笔瑶笺④，每留情于胜赏。是以庄周旷达，多濠濮之寓言⑤；宋玉风流⑥，游江湘而托讽。文选楼中⑦，揽秀无非鲍谢珠玑⑧；孝王园内⑨，搴芳悉属邹枚黼黻⑩。予家象近魁三⑪，天临尺五⑫。墙依绣堞，云影周遭；门俯银塘，烟波混漾⑬。蛟潭雾尽，晴分太液池光⑭；鹤渚秋清⑮，翠写景山峰色。云兴霞蔚⑯，芙蓉映碧叶田田；雁宿凫栖，秔稻动香风冉冉⑰。设有乘槎使至⑱，还同河汉之皋；倘闻鼓枻歌来⑲，便是沧浪之澳⑳。若使坐对亭前，渌水俱生泛宅之思㉑；闲观槛外，清涟自动浮家之想㉒。何况仆本恨人㉓，我心匪石者乎㉔！

【笺注】

①渌水亭宴：纳兰作为渌水亭主人，仿效晋王羲之和唐李白所撰之《兰亭集序》和《春夜宴桃李园序》，撰写此序文。

②华薄：花草丛生之处。《文选·江淹〈杂体诗·效曹植"赠友"〉》："从容冰井台，清池映华薄。"张铣注："华，花也。草木丛生曰薄。"

③寄兴：犹兴寄。

④瑶笺：对书札的美称。宋李彭老《木兰花慢》："潮返浔阳暗水，雁来好寄瑶笺。"

⑤濠濮：濠水和濮水。《庄子·秋水》篇记庄子与惠子游于濠梁之上，见鯈鱼出游从容，因论辩鱼知乐否；垂钓于濮水之上，回绝楚王邀请他为官的想法。寓言：有所寄托的话语。《庄子·寓言》："寓言十九，重言十七，卮言日出，和以天倪。"

⑥宋玉：战国楚国辞赋家。后于屈原，东汉王逸说他是屈原弟子，未知所据。作《高唐赋》叙述楚王在梦中与巫山高唐神女相遇之事，把男女交欢与云雨联系起来，借此达到政治清明、民族振兴、国家富强以及个人身心强健、延年益寿的目的。

⑦文选：文章的选录，多用作书名。南朝梁萧统编选先秦至梁的各体文章取名"文选"，分为三十八类，共七百余篇，为我国现存最早的诗文总集。

⑧鲍谢：南朝诗人鲍照和谢灵运的并称。鲍照，南朝宋文学家。长于乐府，尤擅七言之作，风格俊逸。谢灵运，南朝宋诗人。其诗大都描写会稽、永嘉、庐山等地的山水名胜，善以精丽之语刻画自然景物，开文学史上的山水诗一派。珠玑：珠

宝，珠玉。比喻美好的诗文绘画等。

⑨孝王园：梁园或梁苑。西汉梁孝王所建的东苑，故址在今河南开封市东南。园林规模宏大，方三百余里，宫室相连属，供游赏驰猎。梁孝王在园中广纳宾客，当时名士司马相如、枚乘、邹阳等均为座上宾。

⑩搴（qiān）芳：采摘花草。邹枚：汉邹阳、枚乘的并称。邹阳，西汉文学家。所作散文，尚有战国游士纵横善辩之风。枚乘，西汉辞赋家。有赋九篇，今存三篇。《七发》对汉赋特点的形成有重要影响。北魏郦道元《水经注·睢水》："梁王与邹、枚、司马相如之徒极游于其上。"黼（fǔ）黻（fú）：借指辞藻，华美的文辞。

⑪魁三：组成魁星的四颗星天枢、天璇、天玑、天权两两相近，成三对邻近星象。旧以之喻国之三公。唐杜甫《赠韦七赞善》："尔家最近魁三象，时论同归尺五天。"原注："斗魁下两两相比为三台。"仇兆鳌注："魁三象，韦世为三公。"

⑫天临尺五：《辛氏三秦记》："城南韦杜，去天尺五。"汉韦曲杜曲辅地，为贵族豪门聚居地。后以"天尺五"极言与宫廷相近。

⑬滉漾：荡漾。

⑭太液池：北京故宫西华门外的北海、中海、南海三海。元时名西华潭，清称太液池。

⑮鹤渚：鹤栖息的洲渚。

⑯霞蔚：云霞盛起貌。

⑰秔（jīng）稻：粳稻，一种黏性较小的稻。《文选·扬雄〈长杨赋〉》："驰骋秔稻之地，周流黎栗之林。"李善注："《说文》曰：'秔，稻属也。《声类》以为秔，不黏稻也。'《汉书》东方朔曰：'泾渭之南，又有秔稻、黎、栗之饶。'"

⑱乘槎：乘坐竹、木筏。晋张华《博物志》卷十载，古时传说天河与海通，有人居海渚者，年年八月见有浮槎去来，不失期，遂立飞阁于槎上，乘槎浮海而至天河，遇织女、牵牛。此人问此是何处，答曰："君还至蜀郡访严君平则知之。"后至蜀，君平曰："某年月日有客星犯牵牛宿。"正是此人到天河时。

⑲鼓枻（yì）：划桨，谓泛舟。

⑳沧浪：古水名。有汉水、汉水之别流、汉水之下流、夏水诸说。《书·禹贡》："嶓冢导漾，东流为汉。又东为沧浪之水。"孔传："别流在荆州。"

㉑泛宅：以船为家。

㉒浮家：形容以船为家，在水上生活，漂泊不定。《新唐书》卷一百九十六《隐逸列传·张志和》："陆羽常问：'孰为往来者？'对曰：'太虚为室，明月为烛，与四海诸公共处，未尝少别心，何有往来？'颜真卿为湖州刺史，志和来谒，真卿以舟敝漏，请更之，志和曰：'愿为浮家泛宅，往来苕、溪间。'辩捷类如此。"

㉓仆：自称的谦辞。恨人：失意抱恨的人。南朝梁江淹《恨赋》："于是仆本恨人，心惊不已。"

㉔匪石：非石，不像石头那样可以转动。形容坚定不移。《诗·邶风·柏舟》："我心匪石，不可转也。"孔颖达疏："言我心非如石然，石虽坚尚可转，我心坚，不可转也。"

间尝纵览芸编①，每叹石家庭树不见珊瑚②，赵氏楼台难寻玫瑁③。又疑此地田栽白璧，何以人称击筑之乡④？台起黄金④，奚为尽说悲歌之地！偶听玉泉呜咽，非无旧日之声；时看妆阁凄凉，不似当年之色。此浮生若梦，昔贤于以兴怀；胜地不常，曩哲因而增感⑥。王将军兰亭修禊⑦，悲陈迹于俯仰，今古同情；李供奉琼筵坐花⑧，慨过客之光阴，后先一辙。但逢有酒，开尊何须北海⑨？偶遇良辰雅集，即是西园矣⑩。且今日芝兰满座，客尽凌云；竹叶飞觞，才皆梦雨。当为刻烛，请各赋诗。宁拘五字七言，不论长篇短制，无取铺张学海，所期抒写性情云尔。

【笺注】

①芸编：指书籍。芸，香草，置书页内可以辟蠹，故称。

②珊瑚：汉司马相如《子虚赋》："玫瑰碧林，珊瑚丛生。"《史记·大宛列传》卷一百二十三三家注引万震《南州志》："大家屋舍，以珊瑚为柱，琉璃为墙壁，水精为础舄。"

③玳瑁：这里指玳瑁梁，画梁的美称。唐沈佺期《古意》："卢家少妇郁金堂，海燕双栖玳瑁梁。"

④击筑：筑，古代一种像琴一样的弦乐器。敲打筑琴，慷慨悲歌。以之为典，抒写悲壮苍凉的气氛。西汉司马迁《史记·刺客列传》载："战国时，荆轲受燕太子丹托付，入秦刺秦王，太子及朋友们送别于易水，高渐离击筑，荆轲歌'风萧

萧兮易水寒，壮士一去兮不复还'，登车不顾而去。"

⑤黄金：黄金台，亦称招贤台，战国时期燕昭王筑，为燕昭王尊师郭隗之所。《战国策·燕策一》："于是昭王为（郭）隗筑宫而师之，乐毅自魏往，邹衍自齐往，剧辛自赵往，士争凑燕。"唐陈子昂《黄金台》："南登碣石馆，遥望黄金台。丘陵尽乔木，昭王安在哉？"

⑥曩（nǎng）哲：先哲。

⑦王将军：东晋书法家王羲之，官至右将军、会稽内史，人称王右军。曾与谢安、孙绰等宴集兰亭，写下著名的《兰亭序》。修禊（xì）：古代民俗于农历三月上旬的巳日（三国魏以后始固定为三月初三）到水边嬉戏，以祓除不祥，称为修禊。

⑧琼筵坐花：开元二十一年前后，李白在桃花园开设筵席，宴请从弟，坐对鲜花，连连酹酒。并写下了《春夜宴从弟桃花园序》："开琼筵以坐花，飞羽觞而醉月。"

⑨开尊：开樽，举杯。

⑩西园：园林名，传为曹操所建，多在其中宴游雅集。三国魏曹植《公宴诗》："清夜游西园，飞盖相追随。"

贺人婚序

桥填乌鹊，停梭传天上双星①；门列鸳鸯，挟瑟艳人间三妇②。荧荧碧月③，玉镜临台；扰扰绿云④，珠帘动幌。谱秦箫于岭上⑤，岂有他欤；解郑佩于江皋⑥，方斯盛矣。东家某子⑦，芙蓉秋藻，杨柳春姿。临琪树于崔生⑧，照玉山于裴叔⑨。纪瑜逸藻⑩，青镂投怀；江令高情⑪，䌽毫入梦⑫。才擅枯珠之岸，缘成种玉之田。青锁窥窗，香染尚书之宅；红绡系幔，丝牵宰相之楼。觅杵臼于玄霜⑬，得灵犀于䌽翼⑭。于是雀屏夜启⑮，鸳帐晨开⑯。旭日初升，方当奠赘⑰；晓霞未烂，早赋催妆。争萦潘岳之车⑱，轻飔弱袂；顾盼王蒙之镜⑲，重整新冠。百子催铺⑳，七香待驾㉑。路焚石叶㉒，携来红泪之壶㉓；台照环榴^㉔，看挂火齐之钏^㉕。流苏四角^㉖，垂锦带于中心；罗绣双缠^㉗，系朱丝于上腕。正安抹额^㉘，反插搔头。繁休伯之定情^㉙，相于永结；贾公闾之联句^㉚，叹息应知。莞蒻横陈^㉛，丽三星于洞户^㉜；葳蕤浅闭^㉝，对满月于高楼。况复七日初还，五云方现^㉞。纹添弱线^㉟，可知缘结今生；漏永银壶，幸值筹长此夜。凤皇应律^㊱，自识阳回；鹍旦销声^㊲，无忧天曙。仆燕贺未能^㊳，凤占有庆^㊴。美人公子，宁代董生却扇之词^㊵；名士倾城，庶同曹植感婚之赋^㊶。聊疏短引，用佐美谈云尔。

【笺注】

①双星：指牵牛、织女二星。神话中是一对恩爱的夫妻。传说每年七月七日喜鹊架桥，让他们渡过银河相会。唐杜甫《奉酬薛十二丈判官见赠》："相如才调逸，银汉会双星。"

②三妇：三妇艳。乐府相和歌辞篇名。古诗《相逢行》《长安有狭斜行》的后段，都有大妇、中妇、小妇等辞。《三妇艳》即专取此古诗的后六句为式。

③荧荧：光闪烁的样子。

④扰扰：纷乱貌。绿云：喻女子乌黑光亮的秀发。

⑤秦箫：传说萧史善吹箫作凤鸣，秦穆公以女弄玉妻之。后两人俱仙去。见汉刘向《列仙传》。

⑥江皋：汉皋。山名。在湖北襄阳西北。相传周郑交甫于汉皋台下遇二女，二女解佩相赠。《文选·张衡〈南都赋〉》："耕父扬光于清泠之渊，游女弄珠于汉皋之曲。"李善注引《韩诗外传》："郑交甫将南适楚，遵波汉皋台下，乃遇二女，佩两珠，大如荆鸡之卵。"

⑦东家：用"东家子"之典，指美貌的女子。战国楚宋玉《登徒子好色赋》序："天下之佳人，莫若楚国；楚国之丽者，莫若臣里；臣里之美者，莫若臣东家之子……然此女登墙窥臣三年，至今未许也。"

⑧琪树：仙境中的玉树。《文选·孙绰〈游天台山赋〉》："建木灭景于千寻，琪树璀璨而垂珠。"吕延济注："琪树，玉树。"比喻亭亭玉立的美人。崔生：唐人，年轻貌美，性格内向，人又清雅，符合女性梦中情人的标准。

⑨玉山：喻俊美的仪容。《晋书·裴楷传》："楷风神高迈，容仪俊爽，博涉群书，特精理义，时人谓之'玉人'，又称'见裴叔则如近玉山，映照人也。'"

⑩纪瑜：南朝梁文士纪少瑜。《南史本传》载，尝梦陆倕以一束青镂管笔授之，云："我以此笔犹可用，卿自择其善者。"逸藻：华丽的辞藻。

⑪江令：南朝梁文学家江淹，早年即以文章著名，晚年所作诗文不如前期，人谓"江郎才尽"。《南史·江淹传》："尝宿于冶亭，梦一丈夫自称郭璞，谓淹曰：'吾有笔在卿处多年，可以见还。'淹乃探怀中得五色笔一以授之。尔后为诗绝无美句，时人谓之才尽。"

⑫绤毫：画笔，彩笔。辞藻富丽的文笔。

⑬杵（chǔ）臼（jiù）：杵与臼。舂捣粮食或药物等的工具。玄霜：神话中的一种仙药。《初学记》卷二引《汉武帝内传》："仙家上药有玄霜、绛雪。"

⑭灵犀：旧说犀角中有白纹如线直通两头，感应灵敏，因用以比喻两心相通。彩翼：有彩色羽毛的凤凰的翅膀。此句化用唐李商隐《无题二首》（其一）："身无彩凤双飞翼，心有灵犀一点通。"身上虽无彩凤那样的翅膀得以飞越阻隔，但彼此的心却如灵异的犀角能一脉相通。

⑮雀屏：《旧唐书·后妃传上·高祖太穆皇后窦氏》："（窦毅）谓长公主曰：'此女才貌如此，不可妄以许人，当为求贤夫。'乃于门屏画二孔雀，诸公子有求婚者，辄与两箭射之，潜约中目者许之。前后数十辈莫能中。高祖后至，两发各中一目。毅大悦。遂归于我帝。"后为择婿许婚的典故。

⑯鸳帐：绣有鸳纹的帐帏。夫妻或情人的寝具。

⑰莫贽：进献礼物。

⑱潘岳：潘安，字安仁，故省称"潘安"。潘安貌美，故诗文中常用作美男子的代称。南朝宋刘义庆《世说新语·容止》："潘岳妙有姿容，好神情。少时挟弹出洛阳道，妇人遇者，莫不连手共萦之。"刘孝标注引《语林》："安仁至美，每行，老妪以果掷之满车。"

⑲顾盼：眷慕相视。王蒙：东晋名士，风雅潇洒，注重仪表，每次照镜时都对镜中的自己说，父亲你怎么能生出这样的儿子呢。

⑳百子：百子帐。古代婚礼所用之帐。唐陆畅《云安公主下降奉诏作催妆》："催铺百子帐，待障七香车。"

㉑七香：用多种香木制作的车，最早现于商周时期。泛指华美的车或轿。

㉒石叶：香料名。晋王嘉《拾遗记·魏》："道侧烧石叶之香，此石重叠，状如云母，其光气辟恶厉之疾。"

㉓红泪：用薛灵芸之典。晋王嘉《拾遗记·魏》："文帝所爱美人，姓薛名灵芸，常山人也……灵芸闻别父母，歔欷累日，泪下霑衣。至升车就路之时，以玉唾壶承泪，壶则红色。既发常山，及至京师，壶中泪凝如血。"

㉔环榴：台名。三国吴孙权所建。晋王嘉《拾遗记·吴》："每以夫人游昭宣之台，志意幸惬，既尽酣醉，唾于玉壶中，使侍婢泻于台下，得火齐指环，即挂石榴枝上，因其处起台，名曰环榴台。时有谏者云：'今吴蜀争雄，还刘之名，将为妖矣！'权乃翻其名曰榴环台。"

㉕火齐：火齐珠。《文选·张衡〈西京赋〉》："翡翠火齐，络以美玉。"李善注："火齐，玫瑰珠也。"

㉖流苏：用彩色羽毛或丝线等制成的穗状垂饰物。常饰于车马、帷帐等物上。《文选·张衡〈东京赋〉》："骈承华之蒲捎，飞流苏之骚杀。"李善注："流苏，五采毛杂之以为马饰而垂之。"

㉗罗绣：有文绣的丝罗。

㉘抹额：束在额上的头巾。

㉙繁休伯：东汉人繁钦，字休伯，作《定情诗》。

㉚贾公闾：西晋开国元勋贾充，字公闾。深得司马氏信任，参与司马氏代魏的密谋。贾充与前妻李婉曾有《夫妻联句》传世，其中有"室中是阿谁，叹息声正悲。（贾）叹息亦何为，但恐大义亏"。（李）李婉贤慧，有文才，因父亲李丰

纳兰性德全集

被诛，她遭连坐流徙。后以赦得归，贾母命贾充迎接她，但因贾充新娶的郭氏性妒而不果。《夫妻联句》当作于李婉流徙，夫妻分别之时。

㉛莞蒻（ruò）：莞和蒻是两种编席的蒲草，这里借指用蒲草编的草席。

㉜三星：《诗·唐风·绸缪》："三星在天。"毛传："三星，参也。"郑玄笺："三星，谓心星也。"均专指一宿而言。天空中明亮而接近的三星，有参宿三星，心宿三星，河鼓三星。

㉝葳（wēi）蕤（ruí）：借指锁。据《太平广记》卷三百一十六引《录异传·刘照》载，建安中河间太守刘照妇亡，后太守梦见一妇人，往就之，又遗一双锁，太守不能名，妇曰："此葳蕤锁也。以金缕相连，屈伸在人，实珍物。吾方当去，故以相别，慎无告人！"

㉞五云：五色瑞云。多作吉祥的征兆。

㉟纹添弱线：唐杜甫《小至》："刺绣五纹添弱线，吹葭六管动浮灰。"用刺绣女添线显示白昼延长。

㊱凤皇应律：《琴史·拟象》："象凤皇来仪，鸣声应律也。"凤皇，凤凰。古代传说中的百鸟之王。雄的叫凤，雌的叫凰，通称为凤或凤凰。羽毛五色，声如箫乐。常用来象征瑞应。

㊲鹖旦：鸟名，即寒号虫。

㊳燕贺：祝贺。

㊴凤占：凤卜。《左传·庄公二十二年》："初，懿氏卜妻敬仲。其妻占之，曰：'吉。是谓"凤皇于飞，和鸣锵锵"。'"后世因称占卜佳偶为"凤卜"。

⑩董生：唐李商隐《代董秀才却扇》："莫将画扇出帷来，遮掩春山滞上才。若道团圆似明月，此中须放桂花开。"却扇：古代行婚礼时新妇用扇遮脸，交拜后去之。后用以指完婚。

⑪感婚之赋：三国魏曹植作有《感婚赋》。纳兰在青年时期有所恋慕但志不遂，于是抒写苦闷心绪而发为篇章。

记

石鼓记①

予每过成均②，徘徊石鼓间，辄竦然起敬曰：此三代法物之仅存者。远方儒生，或未多见，身在辇毂③，时时摩挲其下，岂非至幸？惜其至唐始显，而遂致疑议之纷纷也。《元和志》云："石鼓在凤翔府天兴县南二十里，其数盈十，盖纪周宣王田于岐阳之事，而字用大篆，则史籀之所为作也。"自贞观中苏勉始志其事④，而虞永兴、褚河南、欧阳率更、李嗣真、张怀瓘、韦苏州、韩昌黎诸公⑤，并称其古妙，无异议者。迨欧阳文忠则疑自周宣至宋垂二千年⑥，理难独存。夫岣嵝之字⑦，岳麓之碑，年代更远，尚在人间，此不足疑，一也。

【笺注】

①石鼓：东周初秦国刻石。形略像鼓，共有十个，上刻籀文四言诗。于唐代初年发现于陕西凤翔，先后安置在凤翔孔庙和学府。宋徽宗将其迁到汴京国学，金兵以石鼓为奇物，运至燕京。元大德间，虞集移置国子监。康熙曾陈列于国子监文庙戟门左右。石鼓所刻四言诗，内容多反映秦国国君征旅渔猎之事。此记当作于纳兰在国子监读书期间。

②成均：古之大学，后泛指官设的最高学府。这里指国子监。

③辇毂：皇帝的车舆，代指京城。

④贞观：唐太宗李世民的年号，共 23 年（627—649）。

⑤虞永兴：唐初书法家、文学家虞世南，官至秘书监，封永兴县子，人称虞永兴。书学王羲之七代孙智永，继承了二王的书法传统，外柔内刚，笔致圆润道丽。褚河南：唐大臣、书法家褚遂良，封爵河南郡公，人称褚河南。书法继承二王、欧阳询、虞世南以后，别开生面。晚年正书丰艳流畅，变化多姿。欧阳率更：唐书法家欧阳询，官至太子率更令。工书法，学二王，劲险刻厉，于平正中见险绝，自成面目，人称"欧体"，对后世影响很大。李嗣真：唐代书画家。张怀瓘：唐代书法家、书学理论家。韦苏州：唐诗人韦应物，因曾任苏州刺史，故称"韦苏州"。韩昌黎：唐代文学家、哲学家韩愈，自谓郡望昌黎，世称韩昌黎。

⑥欧阳文忠：北宋文学家、史学家欧阳修，字永叔，号醉翁、六一居士，谥文忠。

⑦岣嵝：衡山七十二峰之一，在湖南省衡阳市北。为衡山主峰，故衡山又名岣嵝山。相传禹曾在此得金简玉书。北魏郦道元《水经注·湘水》："芙蓉峰……《山经》谓之岣嵝，为南岳也。"

　　程大昌则疑为成王之物①，因《左传·成》有岐阳之搜②，而宣王未必远狩丰西。今搜岐遗鼓既无经传明文，而帝王辙迹可西可东③，此不足疑二也。

　　至温彦威、马定国、刘仁本皆疑为后周文帝所作，盖因史"大统十一年西狩岐阳"之语故尔。按古来能书如斯、冰、邕、瑗无不著名④，岂有能书若此而不名乎？况其词尤非后周人口语。苏、李、虞、褚、欧阳近在唐初，亦不遽尔昧昧⑤，此不足疑三也。

【笺注】

①程大昌：南宋政治家、学者，字泰之，徽州休宁（今属安徽）人。有《程文简集》二十卷，已佚。今存《考古编》等。

②岐阳之搜：周成王在岐山南面的一次大规模狩猎活动。《左传·昭公四年》："周武有孟津之盟，成有岐阳之搜。"杜

预注："周成王归自奄，大搜于岐山之阳。"

③辙迹：车子行驶的痕迹。

④斯：秦朝政治家李斯，以"小篆"为标准，整理文字，对中国文字的统一有一定贡献。冰：唐代文学家、书法家李阳冰，工篆书，得法于秦《峄山刻石》，变化开合，自成风格。邕：东汉文学家、书法家蔡邕，工篆、隶。瑗：东汉书法家崔瑗，善章草。

⑤遽尔：轻率。昧昧：糊涂无知。

　　至郑夹漈、王顺伯皆疑五季之后鼓亡其一①，虽经补入，未知真伪，然向傅师早有跋云："数内第十鼓不类。访之民间，得一鼓，字半缺者，较验甚真，乃易置以足其数。"此不足疑四也。

　　郑复疑靖康之变，未知何在，王复疑世传北去，弃之济河。尝考虞伯生尝有记云②：金人徙鼓而北，藏于王宣抚宅，迨集言于时宰，乃得移置国学。此不足疑五也。予是以断然从《元和志》之说，而并以幸其俱存无伪焉。

　　尝叹三代文字，经秦火后至数千百年，虽尊彝鼎敦之器出于山岩屋壁陇亩墟墓之间③，苟有款识文字，学者尚当宝惜而稽考之，况石鼓为帝王之文，列胶庠之

内④，岂仅如一器一物供耳目奇异之玩者
哉？谨记其由来，以告夫世之嗜古者⑤。

【笺注】

①郑夹漈：宋代史学家、目录学家郑樵，字渔伯，不应科
举，居夹漈山（东山，福建莆田西北）刻苦力学，世称夹漈
先生。王顺伯：王厚之，南宋金石学家、理学家和藏书家。

②虞伯生：元代学者、诗人虞集，字伯生，号道园，人称
邵庵先生。

③尊彝：尊、彝均为古代酒器，金文中每连用为各类酒器
的统称。因祭祀、朝聘、宴享之礼多用之，亦以泛指礼器。
《周礼·春官·司尊彝》："司尊彝，掌六尊六彝之位。"《国
语·周语中》："出其尊彝，陈其俎豆。"韦昭注："尊、彝皆
受酒之器也。"

④胶庠：周代学校名。周时胶为大学，庠为小学。后世通
称学校为"胶庠"。《礼记·王制》："周人养国老于东胶，养
庶老于虞庠。"

⑤嗜古：好古，喜爱古代的事物。南朝宋颜延之《陶徵士
诔》："畏荣好古，薄身厚志。"

曹司空手植楝树记^①

诗三百篇，凡贤人君子之寄托，以及野夫游女之讴吟，往往流连景物，遇一草一木之细，辄低回太息而不忍置，非尽若召伯之棠"美斯爱，爱斯传"也^②。又况一草一木，倘为先人之所手植，则眷言遗泽，攀枝执条，泫然流涕^③，其所图以爱之而传之者，当何如切至也乎！

【笺注】

①曹司空：曹玺。据清《皇朝通志》记载，曹玺，正白旗包衣人，世居沈阳地方，任内工部尚书。曹玺植楝树于织造署中，筑亭，名曰"楝亭"。康熙二十三年（1684）病逝于江宁（南京）织造任上。其子曹寅，曾以"楝亭"为号，遍请海内名流题诗作画，后辑成《楝亭图咏》四卷。卷一中有纳兰词作《满江红》，同卷中有此文以及顾贞观的词作。

②召伯之棠：召棠。《诗·召南·甘棠序》："《甘棠》，美召伯也。召伯之教，明于南国。"孔颖达疏、朱熹集传并谓召伯巡行南土，布文王之政，曾舍于甘棠之下，因爱结于民心，

故人爱其树，而不忍伤。后为颂扬官吏政绩的典实。

③泫然流涕：泪珠止不住地流下来。《晋书·桓温传》，桓温自江陵北伐，行经金城，见年轻时，"所种柳皆已十围，慨然曰：'木犹如此，人何以堪！'攀枝执条，泫然流涕"。

余友曹君子清①，风流儒雅，彬彬乎兼文学政事之长，叩其渊源，盖得之庭训者居多。子清为余言：其先人司空公当日奉命督江宁织造，清操惠政，久著东南；于时尚方资黼黻之华②，闾阎鲜杼轴之叹③；衙斋萧寂④，携子清兄弟以从，方佩觿佩韘之年⑤，温经课业，靡间寒暑。

【笺注】

①曹君子清：清文学家曹寅，字子清，号荔轩、楝亭、雪樵。康熙时为近臣，由内务府郎中出为苏州、江宁织造，累官至通政使。

②尚方：泛称为宫廷制办和掌管饮食器物的官署、部门。

③闾阎：泛指民间。杼（zhù）轴（zhóu）：指纺织。

④衙斋：衙门里供职官燕居之处。

⑤佩觿（xī）：佩戴牙锥。觿，象骨制成的解绳结的角锥。亦用为饰物。佩觿，表示已成年，具有才干。《诗·卫风·芄兰》："芄兰之支，童子佩觿。"毛传："觿所以解结，成人之佩也。"佩韘（shè）：佩戴牙玦或玉玦。韘，射箭时戴在右手

拇指上用以钩弦的工具。以象骨、玉石制成。又叫"玦"，俗名"扳指"。为古代成人所佩之物。"佩韘"表示已成年。《诗·卫风·芄兰》："芄兰之叶，童子佩韘。"毛传："韘，玦也。能射御则佩韘。"

其书室外，司空亲栽楝树一株，今尚在无恙：当夫春葩未扬①，秋实不落，冠剑廷立，俨如式凭②。嗟乎！曾几何时，而昔日之树，已非拱把之树③；昔日之人，已非童稚之人矣！语毕，子清愀然念其先人④。余谓子清："此即司空之甘棠也。惟周之初，召伯与元公尚父并称，其后伯禽抗世子法⑤，齐侯伋任虎赏，直宿卫，惟燕嗣不甚著。今我国家重世臣，异日者子清奉简书乘传而出，安知不建牙南服⑥，踵武司空⑦。则此一树也，先人之泽，于是乎延；后世之泽，又于是乎启矣。可无片语以志之？"因为赋长短句一阕。同赋者：锡山顾君梁汾。

【笺注】

①春葩：春花。

②式凭：依靠。

③拱把：径围大如两手合围。《孟子·告子上》："拱把之桐梓，人苟欲生之，皆知所以养之者。"杨伯峻注："赵岐注云：'拱，合两手也；把，以一手把之也。'此言树之尚小。"

④愀（qiǎo）然：忧愁貌。

⑤伯禽：周代鲁国始祖。姬姓，字伯禽。周公旦长子。《礼·文王世子》："周公抗世子法于伯禽。"

⑥建牙：少数民族建置王廷。南服：古代王畿以外地区分为五服，故称南方为"南服"。《文选·谢瞻〈王抚军庾西阳集别时为豫章太守庾被征还东〉诗》："祗召旋北京，守官反南服。"李善注："南服，南方五服也。"

⑦踵武：跟着别人的脚步走。比喻继承前人的事业。《楚辞·离骚》："忽奔走以先后兮，及前王之踵武。"王逸注："踵，继也。武，迹也。"

书

书上座主涂健菴先生书

  某以诠才末学^①，年未弱冠^②，出应科举之试，不意获受知于钜公大人^③，厕名贤书^④。榜发之日，随诸生后，端拜堂下，仰瞻风采，心神肃然。既而屡赐延接，引之函丈之侧^⑤，温温乎其貌，谆谆乎其训词，又如日坐春风，令人神怡。由是入而告于亲曰：吾幸得师矣。出而告于友曰：吾幸得师矣。即梦寐之间，欣欣私喜曰：吾真得师矣。

【笺注】

  ①诠才末学：诠，用同"跧"，低下。低下的才能与肤浅

的学识。多用作自谦之词。

②弱冠：古以男子二十岁为成人，初加冕，因体犹未壮，故称弱冠。

③钜公：巨匠，大师。

④厕：杂置；参与。《文选·潘岳〈秋兴赋〉》："摄官承乏，猥厕朝列。"李善注引《苍颉篇》："厕，次也，杂也。"

⑤函丈：《礼记·曲礼上》："若非饮食之客，则布席，席间函丈。"玄注："谓讲问之客也。函，犹容也，讲问宜相对容丈，足以指画也。"原谓讲学者与听讲者座席之间相距一丈。后用以指讲学的坐席。

夫师岂易言哉？古人重在三之谊，并之于君亲，言亲生之，师成之，君用而行之，其恩义一也。然某窃谓师道至今日亦稍杂矣。古之患，患人不知有师；今之患，患人知有师而究不知有师。夫师者以学术为吾师也，以文章为吾师也，以道德为吾师也。今之人谩曰师耳师耳，于塾则有师，于郡县长吏则有师，于乡试之举主则有师，于省试之举主则有师，甚而权势禄位之所在则亦有师，进而问所谓学术也、文章也、道德也，弟子固不以是求之师，师亦不以是求之弟子。然则师之为师，将厪厪在奉羔贽雁纳履执杖之文也哉^①？洙泗以上无论已^②。唐必有昌黎，而后李翱、皇甫湜辈肯事之为师。宋必有程、朱，而后杨时、游酢、黄榦辈肯事之为师。夫学术、文章、道德，罕有能兼之者，得其一已可以为师。今先生不止得其一也，文章不逊于昌黎，学术道德必本于洛闽^③，固兼举其三矣，而又为某乡试之举主，是为师之道无乎不备，而某能不沾沾自喜乎？

【笺注】

①贽雁：古时纳彩通常要用活雁作为提亲时的礼物。《礼仪·士昏礼》云："昏礼下达，纳彩用雁。"纳履：穿鞋，借指辞别。明陶宗仪《辍耕录·屦舄履考》："古人舄、屦、履至阶必脱，唯着袜而入……汉赐剑履上殿，是不赐则不敢着履上殿明矣。谏不行则纳履而去。纳，结也。"执杖：旧时父母之丧，举行葬仪时手持丧棒，谓之"执杖"。

②洙泗：洙水和泗水。古时二水自今山东省泗水县北合流而下，至曲阜北，又分为二水，洙水在北，泗水在南。春秋时属鲁国地。孔子在洙泗之间聚徒讲学。《礼记·檀弓上》："吾与女事夫子于洙泗之间。"后因以"洙泗"代称孔子及儒家。

③洛闽：洛学和闽学的合称，即程朱理学。北宋时期的程颐、程颢为洛阳人，南宋时期的朱熹曾侨居并讲学于福建，故称。

纳兰性德全集

先生每进诸弟子于庭，示之以六经之微旨，润之以诸子百家之芬芳，且勉以立身行己之谊。一日进诲某曰："为臣贵有勿欺之忠。"某退而自思，以为少年新进，未有官守，勿欺在心，何裨于用，先生何乃以责某也？及退而读史，宋寇准年十九登第，时崇尚老成，罢遣年少者。或教之增年，准不肯，曰："吾初进取，何敢欺君？"又晏殊童年召试，见试题曰："臣曾有作，乞别命题。虽易构文，不敢欺君。"然后知所谓勿欺者，随地可以自尽①。先生固因某之少年新进而亲切诲之也。某即愚不肖，敢不厚自砥砺奋发，以庶几无负大君子之教育哉。承示宋元诸家经解，俱时师所未见，某当晓夜穷研，以副明训。其余诸书，尚望次第以授，俾得卒业焉。

【笺注】

①自尽：尽自己的才学。《书·咸有一德》："无自广以狭人匹夫匹妇，不获自尽。"

与顾梁汾书

扈跸遄征①，远离知己。君留北阙②，仆逐南云③。似蛩蚷之初分④，如圭璋之乍判⑤。柳青青于客舍⑥，魂恻恻于河梁⑦。缱绻之情⑧，兄固有之，弟亦何能不尔也。

【笺注】

①扈跸：随侍皇帝出行至某处。跸，指帝王的车驾或行幸之处。遄征：急行，迅速赶路。

②北阙：古代宫殿北面的门楼。臣子等候朝见或上书奏事之处。用为宫禁或朝廷的别称。

③南云：南飞之云。常以寄托思亲、怀乡之情。

④蛩蚷：蛩蛩距虚。传说中的异兽。蛩蛩与距虚为相类似而形影不离二兽。一说为一兽。《吕氏春秋·不广》："北方有兽，名曰蹶，鼠前而兔后，趋则踬（牵绊），走则颠，常为蛩蛩距虚取甘草以与之。蹶有患害也，蛩蛩距虚必负而走。"

⑤圭璋：两种贵重的玉制礼器。这里比喻朋友分离。

⑥青青：借指杨柳。古人惜别多折杨柳相赠。唐王维《送

元二使安西》：“渭城朝雨浥轻尘，客舍青青柳色新。”

⑦河梁：旧题汉李陵《与苏武》诗之三：“携手上河梁，游子暮何之？……行人难久留，各言长相思。”后借指送别之地。

⑧缱绻：缠绵。形容感情深厚。

　　惟是登封大典①，旷代希逢，趣马微劳②，臣职已定。老父艾年，尚勤于役③，渺予小子，敢惮前驱？况复王道荡平④，非同九折⑤；天清气朗，时值三秋。风伯驱尘，雨师洒路。千乘万骑，驰骤风飙，豹蠹蜺旌⑥，蔽亏日月。云门宛转⑦，与雁唳而俱闻；铙吹悠扬⑧，随渔歌以互答⑨。黄华分翠凤之香⑩，紫蓼映红云之丽⑪。仆手携湘管⑫，身佩吴刀⑬，随昌宇以侍衣，偕方明而夹毂⑭。日睹龙颜之近，时亲天语之温⑮，臣子光荣，于斯至矣。虽霜花点鬓，时冒朝寒；星影入怀，长栖暮草，然但觉其欢欣，亦竟忘其劳勚也⑯。

【笺注】

①登封：登山封禅。指古帝王登泰山祭天祭地。《史记·封禅书》：“（武帝）遂登封太山，至于梁父，而后禅肃然。”

②趣（cù）：督促，催促。

③艾年：老年。《礼记·曲礼上》："五十曰艾。"

④荡平：扫荡平定。

⑤九折：九折臂。《楚辞·九章·惜诵》："九折臂而成医兮，吾至今而知其信然。"谓久病成医。引申为阅历和经验丰富。

⑥豹纛（dào）蜺（ní）旌：皇帝出行时的仪仗。豹纛，豹尾。天子属车上的饰物，悬于最后一车。后亦用于天子卤簿仪仗。蜺旌，彩饰之旗。《文选·司马相如〈上林赋〉》："拖蜺旌，靡云旗。"李善注引张揖曰："析羽毛，染以五采，缀以缕为旌，有似虹蜺之气也。"

⑦云门：周六乐舞之一。用于祭祀天神。相传为黄帝时所作。《周礼·春官·大司乐》："以乐舞教国子。舞《云门》《大卷》《大咸》《大磬》《大夏》《大濩》《大武》。"郑玄注："此周所存六代之乐，黄帝曰《云门》《大卷》。黄帝能成名万物，以明民共财，言其德如云之所出，民得以有族类。"

⑧铙吹：铙歌。军中乐歌。为鼓吹乐的一部。所用乐器有笛、觱篥、箫、笳、铙、鼓等。

⑨渔歌互答：范仲淹《岳阳楼记》："渔歌互答，此乐何极。"互答，互相唱和。

⑩翠凤：以翠羽制成的凤形旗饰。《文选·李斯〈上秦始皇书〉》："建翠凤之旗，树灵鼍之鼓。"吕延济注："以翠羽为凤形而饰旗也。"

⑪蓼（liǎo）：植物名。为一年生或多年生草本。有水蓼、红蓼、刺蓼等。味辛，又名辛菜，可做调味用。《诗·周颂·良耜》："以薅荼蓼。"毛传："蓼，水草也。"

⑫湘管：毛笔。以湘竹制作，故名。

⑬吴刀：吴钩。春秋时吴国铸造的一种弯形的刀。

⑭随昌宇以侍衣，偕方明而夹毂：唐杜甫《封西岳赋》："方明夹毂，昌宇侍衣。"《庄子·徐无鬼》："黄帝将见大魄乎具茨之山，方明为御，昌宇骏乘。"夹毂，夹毂队。南朝诸王亲兵。诸王出则夹车作卫队，故名。《宋书·海陵王休茂传》："夜挟伯超及左右黄灵期……余双等，率夹毂队，于城内杀典签杨庆（典签，本为处理文书的小吏。南朝宋齐时朝廷常派以监视出任方镇的宗室诸王和各州刺史，权力甚大。梁以后渐废。隋唐诸王府亦设典签，但仅掌文书。宋以后废除）。"《资治通鉴·宋孝武帝大明五年》载此事，胡三省注云："宋诸王有夹毂队，盖左右亲兵也，出则夹车为卫。"

⑮天语：谓天子诏谕，皇帝所语。

⑯劳勚（yì）：劳苦。

　　若夫登岱宗之绝顶，齐鲁皆青①；涉河济之波涛，鱼龙可狎。金泥玉检②，秦篆依然③；瓠子宣房④，汉歌不远。指四练而吴趋在望⑤，乘枯槎而银汉可通⑥。此亦宇宙之神皋⑦，河山之奥室也⑧。虽无才藻，颇有赋心。既而自念，身在属车豹尾之中⑨，名属缀衣虎贲之列⑩，尚敢与文学侍从铺羽猎而叙长杨也乎⑪？至于铁锁横江⑫，金焦矗日⑬，倚妙高之台畔⑭，访瘗鹤之遗踪⑮。瓜步雄风⑯，神鸦社鼓⑰，扬州逸兴，坐月吹箫。听六代之钟声⑱，半沈流水；望三山之云影，时动褰裳⑲。此亦可以兴吊古之思，发游仙之梦者矣。更有鹤林旧刹⑳，甘露精蓝㉑，近海岳之幽偏，多老颠之遗墨㉒。零缣断素㉓，虽不可求；藓碣牛磨，时有可问。此又仆所徘徊慨慕而不自已者也。

【笺注】

①齐鲁皆青：唐杜甫《望岳》："岱宗夫如何？齐鲁青未了。"

②金泥：以水银和金粉为泥，作封印之用。汉应劭《风俗通·正失·封泰山禅梁父》："克石纪号，著己绩也。或曰：金泥银绳，印之以玺。"玉检：玉牒书的封箧。《汉书·武帝纪》"登封泰山"颜师古注引三国魏孟康曰："玉者功成治定，告成功于天……刻石纪号，有金策石函，金泥玉检之封焉。"

③秦篆：小篆。《汉书·艺文志》："《苍颉》七章者……文字多取《史籀篇》，而篆体复颇异，所谓秦篆者也。"

④瓠（hù）子：古堤名。旧址在河南濮阳境。《史记·孝武本纪》："还至瓠子，自临塞决河，留二日，沈祠而去。"裴骃集解："服虔曰：'瓠子，堤名。'苏林曰：'在甄城以南，濮阳以北。'"宣房：官名。西汉元光中，黄河决口于瓠子，二十余年不能堵塞，汉武帝亲临决口处，发卒数万人，并命群臣负薪以填，功成之后，筑官其上，名为宣房宫。见《史记·河渠书》。

⑤匹练：白绢。常以形容奔驰的白马、光气、瀑布、水

面、云雾等。这里指长江。吴趋：吴门，指吴地。

⑥枯槎：指竹木筏或木船。

⑦神皋：神明所聚之地。《文选·张衡〈西京赋〉》：“尔乃广衍沃野，厥田上上，寔为地之奥区神皋。”李善注：“谓神明之界局也。”

⑧奥室：奥区，即为腹地之意。

⑨属车：帝王出行时的侍从车。秦汉以来，皇帝大驾属车八十一乘，法驾属车三十六乘，分左中右三列行进。《汉书·贾捐之传》：“鸾旗在前，属车在后。”颜师古注：“属车，相连属而陈于后也。属，音之欲反。”《文选·张衡〈东京赋〉》：“属车九九，乘轩并毂。”薛综注：“副车曰属。”豹尾：天子属车上的饰物，悬于最后一车。

⑩缀衣：周代官名。掌管衣服，为天子近臣。《书·立政》：“用咸戒于王曰：‘王左右常伯、常任、准人、缀衣、虎贲。’”孔传：“缀衣，掌衣服；虎贲，以武力事王。皆左右近臣，宜得其人。”

⑪羽猎、长杨：西汉扬雄《羽猎赋》和《长杨赋》，为润色鸿业之作。

⑫铁锁横江：《晋书·王浚传》。晋武帝太康元年，命王浚率水军顺江而下，讨伐东吴。东吴的亡国之君孙皓，凭长江天险，在江中暗置铁锥，再加以千寻铁链横锁江面，自以为万全。王浚用大筏数十冲走铁锥，以火炬烧毁铁链，顺流鼓棹，直取金陵。

⑬金焦：金山、焦山，在今江苏镇江。

⑭妙高台：在金山妙高峰，宋释佛印所建。

⑮瘗（yì）鹤：指《瘗鹤铭》。著名的摩崖刻石。华阳真逸撰，上皇山樵书。其时代和书者众说纷纭，但均无确据。在

今江苏省镇江市焦山崖石上。曾崩落长江中。乾隆二十二年移置焦山定慧寺。铭文正字大书左行，前人评价很高。宋苏舜钦《丹阳子高得逸少〈瘗鹤铭〉于焦山之下》："山阴不见换鹅经，京口今存《瘗鹤铭》……我久临池无所得，愿观遗法快沉冥。"

⑯瓜步雄风：指南朝宋文帝三十七年，北魏太武帝拓跋焘大败宋王玄漠军于瓜步事。

⑰神鸦社鼓：宋辛弃疾《永遇乐·京口北固亭怀古》："可堪回首，佛狸祠下，一片神鸦社鼓。"神鸦，指庙里吃祭品的乌鸦。社鼓，指社庙内敲的鼓。

⑱六代：原指建都于今南京的吴、东晋、宋、齐、梁、陈。

⑲襂（qiān）裳：谓帝王让位。《竹书纪年》卷上："（十四年卿云见，命禹代虞事）帝乃再歌曰：'日月有常，星辰有行……精华已竭，襂裳去之。'于是八风循通，庆云丛聚，蟠龙奋迅于其藏，蛟鱼踊跃于其渊。龟鳖咸出其穴，迁虞而事夏。舜乃设坛于河，依尧故事。"

⑳鹤林：佛寺。

㉑甘露：甘露寺。在江苏省镇江市北固山上。相传三国吴甘露年间建。唐李德裕加以增辟。精蓝：佛寺；僧舍。精，精舍；蓝，阿兰若。

㉒老颠：老和尚。

㉓零缣断素：犹断缣寸纸。残缺不全的书画。

及夫楚树连云①，吴舲泊岸②，牙樯锦缆③，觉鱼鸟之亲人；青幰碧油④，喜风花之媚客。梁溪几曲⑤，无异鉴湖⑥；

虎阜一拳⑦，依稀灵岫。千章嘉树，户户平泉；一领绿蓑，行行西塞。品名泉于萧寺，听鸟语于花溪。昔人所云茂林修竹，清流激湍者，向于图牒见之，今以耳目亲之矣。且其土壤之美，风俗之醇，季札遗风⑧，人多揖让；言偃故里⑨，士尽风流。稻蟹莼鲈⑩，颇堪悦口；渚茶野酿，实足销忧。而况林屋龙峰⑪，布帆不断；金阊锡岭⑫，兰楫可通。侍绛帐于昆冈⑬，结芳邻于吾子⑭。平生师友，尽在兹邦。左挹洪崖，右拍浮丘⑮。此仆来生之夙愿，昔梦之常依者也。

【笺注】

①楚树：常阔落叶植物，见于长江流域。

②吴舠（dāo）：舠，小船。刘孝绰《咏小儿采菱》："采菱非采菉。日暮且盈舠。"吴舠，吴地小船。

③牙樯：象牙装饰的桅杆。一说桅杆顶端尖锐如牙，故名。后为桅杆的美称。北周庾信《哀江南赋》："苍鹰赤雀，铁轴牙樯。"倪璠注："《埤苍》曰：'樯，帆柱也。'《古诗》曰：'象牙作帆樯。'"锦缆：锦制的缆绳；精美的缆绳。

④青幰（xiǎn）：青色的车幔。碧油：青绿色的油布帷幕。

⑤梁溪：无锡城西有梁溪，故无锡别称梁溪。

⑥鉴湖：绍兴境内有鉴湖，故绍兴别称鉴湖。

⑦虎阜：虎丘。相传吴王阖闾葬此。

⑧季札遗风：用季札逊让君位事。季札，又称公子札。吴王诸樊之弟，多次推让君位。封于延陵，称延陵季子。

⑨言偃故里：泛指江南一带。言偃，即子游，孔子弟子。

⑩莼鲈：据《世说新语·识鉴》："张季鹰辟齐王东曹掾，在洛见秋风因思吴中菰菜羹、鲈鱼脍，曰：'人生贵得适意尔，何能羁宦数千里以要名爵！'遂命驾便归。俄而齐王败，时人皆谓为见机。"后借指思念故乡。

⑪林屋：山名，在江苏苏州洞庭西山，道教十大洞天之一。

⑫金阊：苏州有金门、阊门两城门，故以"金阊"借指苏州。锡岭和龙峰两者均在无锡。无锡古运河上有清宁桥（后改名为清名），桥柱原有石刻"锡岭龙峰对峙"等字样。

⑬绛帐：《后汉书·马融传》："融才高博洽，为世通儒，教养诸生，常有千数……居宇器服，多存侈饰。常坐高堂，施绛纱帐，前授生徒，后列女乐，弟子以次相传，鲜有入其室者。"后因以"绛帐"为师门、讲席之敬称。昆冈：坱冈。古代对昆仑山的别称。

⑭结芳邻于吾子：指徐乾学与顾贞观住地相邻。徐乾学原籍昆山，顾贞观原籍无锡，两地相邻。吾子：对对方的敬爱之称。一般用于男子之间。《仪礼·士冠礼》："某有子某，将加布于其首，愿吾子之教之也。"郑玄注："吾子，相亲之辞。吾，我也；子，男子之美称。"

⑮左挹洪崖，右拍浮丘：指游仙。郭璞《游仙诗》："左艳浮丘袖，右拍洪崖肩。"挹，牵引。洪崖，传说中的仙人名。晋葛洪《神仙传·卫叔卿》："乃斋戒独上，未到其岭，于绝

岭之下，望见其父与数人博戏于石上……度世曰：'不审向与父并坐是谁也？'叔卿曰：'洪崖先生、许由、巢父、火低公、飞黄子、王子晋、薛容耳。'"浮丘：浮丘公。《文选·郭璞〈游仙诗〉之三》："左挹浮丘袖，右拍洪崖肩。"李善注引《列仙传》："浮丘公接王子乔以上嵩高山。"

夫苏轼忘归，思买田于阳羡①；舜钦沦放②，得筑室于沧浪。人各有情，不能相强。使得为清时之贺监③，放浪江湖；亦何必学汉室之东方，浮沈金马乎④？傥异日者脱屣宦涂⑤，拂衣委巷⑥，渔庄蟹舍⑦，足我生涯，药臼茶铛⑧，销兹岁月。皋桥作客⑨，石屋称农⑩，恒抱影于林泉⑪，遂忘情于轩冕⑫。是吾愿也，然而不敢必也。悠悠此心，惟子知之，故为子言之。北风多厉，千万眠食自爱。

【笺注】

①买田：指归隐林泉。宋苏轼《东坡志林》卷二《致仕》有《买田求归》条，记"浮玉老师元公欲为吾买田京口"事。阳羡，江苏宜兴古称。苏轼饱览宜兴山水，在《菩萨蛮·买田阳羡吾将老》一词中有："买田阳羡吾将老，从来只为溪山好。来往一虚舟，聊随物外游。"

②舜钦：北宋诗人苏舜钦，时其岳父同平章事、兼枢密使

杜衍，对政事有所整饬，忌者欲通过倾陷舜钦打击杜衍等，遂以细故被除名，退居苏州沧浪亭。沦放：沦落流放，被遗弃。

③贺监：唐代诗人贺知章，官至秘书监。《新唐书·隐逸·贺知章》："知章晚节尤诞放，遨嬉里巷，自号'四明狂客'及'秘书外监'。"

④金马：金马门。汉代宫门名。学士待诏之处。《史记·滑稽列传》："金马门者，宦（者）署门也。门傍有铜马，故谓之曰'金马门'。"东方朔曾当过金马门待诏。

⑤脱屣：脱掉鞋子。比喻看得很轻，无所顾恋。

⑥委巷：谓僻陋曲折的小巷。借指民间。《礼记·檀弓上》："小功不为位也者，是委巷之礼也。"郑玄注："委巷，犹街里，委曲所为也。"

⑦蟹舍：渔家。亦指渔村水乡。

⑧茶铛：煎茶用的釜。

⑨皋桥作客：东汉梁鸿、孟光至吴，依附皋伯通，居庑下，为人赁舂。光每具食，举案齐眉。伯通见而异之，遂使居室内，以宾礼相待。见《后汉书·梁鸿传》。

⑩石屋：石头砌成的房子，多为僧人或隐士所居。

⑪林泉：隐居之地。唐骆宾王《上兖州张司马启》："虽则放旷林泉，颇得闲居之趣。"

⑫轩冕：古时大夫以上官员的车乘和冕服，借指官位爵禄。《庄子·缮性》："古之所谓得志者，非轩冕之谓也，谓其无以益其乐而已矣。"

与韩元少书

仆幼习科举业，即时时窃喜为古文词，然不敢令师友见也。今幸出大匠之门，且与足下为同年友。当古学振兴之日，人思自奋，仆亦妄希著述，以正有道。而作者林林，浩乎渊海，才单力弱，绠短汲深[①]，尚同彭祖之观井[②]，惴惴惟恐失坠。而足下遽欲引之于十洲三岛之间[③]，以问五城十二楼之胜[④]，其可得哉？惶恐惶恐。

【笺注】

①绠短汲深：用短绳系器汲取深井的水。比喻浅学不足以悟深理。《庄子·至乐》："昔者管子有言……褚小者不可以怀大，绠短者不可以汲深。"后多作力小任重、不能胜任的谦辞。

②彭祖：传说中的人物。因封于彭，故称。传说彭祖善养生，有导引之术，活到八百高龄。见汉刘向《列仙传·彭祖》。彭祖观井，宋苏轼《代滕甫论西夏书》："俗言彭祖观

井，自系大木之上，以车轮覆井，而后敢观。"后比喻遇事谨慎小心。

③十洲三岛：传说中神仙居住的地方。十洲，道教称大海中神仙居住的十处名山胜境。亦泛指仙境。《海内十洲记》："汉武帝既闻王母说八方巨海之中有祖洲、瀛洲、玄洲、炎洲、长洲、元洲、流洲、生洲、凤麟洲、聚窟洲。有此十洲，乃人迹所稀绝处。"三岛，指传说中的蓬莱、方丈、瀛洲三座海上仙山。

④五城十二楼：传说中神仙的居所。比喻仙境。《史记·孝武本纪》："方士有言：'黄帝时，为五城十二楼，以候神人于执期，命曰迎年。'"裴骃集解引应劭曰："均仑玄圃五城十二楼，此仙人之所常居也。"

至所商明文选，仆颇得其梗概，敢为足下陈之。明之为代，近接宋元，则明之为学，亦直承宋元诸儒之学。三百年间，追踪大家者，约略得数人焉。宋潜溪经学醇正①，故文有根柢，舂容大雅②，无蹶张叫嚣之气，自成清庙明堂之音③。虽梵宇琳宫，多其碑碣，竺书道笈无所不收④，偶或牵率应酬⑤，尚少持择，然不足为之病也。方逊志如黄河天落⑥，直泻万里，而风激湍回，正复沦涟绮潋⑦，是子瞻之后身也⑧。至其不磨之气节，涌现行墨间，又与文山、叠山颉颃矣⑨。杨东里平澹之

中饶有妙味⑩，朱弦疏越⑪，一唱三叹⑫，
沨沨乎多古意也。当时仁宗最喜永叔文
字⑬，而东里似之，主臣一德，仿佛可见。
王伯安以天纵之奇才⑭，加心学之独得，
故其为文如昆刀之切玉⑮，快马之斫阵，
为天地间第一种快文。即其论学有偏，然
而文自单行，功斯不朽矣。王遵岩学南
丰⑯，经术之气溢于楮墨⑰，宁迂而不径，
宁拙而不巧，如入宗庙庠序，所见无非瑚
琏簠簋也⑱。归震川之文⑲，源本性灵，
取材经史，淘汰之功，良为心苦，柳宗元
云"本之太史以著其洁"⑳，似足当之。
虽斤斤绳尺，而当其得意时，正复汪洋洸
泆，故不得病其尺幅之狭耳。唐荆川如大
鹏培风㉑，游龙戏海，力量气魄，迥异寻
常，世间无物可以夭阏之者㉒。至其文多
偶比，是学昌黎《原道》《原毁》之文而
尚少变化㉓。钱牧斋腹笥既富㉔，文笔又
长，援古证今，每发一端，便如瓶水泻
地，迸注分流。惟深锢于朋党之见㉕，或
有失实。而其为珰槛祸诸君子志传之文，
淋漓感慨，足禆史乘，然亦病其杂矣。大

抵弘正以前，皆无意为古文者也，以其学问之余，溢为鸿章巨制。嘉隆以来，有意为古文者也，波澜驰骋，远逼古人，而未免有规摹之迹。他如刘青田、王子充之雅洁㉖，李崆峒之雄古㉗，罗圭峰之僻涩㉘，罗念菴之醇茂㉙，赵浚谷之苍莽㉚，王弇州之瑰奇㉛，虽非大家嫡系，亦文坛之雄霸也。自此以外，桧后无讥焉㉜。愚见如此，足下以为然否？幸进而教我。

【笺注】

①宋潜溪：宋濂。明浙江浦江人，字景濂，号潜溪。

②春容：闲雅。

③清庙：太庙。古代帝王的宗庙。《文选·司马相如〈上林赋〉》："登明堂，坐清庙。"郭璞注："清庙，太庙也。"明堂：古代帝王宣明政教的地方。凡朝会、祭祀、庆赏、选士、养老、教学等大典，都在此举行。

④竺书：佛书，佛经。道笈：道家典籍。笈（jí），盛器。多竹、藤编织，常用以放置书籍、衣巾、药物等。《太平御览》卷七十一引汉应劭《风俗通》："笈，学士所以负书箱，如冠籍箱也。"引申指书籍；经典。

⑤牵率：草率。

⑥方逊志：方孝孺，明浙江海宁人，字希直，又字希古，人称正学先生。宋濂弟子。惠帝时任侍讲学士，《太祖实录》

总裁。燕王朱棣兵入南京后，慷慨就义。著有《逊志斋文集》。

⑦沦涟：水波；微波。

⑧子瞻：北宋文学家、书画家苏轼，字子瞻，号东坡居士，眉州眉山（今属四川）人。

⑨文山：南宋大臣、文学家文天祥，字履善，号文山，抗元名臣，以气节著称。叠山：南宋诗人谢枋得，字君直，号叠山。率兵抗元，城陷流亡。后元廷迫其出仕，地方官强制送往大都，乃绝食而死。颉（xié）颃（háng）：不相上下。

⑩杨东里：明代大臣、学者杨士奇，名寓，字士奇，以字行，号东里。著有《东里全集》《文渊阁书目》《历代名臣奏议》等。

⑪朱弦疏越：形容诗文质朴而有余意。《礼记·乐记》："清庙之瑟，朱弦而疏越，壹倡而三叹，有遗音者也。"

⑫一唱三叹：《荀子·礼论》："清庙之歌，一倡而三叹也。"谓一人歌唱，三人相和。后多用以形容音乐、诗文优美，富有余味，令人赞赏不已。

⑬永叔：北宋文学家、史学家欧阳修，字永叔，号醉翁、六一居士，吉州吉水（今属江西）人。有《欧阳文忠公文集》。

⑭王伯安：明代哲学家、教育家王守仁，字伯安，尝筑室故乡阳明洞，世称阳明先生。天纵：天所放任，意谓上天赋予。

⑮昆刀：昆吾刀。用昆吾石冶炼成铁而制成的刀，以锋利著称。

⑯王遵岩：明文学家王慎中，字道思，号遵岩居士，嘉靖八才子之一。南丰：北宋文学家曾巩，字子固，南丰人，世称南丰先生。

⑰楮墨：纸与墨。借指诗文。

⑱瑚琏：瑚、琏皆宗庙礼器。比喻治国安邦之才。《论语·公冶长》："子贡问曰：'赐也何如？'子曰：'女，器也。'曰：'何器也？'曰：'瑚琏也。'"簠（fǔ）簋（guǐ）：《礼记·乐记》："簠簋俎豆，制度文章，礼之器也。"亦借指酒食、筵席。

⑲归震川：明代文学家归有光，字熙甫，号震川，又号项背生，昆山（今属江苏）人，著有《震川先生集》。

⑳本之太史以著其洁：柳宗元《答韦中立论师道书》："本之《书》以求其质，本之《诗》以求其恒，本之《礼》以求其宜，本之《春秋》以求其断，本之《易》以求其动：此吾所以取道之原也。参之谷梁氏以厉其气，参之《孟》，《荀》以畅其支，参之《庄》，《老》以肆其端，参之《国语》以博其趣，参之《离骚》以致其幽，参之太史公以著其洁：此吾所以旁推交通，而以为之文也。"

㉑唐荆川：明代文学家、学者唐顺之，字应德，一字义修，学者称荆川先生。培风：乘风。《庄子·逍遥游》："而后乃培风。"

㉒夭阏（è）：摧折，遏止。《庄子·逍遥游》："（大鹏）背负青天夭阏者，而后乃今将图南。"陆德明释文引司马彪云："夭，折也；阏，止也。"

㉓《原道》：韩愈的哲学论文。提出自尧舜至孔孟一脉相承的儒家"道统"说，以攻击当时流行的佛教、道教思想。开以后宋明道学的先声。《原毁》：韩愈的古文，论述和探究毁谤产生的原因。

㉔钱牧斋：明末清初文学家钱谦益，字受之，号牧斋，为明清之际文坛领袖。腹笥（sì）：《后汉书·边韶传》："边为

姓，孝为字，腹便便，五经笥。"笥，书箱。后称腹中所记之书籍和所有的学问。

㉕朋党：指同类的人以恶相济而结成的集团。后指因政见不同而形成的相互倾轧的宗派。

㉖刘青田：刘基，字伯温。青田县南田乡人，故称刘青田。王子充：王祎，字子充。

㉗李崆峒：李梦阳，明代文学家。字献吉，又字天赐，号空同子，庆阳（今属甘肃）人，后徙河南扶沟。倡言诗文复古，标举汉魏盛唐。有《空同集》。

㉘罗圭峰：罗玘，字景鸣，号圭峰，明江西南城人，学者称圭峰先生。僻涩：冷僻晦涩。

㉙罗念菴：罗洪先。明学者。字达夫，号念菴。醇茂：淳厚丰茂。

㉚赵浚谷：赵时春，字景仁，号浚谷，平凉"嘉靖八才子"之一。苍莽：意境、思想等深广开阔的样子。

㉛王弇州：明代文学家、史学家王世贞，字符美，号弇州、凤州山人，太仓（今属江苏）人。一生著述宏富，有《弇州山人四部稿》《续稿》《艺苑卮言》等。

㉜桧后无讥：《左传·襄公二十九年》载，吴公子季札来鲁国聘问，请求聆听观看周朝的音乐舞蹈。从《诗经》的《周南》《召南》开始，季札都有称美和评价。从《郐（亦作桧）风》以下的诗歌乐舞，季札就没有评论了。

与梁药亭书①

　　仆少知操觚②，即爱《花间》致语，以其言情入微，且音调铿锵，自然协律。唐诗非不整齐工丽，然置之红牙银拨间③，未免病其版槢矣。从来苦无善选，惟《花间》与中兴绝妙词差能蕴藉④。自《草堂》《词统》诸选出⑤，为世脍炙，便陈陈相因⑥。不意铜仙金掌中⑦，竟有尘羹涂饭⑧，而俗人动以当行本色诩之⑨，能不齿冷哉⑩？

【笺注】

　　①梁药亭：梁佩兰，字芝五，号药亭，广东南海（今广州）人。康熙进士，选庶吉士，以不习惯满文而革职。以诗名世，与屈大均、陈恭尹并称"岭南三大家"。康熙二十四年（1685），纳兰时有编纂词选之念。于是致信梁佩兰，邀其北上助一臂之力。

　　②操觚（gū）：执简，写作。《文选·陆机〈文赋〉》："或

操觚以率尔，或含毫而邈然。"李善注："觚，木之方者，古人用之以书，犹今之简也。"

③红牙：檀木制成的拍板。用以调节乐曲的节拍。明王世贞《同省中诸君过徐丈》："紫玉行杯弹《出塞》，红牙催拍按《梁州》。"银拨：弹拨弦乐器的用具。

④中兴绝妙词：《中兴以来绝妙词选》，宋黄升辑。

⑤《草堂》：《草堂诗余》二卷，南宋词选集，在明代广为流传。《词统》：《古今词统》，十卷，明卓人月编选。

⑥陈陈相因：谓陈谷逐年增积。《史记·平准书》："太仓之粟，陈陈相因，充溢露积于外，至腐败不可食。"比喻因袭陈旧，缺乏创新。

⑦铜仙：金铜仙人的省称。指汉武帝时所作以手掌举盘承露的仙人。唐李贺《金铜仙人辞汉歌序》："魏明帝青龙元年八月，诏宫官牵车西取汉孝武捧露盘仙人，欲立置前殿。宫官既拆盘，仙人临载，乃潸然泪下。唐诸王孙李长吉遂作《金铜仙人辞汉歌》。"

⑧尘羹涂饭：以土做饭，以泥做羹。比喻以假当真或无足轻重的事物。

⑨当行：本行。本色：谓质朴自然，不加矫饰。宋严羽《沧浪诗话·诗辩》："大抵禅道惟在妙悟，诗道亦在妙语……惟悟乃为当行，乃为本色。"

⑩齿冷：耻笑。因笑则张口，牙齿会感到冷，故称。

近得朱锡鬯《词综》一选①，可称善本。闻锡鬯所收词集，凡百六十余种。网罗之博，鉴别之精，真不易及。然愚意以为，吾人选书，不必务博，专取精诣杰出之彦，尽其所长，使其精神风致涌现于楮墨之间。每选一家，虽多取至什至伯无厌，其余诸家，不妨竟以黄茅白苇概从芟薙②。青琐绿疏间③，粉黛三千，然得飞燕、玉环④，其余颜色如土矣。天下惟物之尤者断不可放过耳。江瑶柱入口，而复咀嚼⑤，鲍鱼、马肝，有何味哉？

【笺注】

①朱锡鬯：朱彝尊，字锡鬯，号竹垞，又号金风亭长、小长芦钓鱼师，秀水（今浙江嘉兴）人。编有《词综》《明诗综》等。《词综》：朱彝尊选编，其门人汪森增定，共三十卷，补遗六卷。选录词家六百五十九，工两千二百余首。

②黄茅白苇：连片生长的黄色茅草或白色芦苇。形容齐一而单调的情景。芟（shān）薙（tì）：删除。

③青琐：装饰皇宫门窗的青色连环花纹。《汉书·元后传》："曲阳侯根骄奢僭上，赤墀青琐。"颜师古注："孟康曰：'以青画户边镂中，天子之制也。'……孟说是。青琐者，刻为连环文，而青涂之也。"后华贵的宅第、寺院等门窗亦用此种装饰。这里借指宫廷。

④飞燕、玉环：赵飞燕、杨玉环。

⑤江瑶柱：江瑶的肉柱，一种名贵的海味。宋刘子翚《食蛎房》："江瑶贵一柱，嗟岂栋梁质。"

仆意欲有选，如北宋之周清真、苏子瞻、晏叔原、张子野、柳耆卿、秦少游、贺方回①，南宋之姜尧章、辛幼安、史邦卿、高宾王、程钜夫、陆务观、吴君特、王圣与、张叔夏诸人②，多取其词汇为一集，余则取其词之至妙者附之，不必人人有见也。不知足下乐与我同事否？有暇及此否？处雀喧鸠闹之场③，而肯为此冷澹生活，亦韵事也。望之望之。

【笺注】

　　①周清真：周邦彦，字美成，号清真居士。晏叔原：晏几道，字叔原。张子野：张先，字子野。柳耆卿：柳永，字耆卿。秦少游：秦观，字少游。贺方回：贺铸，字方回。

　　②姜尧章：姜夔，字尧章。辛幼安：辛弃疾，字幼安。史邦卿：史达祖，字邦卿。高宾王：高观国，字宾王。程钜夫：元代文学家。陆务观：陆游，字务观。吴君特：吴文英，字君特。王圣与：王沂孙，字圣与。张叔夏：张炎，字叔夏。

　　③雀喧鸠闹：形容纷乱吵闹。

与某上人书

昨见过时，天气甚佳，茗碗熏炉，清谈竟日，颇以为乐，今便不可得已。承示："万法归一，一归何处？"令仆参取。时即下一转语曰："万法归一，一仍归万。"此仆实有所见，非口头禅也。上人心有不契，不复作答，仆亦畏丰干饶舌[1]，默默而退。既而思韩昌黎性喜辟佛，然而凡为诸上人作序，必告之以吾儒之理，亦以竺氏之教虽非，而其徒皆吾万物一体中人也，何忍竟摈而不与之言？仆何人哉，敢与昌黎比？然而既与上人交，则极欲上人之共知此理，犹如人得美饮食，而不与一父之子同享之，岂情也哉？自有天地以来，有理即有数，数起于一，一与一对而为二，二积而成万。凡二便可见，一便不可见，故乾坤也，阴阳也，寒暑也，昼夜也，呼噏也②，皆可见者也。一者何？太极也。欲指一物以为太极，即伏羲、文王、周公、孔子之圣亦有所不能。故周子曰："无极而太极"，此无上妙谛也。吾儒太极之理，在物物之中，则知一之为一，即在万法之中。竺氏亦知有所为太极者，彼误认太极为一物，而其教又主于空诸所有，故并欲举太极而空之，所以有"一归何处"之语，不知物物具一太极，一即在万法中。竺氏求空而反滞于有，不如吾道之物物皆实，而声臭俱冥③，仍不碍于空也。黄面瞿昙④，定不河汉吾言⑤，上人亦能再下一语否？

【笺注】

①丰干饶舌："丰干"，亦作"封干"。唐高僧。初居天台山国清寺供舂米之役。先天中，行化京兆。间丘胤将任台州太守，问台州有何贤达？丰干曰：到任记谒文殊。后间丘胤到任至国清寺，子僧厨见寒山、拾得，二僧笑曰："丰干饶舌。"事见《宋高僧传》卷十九。后因以"丰干饶舌"比喻多嘴。饶舌，多嘴。

②呼噏（xī）：呼气和吸气。

③声臭：《诗·大雅·文王》："上天之载，无声无臭。"

郑玄笺："耳不闻声音，鼻不闻香臭。"原指声音与气味。后以"声臭"喻名声或形迹。俱冥：无声。

④瞿昙：释迦牟尼的姓，一译作乔答摩，做佛的代称。送陆游《苦贫》："此穷正坐清狂尔，莫向瞿昙问宿因。"

⑤河汉：《庄子·逍遥游》："肩吾问于连叔曰：'吾闻言于接舆，大而无当，往而不反。吾惊怖其言。犹河汉而无极也。'"成玄英疏："犹如天上河汉，迢递清高，寻其源流，略无穷极也。"后因以"河汉"喻言论夸诞迂阔不切实际。

书简（附）

致张纯修简

一

厅联书上，甚愧不堪。昨竟大饱而归，又承吾哥不以贵游相待[1]，而以朋友待之，真不啻既饱以德也[2]。谢谢！此真知我者也。当图一知己之报于吾哥之前，然不得以寻常酬答目之。一人知己，可以无恨，余与张子[3]有同心矣。此启，不一。成德顿首。

十二月岁除前二日。因无大图章，竟不曾用。

【笺注】

①贵游：指无官职的王公贵族。亦泛指显贵者。《周礼·地官·师氏》："掌国中失之事以教国子弟，凡国之贵游子弟学焉。"郑玄注："贵游子弟，王公之子弟。游，无官司者。"

②既饱以德：备受恩德，厌饱其德之意。汉王褒《四子讲德论》："于是二客醉于仁义，饱于盛德，终日仰叹，怡怿而悦服。"

③张子：指张纯修。

二

箭决二^①，谨遣力驰上，其物甚鄙，祈并存之为感。所言书，幸于明朝即令纪纲往取^②。晤期俟再订。不尽。弟成德顿首。见阳道兄足下。

【笺注】

①箭决：俗称扳指。用象牙、兽骨或玉石、翡翠、玛瑙等制成的圆环，套在右拇指上以利射箭时勾弦。《说文·韦部》："韘（shè），射决也，所以拘弦。"清段玉裁注："按，即今人之扳指也。"

②纪纲：统领仆隶之人。后泛指仆人。《左传·僖公二十四年》："秦伯送卫于晋三千人，实纪纲之仆。"杜预注："诸门户仆隶之事，皆秦卒共之，为之纪纲。"

三

　　"箭决"原付小力奉上，因早间偶失捡察，竟致空手往还，可笑甚矣。今特命役驰到，幸并存之。书祈于明后日即取至，则感高爱于无量也。晤期再报，不一。成德顿首。

　　见阳道兄足下。

四

花马病尚未愈①，恐食言，昨故令带去。明早家大人扈驾往西山，他马不能应命，或竟骑去亦可。文书已悉，不宣。成德顿首。

【笺注】

①花马：供备皇子乘骑之马。

五

明晨欲过尊斋①，同往慈仁松下，未审尊意以为如何？特此，不一，成德顿首。

欹斜一径入，门向夕阳边。何必堪娱赏，凋零自可怜。松寒凝有雪，僧老不知年。只合千峰上，长吟看月圆。｛《戒坛》｝

【笺注】

①尊斋：当指张纯修之"见阳山庄"。

纳兰性德全集

六

一二日间，可能过我？张子由画三弟像，望转索付来手。诸子及悉。特此。成德顿首。七月四日。

七

　　天津之行，可能果否？斗科望速抄出见示①。聚红杯乞付来手。三令弟小照亦望检发，至感至感。特此，不一。成德顿首。

【笺注】

①斗科：斗栱。

八

手泐。

比日未奉教诲，何任思慕。前所云表帖张庆美，幸致其过荒斋，奚汇升亦遣其过我。秋色满阶，忽有迅雷[1]，斯亦奇也，不知司天者亦有占验否？此上。不尽不尽。九月十三日，成德顿首。

《从友人乞秋葵种》一绝呈教：

空庭脉脉夕阳斜，浊酒盈樽对晚鸦。添取一般秋意味，澹阴小种断肠花。

【笺注】

①迅雷：猛疾的打雷之声。《论语·乡党》："迅雷风烈，必变。"迅，急疾也。

九

令弟小照可谓逼肖①，然妆点未免少俗耳。吾哥似少不像，而秋水红叶，可无遗憾也。一两日可能过我？特此，不尽。来中顿首。

【笺注】

①逼肖：极相似。

十

正因数日不见，怀想甚切，不道驾在津门也。海上风烟，想大可观。有所作，归来即望示我。来笺甚佳，乞惠我少许。尊使还，草此奉覆，不尽不尽。十月五日，成德顿首。

十一

　　久未晤面，怀想甚切也，想已返辔津门矣。奚汇升可令其于一二日间过弟处，感甚感甚。海色烟波，宁无新作，并望教我。十月十八日，成德顿首。

十二

日暑望即付来手，诸容另布，不一。
期弟成德顿首①。见阳道长兄。

【笺注】

①期（jī）：期服的省称。齐衰为期一年的丧服。旧制，凡服丧为长辈如祖父母、伯叔父母、未嫁的姑母等，平辈如兄弟、姐妹、妻，小辈如侄、嫡孙等，均服期服。又如子之丧，其父反服，已嫁女子为祖父母、父母服丧，也服期服。

十三

　　日暮不佳，望以前所见者赐下，否则俱不必耳。恃在道义相照，故如是贪鄙也。平子已托六公，如何竟有舛谬，俟再订之。诸不悉。成德顿首。

十四

连日未晤，念甚。黄子久手卷借来一看^①，诸不一。期小弟成德顿首。

【笺注】

①黄子久：元代大画家黄公望，本姓陆，名坚。出继永嘉黄氏为义子，因改姓名，字子久。

十五

亡妇枢决于十二日行矣^①，生死殊途，一别如雨，此后但以浊酒浇坟土，洒酸泪，以当一面耳。嗟夫，悲矣！澹庵画册附去^②。宋人小说明晨望送来。成德顿首。

【笺注】

①亡妇：纳兰夫人卢氏，卒于康熙十七年（1678）五月三十日，七月二十八日葬于玉河皂荚屯。是年纳兰二十三岁。此札写于七月十二日。

②澹庵：何士，字澹庵。康熙四十八年进士。

十六

　　倪迁《溪山亭子》，乃借耿都尉者[1]，项已送还，俟翌日再借奉鉴耳。四画若得司农公慨然发览[2]，当邀驾过共赏也。奉覆，不一。弟德顿首。

【笺注】

　　①倪迁：元代画家倪瓒，初名珽，字元镇，号云林子、幻霞子等，无锡（今属江苏）人。擅画水墨山水，创"折带皴"写山石，意境清远萧疏。倪瓒洁身自好，清高孤傲，不问生产，自号"倪迁"。《溪山亭子》：元倪瓒所绘。耿都尉：名昭忠，号在良，人称信公。工艺事，精鉴赏。流传之宋元书画名迹，每有"都尉耿信公书画之章"白文印，"耿会侯鉴定书画之章"朱文印等收藏章。成德曾多次向耿借观《溪山亭子》，最后此图入"通志堂"。

　　②司农：指徐元文，字公肃，号立斋。徐乾学、徐秉义之弟，昆山三徐之一。

十七

　　德白：比来未晤，甚念。平子兄幸嘱其一二日内拨冗过我为祷。此启，不尽。初四日，德顿首。

　　并欲携刀笔来，有数石可镌也，如何？

十八

　　前托济公一事，乞命使促之。夜来微雨西风，亦春来头一次光景。今朝霁色，亦复可爱。恨无好句以酬之，奈何奈何。平子竟不来，是何意思？成德顿首。

十九

前来章甚佳，足称名手。然自愚观之，刀锋尚隐，未觉苍劲耳。但镌法自有家数，不可执一而论，造其极可也。日者竭力搆求旧冻①，以供平子之镌，尚未如愿。今将所有寿山几方②，敢求渠篆之③。石甚粗砺，且未磨就，并希细致之为感。叠承雅惠，谢何可言，特此，不备。成德顿首。

石共十方，其欲刻字样俱书于上。又拜。

【笺注】

①旧冻：收藏已久的名贵印章石材。冻，即冻石，俗称腊石，质地细密滑润，透明如冻，故称。

②寿山：寿山石，产于福建，是雕刻印章的名贵材料。

③渠：他。

二十

前求镌图书，内有欲镌"藕渔"二字者①，若已经镌就则已，倘尚未动笔，望改篆"草堂"二字，至嘱至嘱！茅屋尚未营成，俟葺补已就，当竭诚邀驾作一日剧谈耳②。但恨无佳茗供啜也。平子望致意③。不宣。成德顿首。初四日。

"卿自见其朱门，贫道如游蓬户。"容兄因仆作此语，搆此见招，有诗刻《饮水集》中。适睹此札，为之三叹。贞观。

【笺注】

①藕渔：池水中莲藕与渔人。顾贞观《弹指词·桃源忆故人》容若构一曲房，嘱藕渔书其额曰《鸳鸯社》。严绳孙，清初文学家。字荪友，晚号藕荡渔人。

②剧谈：畅谈。

③平子：似指顾贞观，字平远。

二十一

　　前正以风甚不得相过为憾。值此好风日，明早准拟同诸兄并骑而来。奈又属入直之期^①，万不得脱身，中心向往，不可言喻。另日奉屈过小圃^②，快晤终日，以续剌缘，何如？见阳道兄。成德顿首。

【笺注】

　　①入直：官员入宫值班供职。
　　②奉屈：犹言屈驾。小圃：这里指纳兰的渌水亭。

二十二

　　来物甚佳，渠索价几何，拟与倾囊易也。弟另觅鳅角，尚欲转烦茂公等再为之，未审如何？先此覆，不尽不尽。初四月，成德顿首。

二十三

　　姚老师已来都门矣①，吾哥何不于日
斜过我。不尽。成德顿首。三月既日。

【笺注】

　　①姚老师：清学者姚际恒，字立方，号首源，专穷经学，曾从事《九经通论》的撰述，历十四年而成。都门：京都城门，借指京都。

264

二十四

两日体中大安否？弟于昨日忽患头痛喉肿，今日略差，尚未痊愈也。道兄体中大好，或于一二日内过荒斋一谈，何如何如？特此，不一。来中顿首。

更有一要语，为老师事，欲商酌。又拜。

二十五

　　周伊二人昨竟不来①，不知何意？先生幸促之。诸容面悉，不尽。七月七日，成德顿首。见阳足下。

【笺注】

　　①周：明末清初篆刻鉴藏家周亮工，字元亮，河南祥符人。伊：伊为何人，不详。

二十六

  素公小照奉到[①]，幸简入之。诸容再
布，不尽。成德顿首，七月十一日。

【笺注】

  ①素公：张玉书，字素存，号润甫，顺治进士，官至文华
殿大学士兼户部尚书。

二十七

明阿哥

副启

成德白：渌水一樽，黯然言别，渐行渐远，执手何期？心逐去帆，与江流俱转，谅知己同此眷切也。衡阳无雁①，音问久疏。忽捧长笺，正如身过临邛，与我故人琴酒相对。乡心旅况，备极凄其，人生有情，能不惆怅？念古来名士多以百里起家者，愿足下勿薄一官，他日循吏传中②，藉君姓名，增我光宠。种种自当留意，乃劳谆嘱耶③？鄙性爱闲，近苦鹿鹿④。东华软红尘⑤，只应埋没慧男子锦心绣肠。仆本疏庸，那能堪此。家大人以下仗庇安和，承念并谢。沅湘以南，古称清绝，美人香草，犹有存焉者乎？长短句固骚之苗裔也，暇日当制小词奉寄，烦呼三闾弟子⑥，为成生荐一瓣香⑦，甚幸。邮便率勒⑧，不尽依驰。成德顿首。

【笺注】

①衡阳无雁：衡山南峰有回雁峰，相传雁来去以此为界。比喻音信不通。宋王象之："回雁峰在州城南，或曰雁不过衡阳，或曰峰势如雁之回。徐灵期《南岳记》曰南岳周回八百里，回雁为首、岳麓为足。"（《舆地纪胜》）

②循吏：守法循理的官吏。《史记·太史公自序》："奉法循理之吏，不伐功矜能，百姓无称，亦无过行。作《循吏列传》第五十九。"

③谆嘱：谆谆嘱咐。

④鹿鹿：平凡。《汉书·萧何曹参传赞》："萧何、曹参皆起秦刀笔吏，当时录录未有奇节。"唐颜师古注："录录犹鹿鹿，言在凡庶之中也。"

⑤软红尘：飞扬的尘土。形容繁华热闹。亦指繁华热闹的地方。宋苏轼《次韵蒋颖钱穆父从驾景灵宫》："归来病鹤记城闉，旧踏松枝雨露新。半白不羞垂领发，软红犹恋属车尘。"自注："前辈戏语，有西湖风月不如东华软红香土。"

⑥三闾：指屈原。《后汉书·孔融传》："忠非三闾，智非鼂错，窃位为过，免罪为幸。"李贤注："即屈原也，掌王族三姓，曰昭、屈、景，故曰'三闾'。"

⑦一瓣香：一炷香。佛教禅宗长老开堂讲道，烧至第二炷香时，长老即云这一瓣香敬献传授道法的某某法师。后因以"一瓣香"指师承或仰慕某人。

⑧邮便：邮政。率勒：犹统率。

二十八

手疏

四月二十一日，成德白：朝来坐渌水亭，风花乱飞，烟柳如织，则正年时把酒分襟之处也①。人生几何，堪此离别。湖南草绿，凄咽同之矣。改岁以还，想风土渐宜，起居安适。惟是地方兵燹之后，兴除利弊，动费贤令一番精神。②古人有践历华要③，犹恨不为亲民之官，得展其志愿者，勉旃④勉旃，勿谓枳棘非鸾凤所栖也⑤。蕞尔荒残⑥，料无脂腻可点清白。但一从世俗起见，则进取既急，逢迎必工，百炼钢自化为绕指柔⑦，我辈相期，定不在是。兄之自爱，深于弟之爱兄，更无足为兄虑者。至长安中烟海浩浩，九衢昼昏⑧，元规尘污⑨，非便面可却。以弟视之，正复支公所云"卿自见其朱门，贫道如游蓬户"耳⑩。诗酒琴人，例多薄命，非为旷达，妄拟高流。顷蒙远存，聊悉鄙念。来扇并粗篦写寄，笔墨芜率，不足置怀袖间。穆如之清，藉此奉扬。楚云燕树，宛然披拂，或暂忘其侧身沾臆也。努力珍重，书不尽言。成德顿首。

【笺注】

①分襟：犹离别。唐王勃《春夜桑泉别王少府序》："他乡握手，自伤关塞之春；异县分襟，竟切悽怆之路。"

②朝来坐渌水亭……动费贤令一番精神：张见阳于康熙十八年（1679）任湖南江华县令。翌年，纳兰写信给张见阳，问候起居安宁。

③华要：犹显要。指显贵清要的职位。

④旃（zhūn）：之，之焉。《诗·魏风·陟岵》："上慎旃哉，犹来无止。"马瑞辰通释："之、旃一声之转，又为'之焉'之合声，故旃训'之'，又训'焉'。"

⑤枳棘：枳木与棘木。因其多刺而称恶木。常用以比喻恶人或小人。《楚辞·刘向〈九叹·愍命〉》："折芳枝与琼华兮，树枳棘与薪柴。"王逸注："以言贱弃君子而育养小人。"《文选·左思〈咏史〉》："出门无通路，枳棘塞中涂。"吕向注："枳棘，有刺之木，喻谗佞也。"

⑥蕞尔：形容小。《左传·昭公七年》："郑虽无腆，抑谚曰'蕞尔国'，而三世执其政柄。"

⑦百炼：多次锻炼；久经磨炼。绕指柔：《文选·刘琨〈重赠卢谌〉诗》："何意百炼刚，化为绕指柔。"吕延济注："百炼之铁坚刚，而今可绕指。自喻经破败而至柔弱也。"后

比喻坚强者经过挫折而变得随和软弱。

　　⑧九衢：繁华的街道。明刘基《秋兴》诗之一："九衢车马如流水，尽是邯郸梦里人。"

　　⑨元规尘污：东晋庾亮，字元规，以国舅身，历仕三朝，权倾朝野，趋炎附势之人甚多。王导愤愤不平，遇西风尘起，辄举扇拂之曰："元规尘污人。"

　　⑩支公：支道林，东晋佛教学者，名盾，以字行，与谢安、王羲之等交游，好谈玄理。如游蓬户语，按《世说新语·言语》记载，出自竺法深在简文坐，刘尹问："道人何以游朱门？"答曰："君自见其朱门，贫道如游蓬户。"

与顾贞观

手疏

望前附一缄于章藩处，计应彻览。弟比一日与汉槎共读《萧选》①，颇娱岑寂，只以不对野王为怊怅耳②。黄处捐纳事，望立促以竣，不可以泄泄委之也。顷闻峰泖之间颇饶佳丽，吾哥能泛舟一往乎？前字所言半塘、魏叟两处如何？倘有便邮，即以一缄相及。杪夏新秋，准期握手。又闻琴川沈姓有女颇佳，望吾哥为留意。愿言缕缕，嗣之再邮，不尽。鹅黎顿首。

【笺注】

①《萧选》：《文选》，南朝梁萧统（昭明太子）编选，世称《昭明文选》。作品分三十八类，共七百余首。原书三十卷，唐李善等人先后为之注释，称"六臣注文选"。

②怊（chāo）怅（chàng）：惆怅。

与严绳孙

一

　　成德白：前有一字托郑谷口寄去①，想先后可达台览②，种种非片言可尽，未审起居如何？家严病已渐差，辱吾哥垂虑，敢并附闻。弟今于闲中留心《老子》，颇得一二人开悟，未敢云为得也。马云翎不及另字③，幸道思念之意。别后光阴，不觉已四越月，重来之约，应成空谈。明年四月十七，算吾咏正是去年今日别君时也。吴伯老不专启，幸道意。赵声伯若进谒时，并望周旋之。此泐④，不尽。八月六日，成德顿首。

【笺注】

　　①郑谷口：清代书法家郑簠，字汝器，号谷口，善隶书。

②台览：敬辞，用于书信，表示请对方阅览。

③马云翎：张任政《纳兰性德年谱》称，纳兰、马云翎定交康熙十二年（1673），是年云翎初应会试不第，纳兰为作《送马云翎归江南》诗。

④泐（lè）：通"勒"。引申为书写。

二

　　成德顿首。前有一函托汤商人寄去，想入览矣。近况已略悉前柬，兹不复具。惟乞吾哥于八月间到都，以慰我愁思也。华山僧鉴乞转达鄙意，求其北来为感。留仙事今已大妥，不必为念，特此附闻。余情缕缕，不宣。七月廿一日，成德白。

三

十二月十五日，成德白：苏友长兄足下，慕大哥去，曾附一信，想已入览矣。闻已自浙中来家，囊橐不知如何，息影之计①，可能遂否？前有新词四十余阕附去，未审得细加删定否？华封在都②，相得甚欢，一旦忽欲南去，令人几日心闷。数年之间，何多离别。订在明年八月间来都，若吾哥明春北来则已，否则秋间即促其发轫，亦吾哥之大惠也。前吾哥在浙时，江烟湖鸟，景物自佳，但恐如白香山所云"诚知老去风情少，见此争无一句诗"耳。江南风景如何？伯成身后事，已嘱料理，想不有悞。新令韩君，觅人转致。邳仙尚留滞京中，颇见不妥。留仙亦一淹蹇人也③。有新诗即寄我。二郎读书如何，并示为慰。家大人皆无恙。几年以来，吾哥意中人，想俱已衰丑零落，亦大凄凉也，呵呵。阔怀如缕，捉管顿不能言，奈何奈何！诸维鉴，不尽。成德顿首。

【笺注】

①息影：归隐闲居。《庄子·渔父》："不知处阴以休影，处静以息迹，愚亦甚矣！"

②华封：同"华封三祝"。祝颂之词。《庄子·天地》："尧观乎华，华封人曰：'嘻，圣人。请祝圣人，使圣人寿。'尧曰：'辞。''使圣人富。'尧曰：'辞。''使圣人多男子。'尧曰：'辞。'封人曰：'寿、富、多男子，人之所欲也，女独不欲，何邪？'尧曰：'多男子则多惧，富则多事，寿则多辱。是三者非所以养德也，故辞。'"成玄英疏："华，地名也，今华州也。封人者，谓华地守封疆之人也。"

③淹蹇：谓艰难窘迫，坎坷不顺。

四

　　分袂三日，顿如十载，每思清夜酒阑，残星凉月，相对言志，不禁泣下。前者因行李匆遽，未能把臂一送，深为歉仄，驰恋之心，想彼此同之也。至叮嘱之言，以吾兄高明人，故不敢琐琐。然此中愁肠，正不知有几千结也。稍俟绿肥红瘦，即幸北来，万勿以寻旧约，作当日轻薄态，留滞时日，以负弟望也。至恳至恳！慕鹤老处嘱其照拂。留老相会时，希致意。诸草草不一。成德顿首。左玉。正月廿日。

五

中秋后曾于大恩僧舍，以一函相寄，想已入览矣。弟秋深始归，日直驷苑。每街鼓动后才得就邸。曩者文酒为欢之事，今只堪梦想耳。兹于廿八日又扈东封之驾，锦帆南下，尚未知到天涯何处，如何言归期耶？汉兄病甚笃，未知尚得一见否，言之涕下。弟比来从事鞍马间，益觉疲顿。发已种种，而执役如昔，从前壮志，都已隳尽。昔人言，身后名不如生前一杯酒，此言大是。弟是以甚慕魏公子之饮醇酒近妇人也[①]。

行前得吾哥手书，知游况不佳，甚为悬念。然人世常情，毋足深讶。东巡返驾，计吾哥已到都亭，当为弹指画谋生之计。古人谓好官不过多得金耳，吾等但得为饱暖闲人，又何必复萌宦情耶？吾哥所识天海风涛之人，未审可以晤对否？弟胸中块磊，非酒可浇，庶几得慧心人以晤言消之而已。沦落之余，方欲葬身柔乡，不

纳兰性德全集

知得如鄙人之愿否耳。乘舆南往，恐难北上，如尚未发棹，须由中州从陆。以岁前为朝，便当别置帷房，以炉茗相待也。此札到日，速以答书见寄。必附章藩乃能速达。九月廿七日午刻，饮水弟顿首白。

【笺注】

①魏公子：魏无忌，战国魏国贵族，魏安釐王之弟，号信陵君。门下有食客三千。《史记·魏公子列传》："公子自治毁废，乃谢病不朝，与宾客为长夜饮，饮醇酒，多近妇女。"

与阙名

　　成德白：不见忽已二十余日，重城间隔，趋侍每难。日夕读《左氏》《离骚》，余但焚香静坐。新法如麻，总付不闻。排遣之法，推此为上。来言尽悉，俟面布，再宣。初三日，成德顿首谨状，伏惟鉴察。

与颜光敏 成容若二月廿九日手奏

　　成德谨禀太夫子台下：前接手谕，因悉起居佳胜，翘首南天，益增怅望。悠悠梦想，愿飞无翼，种种并志之矣。使旋，布候不宣①。成德顿首。

【笺注】

①不宣：不一一细说，古时常用在书信末尾。

与高士奇

　　不涉经学，性复疎懒①，筋驽肉缓②，头面常一月十五日不洗，不大闷痒③，不能沐也④。每常小便而忍不起，令胞中略转⑤，乃起耳。又纵逸来久，情意傲散，简与礼相背，懒与慢相成，而为侪类见宽⑥，不攻其过。又读《庄》《老》，重增其放⑦，故使荣进之心日颓，任实之情转笃⑧。此犹禽鹿，少见驯育，则服从教制，长而见羁，则狂顾顿缨⑨，赴汤蹈火，虽饰以金镳⑩，飨以嘉肴，愈思长林而志在丰草矣。"嵇中散《绝交书》，为澹兄写，丙辰余月哉生明，成德

【笺注】

　　①疎懒：懒散而不习惯受约束。宋范仲淹《与朱氏书》："此间疎懒成性，日在池塘，或至欢醉。"

②筋弩：谓筋骨衰弱。缓：松弛。

③闷痒：闷热发痒。

④不能：不肯。

⑤胞中略转：三国魏嵇康《与山巨源绝交书》："每常小便，而忍不起，令胞中略转，乃起耳。"后以"转胞"指憋尿。

⑥侪类：同辈；同类。

⑦重增其放：更助长了我的狂放。

⑧任实：谓随顺本性。

⑨狂顾：遑急顾盼。《楚辞·九章·抽思》："狂顾南行，聊以娱心兮。"蒋骥注："狂顾，左右疾视也。"顿缨：谓挣脱绳索。

⑩金镳：金饰的马嚼子。

赋性迂僻①，落落寡合②，益成真懒。澹兄索书甚久，不为握管③。偶于案间见中散绝交书，喜其懒与予同，乃为书此。

【笺注】

①迂僻：迂诞怪僻，不合情理。

②落落寡合：形容跟别人合不来。《汉书·耿弇传》："常以为落落难合。"

③握管：执笔。谓书写或作文。

与孟公

　　落日与湖水，终古岳阳城。登临半是迁客，历历数题名。欲问遗踪何处，但见微波木叶，几簇打鱼罾。多少别离恨，哀雁下前汀。

　　忽宜雨，旋宜月，更宜晴。人间无数金碧，未许著空明。淡墨生绡谱就，待倩横拖一笔，带出九嶷青。仿佛潇湘夜，鼓瑟旧精灵。

　　题画，书为孟公道兄正。松花江渔成德。

卷十四　杂文

万年一统颂　有序①

恭惟皇帝陛下神凝得一②，学懋通三③，建八柱于天枢④，张四维于地络⑤，固已德隆宙始⑥，功焕乾金者矣⑦。至如敬天深钦若之心⑧，法祖大配京之烈⑨。龙骧奋武⑩，绍智勇于商汤⑪；虎观雠经⑫，接心源于羲易⑬。圣孝之侍膳⑭，问安无间；皇慈之训储⑮，毓德尤勤⑯。莫非万善咸该⑰，一中独运⑱，故能万邦和协，而四海永清者也。犹恐精一危微⑲，史册有难详之粹美；圣神文武，廷臣多未悉之载飏。臣日侍蟠坳⑳，亲依黼座㉑，游街衢而鼓腹㉒，比葵藿以倾心㉓。白鸟栖周围之中㉔，饮和既久㉕；青蔓托尧阶之上，沾泽惟多㉖。扈从之余，见闻无非至理；趋锵之下㉗，纪述已积名言㉘。敢为击壤之歌㉙，用伸天保之祝㉚。识同萤爝^㉛，宁有见于曦舒^㉜；才极涓埃^㉝，曾何加于海岳^㉞，第枥马恋主^㉟，自知盈缶之诚^㊱；而梧凤鸣时^㊲，聊卜过历之瑞云尔^㊳。颂曰：

【笺注】

①万年一统：康熙二十年（1681）十月二十八日，云南平定，时纳兰撰此文以贺。

②神凝得一：聚精会神。《老子·三十九章》："昔之得一者：天得一以清，地得一以宁，神得一以灵，谷得一以盈，侯王得一以为天下正。"

③学懋（mào）：勤学。

④八柱：古代神话传说，地有八柱，用以承天。《楚辞·天问》："八柱何当？东南何亏？"王逸注："言天有八山为柱。"洪兴祖补注："《河图》言，均仑者，地之中也，地下有八柱，柱广十万里，有三千六百轴，互相牵制，名山大川，孔穴相通。"

⑤四维：指东南、西南、东北、西北四隅。《淮南子·天文训》："帝四维，运之以斗……日冬至，日出东南维，入西南维……夏至，出东北维，入西北维。"地络：犹地脉。土地的脉络。这里指疆界。

⑥宙始：犹远古。

⑦乾金：八卦中的乾卦。乾金，八卦用语，乾卦属金。

⑧钦若：敬顺。

⑨法祖：效法先祖。

⑩龙骧：《旧五代史·唐书·庄宗纪》："梁有龙骧、神威、拱宸等军，皆武勇之士也。每一人铠仗费数十万，装以组绣，饰以金银，人望而畏之。"后以泛指英勇的军队。奋武：扬武，用武。《书·禹贡》："二百里奋武卫。"孔传："文教外之二百里。奋武卫，天子所以安。"孔颖达疏："由其心安王化，奋武以卫天子，所以名此服为安也。"

⑪智勇于商汤：《尚书·商书·仲虺之诰》中，仲虺认为商汤"勇智，表正万邦"。

⑫虎观：白虎观的简称。汉宫观名，在未央宫中。《后汉书·章帝纪》："（建初四年十一月壬戌）于是下太常，将、大夫、博士、议郎、郎官及诸生、诸儒会白虎观，讲议'五经'同异……帝亲称制临决，如孝宣甘露、石渠故事，作《白虎议奏》。"雠：校对。

⑬心源：犹心性。佛教视心为万法之源，故称。清王夫之《张子正蒙注·大易》："此惟明于大化之浑沦与心源之寂感者，乃知元亨利贞统于《乾》《坤》之妙。"羲易：《周易》的别称。因伏羲始作八卦，故名。

⑭侍膳：陪从尊长用膳。

⑮皇慈：皇上的仁爱。储：储君，太子。

⑯毓德：修养德性。

⑰该：具备。《管子·小问》："凡牧民者，必知其疾，而忧之以德，勿惧以罪，勿止以力……昔者天子中立，地方千里，四言者该焉。"尹知章注："该，备也。谓四言足以备千里之化。"

⑱独运：谓帝王独自运用（威权、谋略）。

⑲精一危微：《书·大禹谟》"人心惟危，道心惟微，惟精惟一，允执厥中"的省称。宋明以来作为儒家道统的"心脉"。"人心惟危"是说人心不可靠、潜藏危险；"道心惟微"是说道心非常微妙；"惟精惟一"是说领悟道心要精益求精、专一其心；"允执厥中"要真诚地遵守中庸之道。

⑳螭（chī）坳（ào）：宫殿螭阶前坳处。朝会时为殿下值班史官所站的地方。

㉑黼座：帝座。天子座后设黼扆，故名。

㉒街衢：通衢大道。《文选·班固〈西都赋〉》："内则街衢洞达，闾阎且千。"李善注："《说文》曰：'街，四通也……'《尔雅》曰：'四达谓之衢。'"鼓腹：鼓起肚子。谓饱食。

㉓葵藿（huò）：单指葵。葵性向日。古人多用以比喻下对上赤心趋向。《三国志·魏志·陈思王植传》："若葵藿之倾叶，太阳虽不为之回光，然向之者诚也。窃自比于葵藿，若降天地之施，垂三光之明者，实在陛下。"

㉔周囿：周文王的灵囿。白鸟栖周囿之中，赞美文王有灵德的体现。《诗经·大雅·灵台》："王在灵囿，麀鹿攸伏。麀鹿濯濯，白鸟翯翯。"毛苌注云："囿，所以域养禽兽也。天子百里，诸侯四十里。灵者，言文王之有灵德也。灵囿，言道行苑囿也。"

㉕饮和：谓使人感觉到自在，享受和乐。《庄子·则阳》："故或不言而饮人以和。"郭象注："人各自得，斯饮和矣，岂待言哉？"

㉖青莫托尧阶之上：形容明君之世。《竹书纪年》卷上："（尧时）又有草夹阶而生，月朔始生一荚，月半而生十五荚，

十六日以后日落一荚，及晦而尽，月小则一荚焦而不落，名曰蓂荚，一曰历荚。"《艺文类聚》卷十一引晋皇甫谧《帝王世纪》："（尧时）又有草夹阶而生，随月生死，王者以是占日月之数。惟盛德之君，应和而生，故尧有之，名曰蓂荚。"白鸟四句：唐李商隐《为荥阳公桂州谢上表》："遐思白鸟，镇飏音于周围之中；远羡仙蓂，永固本于尧阶之上。"

㉗趋锵：朝拜、进谒时步趋中节。

㉘纪述：记载叙述。纪，通"记"。

㉙击壤（rǎng）：击壤歌。古歌名。相传唐尧时有老人击壤而唱此歌。《艺文类聚》卷十一引晋皇甫谧《帝王世纪》："（帝尧之世）天下大和，百姓无事，有五十老人击壤于道。"后因以"击壤"为颂太平盛世的典故。汉王充《论衡·艺增》："传曰：有年五十击壤于路者，观者曰：'大哉，尧德乎！'击壤者曰：'吾日出而作，日入而息，凿井而饮，耕田而食；尧何等力！'"

㉚天保：谓上天保佑，使之安定。《诗·小雅·天保》："天保定尔，亦孔之固。"郑玄笺："保，安。尔，女也。女，王也。"后引申指皇统、国祚。

㉛萤爝（jué）：谓微弱的光。常做能力薄弱的谦辞。萤，萤火；爝，烛光。

㉜曦舒：日月。舒，望舒，借指月亮。

㉝涓埃：细流与微尘。比喻微小。

㉞海岳：大海和高山。

㉟枥马恋主：犹犬马恋主。喻臣下眷怀君上。三国魏曹植《上责躬应诏诗表》："踊跃之怀，瞻望反侧，不胜犬马恋主之情。"

㊱盈缶：指酒盈于缶。喻诚信之德充盈天下。《周易·比卦》："有孚盈缶，终来有它。"

㊲梧凤鸣时：梧凤之鸣。比喻政教明肃、天下太平。《诗·大雅·卷阿》："凤凰鸣矣，于彼高冈。梧桐生矣，于彼朝阳。"毛传："梧桐盛也，凤凰鸣也，臣竭其力，则地极其化；天下和洽，则凤凰乐德。"

㊳聊：姑且；暂且。过历：谓超过预计的享国年数。《汉书·诸侯王表》："周过其历，秦不及期，国势然也。"

巍巍惟天①，穆穆惟皇②。帝力何有③，有此万方④。有风有雨，有日月光。休兹皞皞⑤，澹然以忘。万年一统，世跻羲黄⑥。天祚有清⑦，万方颂圣。譬彼观天，在衡齐政⑧。譬彼测海，蠡智私逞⑨。康衢之谣⑩，輶轩无靳⑪。臣师其意，对扬休命⑫。天眷在帝，帝益虔虔⑬。陶匏菅秸⑭，匪直郊坛⑮。亦临亦保，举念皆天。怀柔百神，爰及竺乾⑯。面稽昭格⑰，灵贶殷阗⑱。猗与那与⑲，世有濬哲⑳。绍庭上下㉑，无竞维烈。开创守成，同涂合辙㉒。万物作睹，缵承不辍㉓。昭克配功，万世是揭。念典于学㉔，逊志时敏㉕。乐此不疲㉖，广览博引。理学洙泗㉗，异端无踬㉘。勤若儒生，五夜功准㉙。况天纵资㉚，一览而尽㉛。问夜辨色㉜，寒暑视朝㉝。天颜龙表㉞，云日则尧㉟。委裘垂策㊱，政简科条㊲。惟廉与法，以肃百僚。无汉杂霸㊳，迈周诵钊㊴。勤政之后，孝奉两宫。问安侍膳，尊养必躬。天子而孝，其德弥弘。而又斋遬㊵，以时谒陵㊶。六飞屡驾㊷，感慕遗弓㊸。重兹国本，元良庆衍㊹。毓德少阳㊺，承华乃践㊻。慎简。

【笺注】

①巍巍：崇高伟大。

②穆穆：端庄恭敬。《书·舜典》："宾于四门，四门穆穆。"曾运干正读："宾读为傧。四方诸侯来朝者，舜宾迎之也。四门穆穆，《史记》云：'诸侯远方宾客皆敬。'"《尔雅·释训》："穆穆，敬也。"

③帝力：帝王的作用或恩德。《汉书·张耳传》："且先王亡国，赖皇帝得复国，德流子孙，秋豪皆帝力也。"

④万方：指天下各地；全国各地。

⑤皞皞（hào）：广大自得貌；心情舒畅貌。《孟子·尽心上》："王者之民，皞皞如也。"朱熹集注："广大自得之貌。"

⑥羲黄：伏羲与黄帝的并称。

⑦天祚：上天赐福。

⑧譬彼观天，在衡齐政：《史记·五帝本纪》："于是帝尧老，命舜摄行天子之政，以观天命。舜乃在璿玑玉衡，以齐七政。"《书·舜典》："在璇玑玉衡，以齐七政。"孔传："七政，日月五星各异政。"孔颖达疏："七政，其政有七，于玑衡察之，必在天者，知七政谓日月与五星也。木曰岁星，火曰荧惑星，土曰镇星，金曰太白星，水曰辰星。"

⑨譬彼测海，蠡智私逞：用"以蠡测海"之典。用瓢量海水。比喻以浅陋之见揣度事物。《文选·东方朔〈答客难〉》："语曰：'以筳窥天，以蠡测海，以莛撞钟。'岂能通其条贯，考其文理，发其音声哉！"李善注引张晏曰："蠡，瓠瓢也。"私逞：个人的智慧。常与公法相对，指偏私的识见。

⑩康衢之谣：称颂盛世之歌。《列子·仲尼》："尧治天下五十年，不知天下治欤，不治欤；不知亿兆之愿戴己欤，不愿戴己欤……尧乃微服游于康衢，闻儿童谣曰：'立我蒸民，莫非尔极。不识不知，顺帝之则。'尧喜问曰：'谁教尔为此言？'童儿曰：'我闻之大夫。'问大夫，大夫曰：'古诗也。'"后因称歌颂盛世之歌为"康衢谣"。

⑪辒轩：本指古代使臣乘坐的一种轻便的车子，后代指使臣。

⑫对扬：古代常语，屡见于金文。凡臣受君赐时多用之，兼有答谢、颂扬之意。《书·说命下》："敢对扬天子之休命。"孔传："对，答也。答受美命而称扬之。"休命：美善的命令。多指天子或神明的旨意。

⑬虔虔：恭敬貌。

⑭陶匏（páo）：陶制的尊、簋、俎豆和壶等器皿。《礼

记·郊特牲》："扫地而祭，于其质也，器用陶匏，以象天地之性也。"稿：同"藁"。禾秆。秸（jiē）：农作物的茎秆。《隋书·礼仪一》："器以陶匏，席用稿秸。"

⑮匪直：不只。郊坛：古代为祭祀所筑的土坛，设在南郊。宋周密《武林旧事·大礼》："冬至有事于南郊，或用次年元日行事。先于五六月内择日命司漕及修内司修饰郊坛……郊坛，天盘至地高三丈二尺四寸，通七十二级，分四成。"

⑯竺乾：天竺。

⑰面稽：勉力考察。面，通"勔"。《书·召诰》："面稽天若。"孔传："禹亦面考天心而顺之。"昭格：祭祀。

⑱灵贶（kuàng）：神灵赐福。《文选·范晔〈后汉书·光武纪赞〉》："世祖诞命，灵贶自甄。"李周翰注："言光武大受宝命，神灵赐福祚而自成也。"殷阗（tián）：繁盛。

⑲猗与那与：《诗·商颂·那》是殷商的后代宋国祭祀商朝的建立者成汤的乐歌。首句是"猗与那与"，借指祭祀祖先的颂歌。

⑳濬哲：深邃的智慧。

㉑绍庭上下：《诗经·周颂·访落》："绍庭上下，陟降厥家。"绍，继。

㉒同涂：同归，归宿相同。合辙：指若干辆车的车轮在地上轧出来的痕迹组合，比喻一致。

㉓缵承：继承。

㉔念典于学：人要始终想着学习。《尚书·兑命篇》："玉不琢，不成器；人不学，不知道。是故古之王者，建国君民，教学为先。《兑命》曰：念终始典于学。其此之谓乎！"念，观念、观点；典，标准、法则；于，在于、就是。

㉕逊志时敏：谦虚好学，时刻策励自己。《尚书·说命下》："惟学逊志，务时敏，厥修乃来。"蔡沈集传："逊，谦抑也。务，专力也。时敏者，无时而不敏也。逊其志如有所不能；敏于学如有所不及，虚以受人，勤以励己，则其所修，如泉始达，源源乎其来矣！"

㉖乐此不疲：因喜欢做某件事而不知疲倦。形容对某事特别爱好而沉浸其中。《后汉书·光武帝纪下》："汉光武帝每旦视朝，日仄乃罢。数引公卿、郎、将讲论经理，夜分乃寐。皇太子见帝勤劳不息，承闲谏曰：'陛下有禹汤之明，而失黄老养性之福，原颐爱精神，优游自宁。'帝曰：'我自乐此，不为疲也。'"

㉗洙泗：洙泗，即洙水和泗水。古时二水自今山东省泗水县北合流而下，至曲阜北，又分为二水，洙水在北，泗水在南。春秋时属鲁国地。孔子在洙泗之间聚徒讲学。后因以"洙泗"代称孔子及儒家。《礼记注疏》卷七《檀弓》："曾子怒曰：'商，女何无罪也？吾与女事夫子于洙泗之间。'"东汉·郑玄注："洙、泗，鲁水名。"

㉘异端：古代儒家称其他学说、学派为异端。《论语·为政》："子曰：'攻乎异端，斯害也已。'"朱熹集注："异端，非圣人之道，而别为一端，如杨墨是也。"踳（chuǎn）：乖背，错乱。

㉙五夜：五更，古人把夜晚分成五个时段，用鼓打更报时，所以叫五更或五夜。

㉚天纵：指上天所赋予，才智超群（多用作对帝王的谀辞）。

㉛一览而尽：一眼望去，事物就都收入眼底。南朝宋刘义

庆《世说新语·言语》："此丞相乃所以为巧，江左地促，不如中国，若使阡陌条畅，则一览而尽，故纡余委曲，若不可测。"

㉜辨色：犹黎明。谓天色将明，能辨清东西的时候。《礼记·玉藻》："朝，辨色始入。"郑玄注："辨犹正也，别也。"

㉝寒暑：冬天和夏天，常用来表示整个一年。视朝：谓临朝听政。

㉞天颜：天子的容颜。龙表：指皇帝仪容。

㉟云日：对封建帝王的美称。《三国志·魏志·公孙度传》："渊遣使南通孙权。"裴松之注引三国吴韦昭《吴书》："渊表权曰：'仰此天命，将有眷顾，私从一隅，永瞻云日。'"

㊱委裘：《吕氏春秋·察贤》："天下之贤主，岂必苦形愁虑哉？执其要而已矣……故曰尧之容若委衣裘，以言少事也。"陈奇猷校释："谓尧之时，天下无事，尧之仪表，乃委曲其衣裘，消闲自得。古者长衣，有事则振衣而起，无事则委曲衣裘而坐也。"后指君主任贤举能。

㊲科条：法令条文；法律条文。

㊳杂霸：用王道掺杂霸道治理国家。《汉书·元帝纪》：太子"尝侍燕，从容言：'陛下持刑太深，宜用儒生。'宣帝作色曰：'汉家自有制度，本以霸王道杂之，奈何纯任德教，用周政乎！'"

㊴迈周诵钊：成康之治。指西周初姬诵、姬钊的统治。史家称"成康际，天下安宁，刑措四十余年不用"。成王、康王相继在位，继承文王、武王的业绩，推行周公"以德慎罚"的主张，务从节俭。成康时期，天下安宁，刑具四十余年不曾动用，故有成康之治的赞誉。

㊵斋遬：亦作"斋速"，庄敬貌。《楚辞·九歌·大司命》："吾与君兮斋速，导帝之兮九坑。"斋，一本作"齐"。诸说纷坛，如王逸注："斋，戒也；速，疾也。"朱熹集注："齐速，整齐而疾速也。"王夫之通释："斋，偕也；速，言化之倏忽也。"

㊶谒陵：拜谒陵墓。

㊷六飞：古代皇帝的车驾六马，疾行如飞，故名。《史记·袁盎晁错列传》："今陛下骋六騑，驰下峻山。"裴骃集解引如淳曰："六马之疾若飞。"《汉书·爰盎传》作"六飞"。后指称皇帝的车驾或皇帝。

㊸感慕：感念仰慕。遗弓：指黄帝骑龙升天时坠落的弓。《史记·封禅书》："黄帝采首山铜，铸鼎于荆山下。鼎既成，有龙垂胡须下迎黄帝。黄帝上骑，群臣后宫从上者七十余人，龙乃上去。余小臣不得上，乃悉持龙须，龙须拔，堕，堕黄帝之弓。百姓仰望黄帝既上天，乃抱其弓与胡须号，故后世因名其处曰鼎湖，其弓曰乌号。"

㊹元良：大善至德。

㊺毓德：修养德性。少阳：东宫，太子所居。《文选·颜延之〈三月三日曲水诗序〉》："正体毓德于少阳。"李善注："正体，太子也……少阳，东宫也。"后以指太子。

㊻承华：太子宫门名。指太子宫室或太子。《文选·陆机〈赠冯文黑迁斥丘令〉》》："阊阖既辟，承华再建。"李善注引《洛阳记》："太子宫在太宫东薄室门外，中有承华门。"

名臣，谕道以善。鲍鱼必除①，邪蒿弗荐②。礼乐诗书，圣训不倦。鲸鲵横海③，猾貐载涂④。不思报德，恣其啸呼⑤。爰飞金矢，张我天弧⑥。皇威所暨，拉朽摧枯⑦。山无伏莽⑧，海不扬波⑨。加以文治⑩，临雍讲学⑪。辟水环桥⑫，陈经扬榷⑬。绝域从师⑭，虎贲磨琢⑮。四海弦歌⑯，九州礼乐⑰。一道同风⑱，群归祓濯⑲。忧劳万姓，罔或宴安⑳。翠华所至㉑，亲问闾阎㉒。民依轸念㉓，知悉艰难。撙节爱养㉔，财货无殚㉕。九年之蓄㉖，式是周官㉗。于铄放勋㉘，昭兹万世。声教四敷，下蟠上际㉙。民时雍哉㉚，尧曰治末。小臣何幸，亦是悠憩。沐泽沾渥㉛，臣节自励。何以事君，曰忠与爱。暨清慎勤㉜，以效感戴。踊跃欢欣㉝，颂其梗概㉞。帝德如天，治隆三代。寿祚悠长，万有千载。

【笺注】

①鲍鱼：盐渍鱼，干鱼，其气腥臭。这里比喻素质低劣的小人。

②邪蒿：野草。比喻才能低下，品行卑劣的人。

③鲸鲵：鲸。雄曰鲸，雌曰鲵。比喻凶恶的敌人。《左传·宣公十二年》："古者明王伐不敬，取其鲸鲵而封之，以为大戮。"杜预注："鲸鲵，大鱼名，以喻不义之人吞食小国。"横海：横行海上。晋木华《海赋》："鱼则横海之鲸，突扤孤游。"

④猰（yà）貐（yǔ）：猰貐，古代传说中的一种吃人怪兽。《文选·扬雄〈长杨赋〉》："昔有强秦，封豕其土，窫窳其民。"李善注引李奇曰："以喻秦贪婪，残食其人也。"载涂：满路。

⑤啸呼：长啸大呼。

⑥天弧：星名。亦称弧矢，属于南方七宿中的井宿。凡九星，形如弓弧。正对天狼星而有光，古人以为主弭兵盗。弧矢动移不如常而现角芒，古人以为主兵盗。

⑦拉朽摧枯：摧折枯朽的草木。形容轻而易举。比喻摧毁腐朽势力的强大气势。《旧五代史·唐书·庄宗纪一》："若简练兵甲，倍道兼行，出其不意，以吾愤激之众，击彼骄惰之师，拉朽摧枯，未云其易，解围定霸，在此一役。"

⑧伏莽：《易·同人》："九三，伏戎于莽。"莽，丛生的草木。后以"伏莽"指军队埋伏在草莽中。亦指潜藏的寇盗。

⑨扬波：掀起波浪。比喻动乱。《文选·袁宏》："洪飙扇海，二溟扬波。"李善注："扬波，喻乱也。"

⑩文治：谓以文教礼乐治民。《礼记·祭法》："文王以文治，武王以武功，去民之菑。"

⑪临雍：亲临辟雍。雍，指辟雍，本为西周天子所设大学，历代皆有。

⑫辟水环桥：辟雍本为周天子所设大学，校址圆形，围以

水池，前门外有便桥。北魏郦道元《水经注·谷水》："又迳明堂北，汉光武中元元年立，寻其基构，上圆下方，九室重隅十二堂，蔡邕《月令章句》同之，故引水于其下，为辟雍也。"

⑬扬推：约略，举其大概。晋左思《蜀都赋》："君子岂亦曾闻蜀都之事欤，请为左右扬推而陈之。"

⑭绝域：与外界隔绝之地。

⑮磨琢：犹琢磨，磨炼。

⑯弦歌：依琴瑟而咏歌。《周礼·春官·小师》："小师掌教鼓鼗、柷、敔、埙、箫、管、弦、歌。"郑玄注："弦，谓琴瑟也。歌，依咏诗也。"这里指礼乐教化。《论语·阳货》："子之武城，闻弦歌之声，夫子莞尔而笑曰：'割鸡焉用牛刀。'子游对曰：'昔者偃也闻。'诸夫子曰：'君子学道则爱人，小人学道则易使也。'子曰：'二三子，偃之言是也，前言戏之耳。'"

⑰礼乐：礼节和音乐。古代帝王常用兴礼乐为手段以求达到尊卑有序远近和合的统治目的。《礼记·乐记》："乐也者，情之不可变者也；礼也者，理之不可易者也。乐统同，礼辨异。礼乐之说，管乎人情矣。"孔颖达疏："乐主和同，则远近皆合；礼主恭敬，则贵贱有序。"

⑱一道同风：清佚名《平回纪略》："我朝定鼎以来，四海六合，一道同风，弱水流沙，向风慕义。"

⑲祓（fú）濯（zhuó）：除垢使洁，清除污毒。

⑳宴安：逸乐。

㉑翠华：天子仪仗中以翠羽为饰的旗帜或车盖，这里代指帝王。

㉒闾阎：泛指平民老百姓。

㉓轸念：悲痛地思念。

㉔撙（zǔn）节：抑制，节制。《礼记·曲礼上》："是以君子恭敬、撙节、退让以明礼。"孙希旦集解："有所抑而不敢肆谓之撙，有所制而不敢过谓之节。"爱养：爱护养育。

㉕财货：钱财货物；财物。殚：用尽；竭尽。

㉖九年之蓄：九年的储备。指国家平时有所积蓄，以备非常。《礼记·制》："国无九年之蓄，曰不足；无六年之蓄，曰急；无三年之蓄，曰国非其国也。"

㉗周官：西汉的景帝、武帝之际，河间献王刘德从民间征得一批古书，其中一部名为《周官》。原书当有天官、地官、春官、夏官、秋官、冬官六篇，冬官篇已亡，汉儒取性质与之相似的《考工记》补其缺。王莽时，因刘歆奏请，《周官》被列入学官，并更名为《周礼》。

㉘于铄：叹词。表赞美。《诗·周颂·酌》："于铄王师，遵养时晦。"陆德明释文："于音乌。"放勋：指尧，姓伊祁，名放勋。

㉙下蟠上际：遍及天地间。《庄子·刻意》："上际于天，下蟠于地。"

㉚时雍：犹和熙。《书·尧典》："百姓昭明，协和万邦，黎民于变时雍。"孔传："时，是；雍，和也。"

㉛沐泽：蒙受恩泽。沾渥：浸润。比喻蒙受恩泽、宠遇。《三国志·魏志·公孙度传》裴松之注引晋王沈《魏书》："被受公孙渊祖考以来光明之德，惠泽沾渥，滋润荣华。"

㉜清慎勤：清廉、谨慎、勤勉。《三国志·魏志·李通传》"以宠异焉"裴松之注引晋王隐《晋书》："（李秉）尝答

司马文王问，因以为《家诫》曰：昔侍坐于先帝，时有三长吏俱见。临辞出，上曰：'为官长当清，当慎，当勤，修此三者，何患不治乎？'"后用以为官箴。衙署公堂多书"清慎勤"三字做匾额。

㉝踊跃欢欣：形容非常高兴和热烈。三国魏应璩《与满公琰书》："外嘉郎君谦下之德，内幸顽才见诚知己，踊跃欢欣，情有无量。"

㉞梗概：刚直的气概；慷慨。《魏书·李彪传》："尚其梗概，饮其正直。"

忠孝二箴　有序

　　窃惟含齿戴发之伦^①，罔不知有君亲。而生成高厚^②，在某更有不同者。肉食锦衣^③，朱轮华毂^④，出自襁褓，至于弱壮，承恩席宠^⑤，溢分逾涯^⑥。而悠悠岁月，罔知报称^⑦，朝夜兴思，怵惕靡安^⑧。夫苍穹之高，非虫豸所能感^⑨；春晖之煦，非寸草所能答^⑩。然而犬马之诚^⑪，乌鸟之私^⑫，有不能自已者。敬赋二箴^⑬，书之座右^⑭，庶几出入观览云。

【笺注】

　　①含齿戴发：口中有齿，头上长发。指人类。《魏书·韩子熙传》："遂乃擅废太后，离隔二宫，拷掠胡定，诬王行毒，含齿戴发，莫不悲惋。"

　　②生成：养育。高厚：恩德深厚。

　　③肉食锦衣：形容豪华奢侈的生活。

　　④朱轮华毂：红漆车轮，彩绘车毂。古代显贵者乘的车

子。《史记·张耳陈余列传》："令范阳令乘朱轮华毂，使驱驰燕、赵郊。"

⑤席宠：凭借恩宠。《书·毕命》："兹殷庶士，席宠惟旧，怙侈灭义，服美于人。"孔传："此殷众士，居宠日久，怙恃奢侈，以灭德义。"

⑥溢分：过分。逾涯：超过界限。

⑦报称：报答。

⑧怵（chù）惕（tì）：戒惧，惊惧。《书·冏命》："怵惕惟厉，兴，思免厥愆。"孔传："言常悚惧惟危，夜半以起，思所以免其过悔。"

⑨豸（zhì）：小虫的通称。

⑩春晖之煦，非寸草所能答：唐孟郊《游子吟》："谁言寸草心，报得三春晖！"

⑪犬马之诚：比喻诚心实意。一般谦称自己的诚意。晋陈寿《三国志·魏志·陈思王植传》："臣伏以为犬马之诚不能动人，譬人之诚不能动天。"

⑫乌鸟之私：用"乌鸦反哺"之典。乌雏长成，衔食喂养其母。后比喻报答亲恩。晋成公绥《乌赋》："雏既壮而能飞兮，乃衔食而反哺。"

⑬箴：古代一种文体，以告诫规劝为主。

⑭座右：座位的右边。古人常把所珍视的文、书、字、画放置于此。

济济群工①，盈盈朝列②。独臣卑微，瞻天近日③。缀衣趣马④，俾之供职。长杨五柞⑤，豹尾龙脊。晷刻无离⑥，时呼在侧。尔发尔肤，咸帝之德。尔食尔衣，咸帝之泽。恩之渥矣，真同罔极。葵思倾阳⑦，马思竭力。曾是有知，不共朝夕。胝踵可捐⑧，敬勤无忒⑨。

右忠箴

【笺注】

①群工：群臣。唐崔沔《应封神岳举对贤良方正策》："明主昧旦丕显，每叹才难；而群工扬於王庭，反忧多士。"

②朝列：犹朝班。泛指朝廷官员。

③瞻天：仰望帝王。

④缀衣：周代官名。掌管衣服，为天子近臣。《书·立政》："用咸戒于王曰：'王左右常伯、常任、准人、缀衣、虎贲。'"孔传："缀衣，掌衣服；虎贲，以武力事王。皆左右近臣，宜得其人。"趣马：古官名，掌管王马。《书·立政》："虎贲、缀衣、趣马、小尹。"孔传："趣马，掌马之官。"

⑤长杨：长杨宫的省称。秦汉宫名。故址在今陕西省周至县东南。《三辅黄图·秦宫》："长杨宫在今盩厔县东南三十里，本秦旧宫，至汉修饰之以备行幸。宫中有垂杨数亩，因为宫名；门曰射熊馆。秦汉游猎之所。"五柞：五柞宫的省称。汉离宫名。故址在今陕西省周至县东南。《汉书·武帝纪》："二月，行幸盩厔五柞宫。"颜师古注引张晏曰："有五柞树，因以名宫也。"

⑥晷刻：日晷与刻漏。古代的计时仪器。这里指时刻，时间。

⑦葵思倾阳：犹葵藿倾阳。葵花和豆类植物的叶子倾向太

阳。比喻臣对君的忠心。三国魏曹植《求通亲亲表》："若葵藿之倾叶太阳，虽不为之回光，然终向之者，诚也。"

⑧脰（dòu）：颈项。《左传·襄公十八年》："射殖绰，中肩，两矢夹脰。"杨伯峻注："脰音豆，颈项。"脰踵可捐，谓捐躯，牺牲。

⑨敬勤：谨慎勤奋。无忒：没有差谬。《管子·内业》："敬慎无忒，日新其德，遍知天下，穷于四极，敬发其充，是谓内得。"尹知章注："忒，差也。"

　　高门悬薄①，孰不有亲。藐予小子②，独异等伦③。有怙有恃④，玉叶金茎⑤。鞠我育我，早被华缨⑥。程母画荻⑦，韦相传经⑧。延师就塾⑨，望尔有成。箕裘之业⑩，庶几克承。婉兮娈兮⑪，突弁如星⑫。有玉勿琢，恐坠家声。先师垂训，显亲扬名⑬。敢不黾勉⑭，无忝所生。

　　　　　　　　　　右孝箴

【笺注】

　　①高门悬薄：《庄子·达生》："有张毅者，高门悬薄，无不走也。"成玄英疏："高门，富贵之门也。"高门，即显贵之家。魏晋南北朝时重门第，有高门、寒门之分。悬薄：垂帘。《庄子·达生》："高门县薄，无不走也。"成玄英疏："县薄，垂帘也。"

②小子：旧时自称谦辞。

③等伦：同辈；同类。

④有怙有恃：《诗·小雅·蓼莪》："无父何怙，无母何恃。"后因此以"恃怙"为母亲、父亲的代称。

⑤玉叶金茎：犹"金枝玉叶"。原形容花木枝叶美好。后多指皇族子孙。亦喻出身高贵或娇嫩柔弱的人。

⑥华缨：彩色的冠缨。古代仕宦者的冠带。《文选·鲍照〈咏史〉》："仕子彯华缨，游客竦轻辔。"李善注："《七启》曰：'华组之缨。'"

⑦程母：应为欧母。画荻：宋欧阳修四岁而孤，家贫，母郑氏以荻管画地写字，教其读书。见《宋史·欧阳修传》。后为称颂母教之典。

⑧韦相传经：汉代韦贤通晓经书，被称为大儒。四个儿子亦通晓经籍，仕宦显达，其家乡一带流传：留给后代黄金满箱，不如传授他一部经书。指靠诗书传家，家风清雅。《汉书·韦贤传》。

⑨延师：聘请老师。

⑩箕裘：比喻祖上的事业。《礼记·学记》："良冶之子，必学为裘，良弓之子，必学为箕。"孔颖达疏："积世善冶之家，其子弟见其父兄世业鍛铸金铁，使之柔合以补治破器，皆令全好，故此子弟仍能学为袍裘，补续兽皮，片片相合，以至完全也……善为弓之家，使干角挠屈调和成其弓，故其子弟亦睹其父兄世业，仍学取柳和软挠之成箕也。"良冶、良弓，指善于冶金、造弓的人。意谓子弟由于耳濡目染，往往继承父兄之业。

⑪婉兮娈兮：美貌。《诗·齐风·甫田》："婉兮娈兮，总角丱兮。"郑玄笺："婉娈，少好貌。"

⑫突弁：形容人长大迅速。《诗·齐风·甫田》："未几见兮，突而弁兮。"孔颖达疏："未经几时而更见之，突然已加冠弁为成人。"

⑬显亲扬名：使父母宗族显耀；张扬自己的声誉。指中举、立功、做官的荣耀。

⑭黾（mǐn）勉：勉励，尽力。

易九六爻大衍数辨

《易》言理也，而数有不通则无以明理，何先儒亦似有昧于数以昧于理者乎？他不具论，即如每卦六爻，必分冠之曰九曰六①，先儒曰九为老阳②，六为老阴，君子欲抑阴而扶阳，故阳用极数，阴用中数③。是说也，予窃疑之。

夫阴阳天道，岂徒用数而能抑之扶之哉？尝深思而得之，曰：此无他，天地之正数，不过一二三四五之正数④，至六七八九十之成数⑤，则各有所配，非正数矣。作《易》者每用正数，故孔子曰参天两地而倚数⑥。其参天不过一也三也五也，而一与三与五非九乎？其两地不过二也四也，而二与四非六乎？此九、六为天地正数，故可分冠于各爻。若曰扶阳抑阴，于分爻之义无取，其昧于数者一也。又如"大衍之数五十，其用四十有九⑦"，先儒曰数所赖者五十⑧，又曰非数而数以之成。是说也，予尤疑之。夫数贵一定，而曰所赖五十，非数而数，不大诞缪哉？尝深思而断之曰此脱文也。天一地二、天三地四、天五地六、天七地八、天九地十，数正五十有五，故乾坤之策，始终此数。《系辞》明曰："天数二十有五，地数三十。"五十有五，岂不显然？而何独于此减其五数以另为起例哉⑨？至于所用之数，或曰除六虚言之，引揲蓍为证⑩，亦非也。盖数始于一，终于五，天道每秘其始终，以神其消长，故虚一与五，以退藏于密，则其用四十有九而已，此后世遁甲之术所由出也⑪。若曰除六虚，于始终之义未明，其昧于数者二也。虽然，亦谓其理当如是耳。有不信者，试为焚香静坐以深探之。

【笺注】

①曰九、曰六：《易·乾》"初九"唐孔颖达疏："七为少阳，八为少阴，质而不变，为爻之本体；九为老阳，六为老阴，文而从变，故为爻之别名。"因以"九六"泛指阴阳及柔刚等属性。

②老阳：《易》四象之一。《朱子语类》卷一百三十七："《易》中只有阴阳奇耦，便有四象，如春为少阳，夏为老阳，秋为少阴，冬为老阴。"或谓九为老阳。

③中数：居中、折中之数。

④正数：古称天数二十五，地数三十，合天地之数五十五谓之正数。

⑤成数：整数。

⑥参天两地：为《易》卦立数之义。《易·说卦》："参天两地而倚数。"孔颖达疏："倚，立也。既用蓍求卦，其撰蓍所得，取奇数于天，取耦数于地。"

⑦"大衍之数"两句：《易·系辞上》："大衍之数五十，其用四十有九。"

⑧数所赖者五十：三国曹魏王弼曰："演天地之数所赖者五十也。其用四十有九，则其一不用，不用而用以之通，非数而数以之成，斯易之太极也。"

⑨起例：定出体例；创立凡例。

⑩撰（shé）蓍（shī）：数蓍草。古代问卜的一种方式，用手抽点蓍草茎的数目，以决定吉凶祸福。

⑪遁甲：古代方士术数之一。起于《易纬乾凿度》太乙行九宫法，盛于南北朝。神其说者，以为出自黄帝、风后及九天玄女，皆妄诞。其法以十干的乙、丙、丁为三奇，以戊、己、庚、辛、壬、癸为六仪。三奇六仪，分置九宫，而以甲统之，视其加临吉凶，以为趋避，故称"遁甲"。《后汉书·方术传序》："其流又有风角、遁甲、七政、元气、六日七分、逢占、日者、挺专、须臾、孤虚之术，及望云省气、推处祥妖，时亦有以效于事也。"李贤注："遁甲，推六甲之阴而隐遁也。今书《七志》有《遁甲经》。"

诗名物驺虞辨

身为大儒，则毋务为新奇之论。如《诗》驺虞之为仁兽^①，其说旧矣。独贾谊《新书》本《韩诗章句》^②，谓驺为文王之囿^③名，虞乃司兽之官，后儒竟无有从之者。

欧阳文忠学博才鸿，常力诋先儒穿凿附会之非，其立论不诐^④，固粹然大儒也，乃独于《新书》有取焉，谓毛、郑未出之前，说者不闻以驺虞为兽，汉人侈称祥瑞，亦无有以为言，不知其何物也，于是直断以无此义。噫，误矣。按《山海经》云："林氏国有珍兽，大若虎，五彩毕具，名曰驺牙。"即《诗》所谓驺虞也。《太公六韬》《淮南鸿烈》皆云^⑤散宜生曾得驺虞以献纣^⑥，相如《封禅书》曰："囿驺虞之珍禽，徼麋鹿之怪兽。"又一见于《瑞应图》，一见于《王会图》，皆是物也。张平子《东京赋》则曰："囿林氏之驺虞。"何平叔《景福殿赋》则曰："驺虞承兽，素质仁形。"晋安帝时，新野有驺虞见，又罗愿《尔雅翼》以为似马⑦，一物也。然则确证甚多，安得谓无是物乎？其他纵不可信，而太公在毛、郑之前，淮南、相如、《山海经》与毛同时，比郑为先，尚亦不足信乎？乃知毛、郑之说不为无据，而欧公此论特未之详考耳。吁，是诗词旨与序义相合，较更明白，似无待辨。而吾独惜文忠大儒，乃有此误也，或亦其好新奇之过与？

【笺注】

①驺虞：古代神话传说中的仁兽，虎身狮头，白毛黑纹，尾巴很长。据说生性仁慈，连青草也不忍心践踏，不是自然死亡的生物不吃。《诗·召南·驺虞》："彼茁者葭，壹发五豝，于嗟乎驺虞。"毛传："驺虞，义兽也。白虎，黑文，不食生物，有至信之德则应之。"

②《新书》：亦称《贾子》，西汉贾谊的政论著作，共十卷，包括《过秦论》等五十八篇。《韩诗章句》，指汉初燕人韩婴所传授的《诗经》。

③驺：古代掌管鸟兽的官吏。《野客丛书·欧公论驺虞》：

"欧阳文忠公《诗义》引贾谊《新书》，谓驺虞非兽，以证毛、郑之失。'驺乃文王之囿，而虞者，囿之司兽者也。'"

④诐（bì）：偏颇；不正。《说文·言部》："诐，古文以为颇字。"

⑤《太公六韬》：又称《六韬》《太公兵法》，古代道家兵书。《淮南鸿烈》：又称《淮南子》《刘安子》。西汉淮南王刘安及其门客等著。

⑥散宜生：西周初大臣。与闳夭、太颠等共同辅佐周文王。文王被纣王囚禁，他们以有莘氏女、骊戎文马等献纣王，使文王获释。《尚书大传·西伯戡耆》："太公之羑里，见文王。散宜生遂之犬戎氏取美马，駮身、朱鬣、鸡目；之西海之滨取白狐、青翰；之于陵取怪兽，尾倍其身，名曰驺虞。"

⑦《尔雅翼》：训诂书。宋代罗愿撰，三十二卷。王伯厚以为驺吾、驺牙、驺虞。王伯厚：南宋学者王应麟，字伯厚。对经史百家、天文地理等都有研究，长于考证。

赋　论

　　诗有六义^①，赋居其一。《记》曰："登高能赋，可为大夫。"诗一变而为骚^②，骚一变而为赋。屈原作赋二十五篇，其原皆出于《诗》，故《离骚》名经，以其所出之本同也。于时景差、唐勒、宋玉之徒相继而作^③，而原之同时大儒荀卿亦始著赋五篇^④。原激乎忠爱，故其辞缠绵而悱恻；卿纯乎道德，故其辞简洁而朴茂^⑤。要之皆以羽翼乎经^⑥，而与三百篇相为表里者也^⑦。

【笺注】

　　①诗有六义：《诗·大序》："故诗有六义焉：一曰风，二曰赋，三曰比，四曰兴，五曰雅，六曰颂。"一般认为风、雅、颂是诗的分类；赋、比、兴是诗的表现手法。

　　②骚：指中国屈原的《离骚》，后泛指诗文。

　　③景差：战国楚辞赋家，后于屈原，和宋玉同时。唐勒：

战国辞赋家。后于屈原，和宋玉同时。宋玉：战国楚辞赋家。后于屈原。东汉王逸说他是屈原弟子，未知所据。

④荀卿：荀子，战国末思想家、教育家。名况，时人尊而号为"卿"。著赋五篇：分别叙写"礼""知""云""蚕""箴"。

⑤朴茂：质朴厚重。

⑥要之：总之。羽翼：辅佐，维护。

⑦相为表里：指与《诗经》相互间配合为外表和内里。

汉之兴也，名儒则有董仲舒、贾谊、兒宽、司马迁、萧望之、扬雄、刘向、歆父子，东京则有班固、崔骃、崔寔、张衡、蔡邕之徒，多者至数十篇，少者亦数篇，而其最著者曰司马相如。相如之词，虽称侈丽闳衍①，失讽谕之义，然考之佚传，相如尝受经于胡安②，蜀人多传其业，其功至与文翁等③，故曰："文翁倡其教，相如为之师。"《地理志》语。后世以俳优目相如之词者④，非也。班固书称枚皋善为赋⑤，特以皋不通经术，为赋颂好嫚戏，以故得媟黩贵幸，仅比东方朔、郭舍人⑥，而皋亦自言为赋不如相如。由此观之，则知相如之赋之所以独工于千古者，以其能本于经术故也。其言曰："赋家之心，包括宇宙，总览人物，斯乃得之于内，不可得而传。"推相如之意，盖真有所谓不可传者哉。其可传者，侈丽闳衍之词，而不可传者，其赋之心也。若能原本经术，以上溯其所为不传之赋之心，则所可传者出矣。

【笺注】

①侈丽闳衍：文辞华丽繁富。

②胡安：《益都耆旧传》："胡安，临邛人，聚徒于白鹤山，司马相如从之受经。白鹤山，在邛州城西八里。据言司马相如从胡安授易于白鹤山。"

③文翁：西汉人。景帝末，为蜀郡守。以蜀地偏远，教学不兴，因派小吏至长安，授业于博士，或学律令，学成后皆蜀要职。又在成都市设学校，入学得免除徭役，并以成绩优良者为郡县吏。数年之后，风气大变，蜀地受学京师的与齐、鲁相同。《三国志》卷三十八注引《蜀书秦宓传》载，秦宓在致蜀郡太守王商的书信中说："蜀本无学士，文翁遣相如东受七经，还教吏民，于是蜀学比于齐、鲁。故《地里志》曰：'文翁倡其教，相如为之师。'"

④俳优：古代以乐舞谐戏为业的艺人。

⑤枚皋：西汉辞赋家，字少孺，淮阴人，辞赋家枚乘之子。有赋一百数十篇，多为"谩笑嫚戏"之作，今不传。

⑥媟（xiè）黩：亵狎，轻慢。《汉书·枚皋传》："（枚皋）为赋颂，好嫚戏，以故得媟黩贵幸。"颜师古注："媟，狎也。黩，垢浊也。"郭舍人：汉武帝时倡优，颇受宠信。

经术之要，莫过于三百篇，以三百篇为赋者，屈原、荀卿而下，至于相如之徒是也。以三百篇为诗者，苏、李而下①，至于晋、魏、六朝、三唐以及于今之作者皆是也。《艺文志》曰："自孝武立乐府而采歌谣，于是有代赵之讴，秦楚之风，皆感于哀乐，缘事而发，亦可以观风俗，知厚薄云。"则乐府者，又赋之变也。诗变而为骚，骚变而为赋，赋变而乐府，乐府之流漫浸淫而为词曲②，而其变穷矣。穷则必复之于经，故能以六经持万世文章之变，即诗赋一道，犹可以见贤人君子之用心。若遂薄之为雕虫末技③，吾未见扬雄之《法言》《太玄》谓可直驾《离骚》而上之。天下万世可无《法言》《太玄》，决不可无《离骚》。《法言》《太玄》或有时可泯没④，《离骚》决不可泯没也。

【笺注】

①苏李：西汉苏武、李陵二人诗体的合称。托名西汉苏武、李陵赠答的若干首五言古诗，今存十多首。其中李陵《与

苏武三首》、苏武诗四首最早见于《文选》"杂诗"类，列次《古诗十九首》之后，是较完整的一组，通常举为"苏李诗"的代表作。

②流漫：犹流僈。放纵，放荡。浸淫：引申为浸染，濡染。《墨子·大取》："故浸淫之辞，其类在鼓栗。"孙诒让间诂："《文选·洞箫赋》李注云：'浸淫，犹渐冉，相亲附之意也。'"

③雕虫末技：犹言雕虫小技。比喻微小的技能。这里用来称写诗文。虫，指秦书中的"虫书"。扬雄《法言·吾子》："或问：'吾子少而好赋?'曰：'然，童子雕虫篆刻。'俄而曰：'壮夫不为也。'"《隋书·李德林传》："经国大体，是贾生、晁初之俦；雕虫小技，殆相如、子云之辈。"

④泯没：埋没；掩盖。

愚按赋之心本一原，而其体制递换，亦可缕数①。骚一也，两京之浑融博奥一也②。黄初以还③，及乎晋、宋之初，潘、陆、孙、许以隽雅为宗④。南北朝以降，颜、鲍、三谢以繁丽为主⑤。萧氏之君臣⑥，争工月露⑦；徐庾之排调⑧，竞美宫奁。至唐，例用试士，而骈四俪六之习⑨，风雅之道于斯尽丧。中世杜牧之辈始推陈出新，更为奇肆⑩，实以开宋人漶漫无纪极之风⑪，而赋之体又穷矣。本赋之心，正赋之体，吾谓非尽出于三百篇不可也。

【笺注】

①缕数：一一细数；一一述说。

②浑融：浑合，融合，谓融会不显露。博奥：博大精深；广博深奥。

③黄初：魏文帝曹丕年号（220—226）。

④潘、陆：西晋太康诗人潘岳和陆机的并称。孙、许：晋人孙绰和许询的并称。四人皆为东晋玄学诗人。隽雅：谓高雅脱俗。

⑤颜、鲍、三谢：颜延之、鲍照、谢灵运、谢惠连、谢朓。

⑥萧氏：指南北朝时期梁代萧帝家族，其中主要是四萧——萧衍、萧统、萧纲、萧绎。萧氏诗上承两晋各派诗风以至建安风骨，虽为贵族之诗，文风柔弱，词彩华美。

⑦月露：比喻无用、华而不实的文字。《隋书·李谔传》："连篇累牍，不出月露之形。"

⑧徐庾：南朝陈徐陵和北周庾信的并称。

⑨骈四俪六：指骈体文。因其多用四言六言的句子对偶排比，故称。唐柳宗元《乞巧文》："骈四俪六，锦心绣口。"骈，并列，对偶。俪，成双，成对。

⑩奇肆：奇特奔放。

⑪漶漫：散乱，散漫。纪极：终极；限度。

原　诗

　　世道江河，动成积习①，风雅之道，而有高髻广额之忧②。十年前之诗人，皆唐之诗人也，必嗤点夫宋③。近年来之诗人，皆宋之诗人也，必嗤点夫唐。万户同声，千车一辙，其始亦因一二聪明才智之士深恶积习，欲辟新机④，意见孤行，排众独出。而一时附和之家吠声四起⑤，善者为新丰之鸡犬⑥，不善者为鲍老之衣冠⑦。向之意见孤行、排众独出者，又成积习矣。盖俗学无基，迎风欲仆，随踵而立。故其于诗也，如矮子观场⑧，随人喜怒，而不知自有之面目，宁不悲哉。有客问诗于予者曰："学唐优乎，学宋优乎？"予曰：子无问唐也宋也，亦问子之诗安在耳。书曰："诗言志。"挚虞曰："诗发乎情，止乎礼义。"此为诗之本也，未闻有临摹仿效之习也。古诗称陶谢⑨，而陶自有陶之诗，谢自有谢之诗；唐诗称李杜，而李自有李之诗，杜自有杜之诗。人必有好奇缒险、伐出通道之事⑩，而后有谢诗；人必有北窗高卧、不肯折腰乡里小儿之意⑪，而后有陶诗；人必有流离道路、每饭不忘君之心⑫，而后有杜诗；人必有放浪江湖、骑鲸捉月之气⑬，而后有李诗。近时龙眠钱饮光以能诗称⑭，有人誉其诗为剑南，饮光怒；复誉之为香山，饮光愈怒；人知其意不慊，竟誉之为浣花⑮，饮光更大怒。曰："我自为钱饮光之诗耳，何浣花为？"此虽狂言，然不可谓不知诗之理也。客曰："然则诗可无师承乎？"曰：何可无也。杜老不云乎："别裁伪体亲风雅，转益多师是汝师⑯。"凡骚雅以来，皆汝师也。今之为唐为宋者，皆伪体也。能别裁之而勿为所误，则师承得矣。作诗原。

【笺注】

①积习：长期形成的习气。

324

②高髻广额：《后汉书·马廖传》："城中好高髻，四方高一尺；城中好广眉，四方且半额。"城中流行什么风习，四方就跟着学起来。

③嗤点：讥笑指摘，嘲笑挑剔。

④新机：新的生机；新的精神。

⑤吠声：一条狗叫，群犬闻声跟着叫。喻盲从，随声附和。

⑥新丰：县名。汉高祖七年置，唐废。治所在今陕西省临潼县西北。本秦骊邑。汉高祖定都关中，其父太上皇居长安宫中，思乡心切，郁郁不乐。高祖乃依故乡丰邑街里房舍格局改筑骊邑，并迁来丰民，改称新丰。据说士女老幼各知其室，从迁的犬羊鸡鸭亦竟识其家。太上皇居新丰，日与故人饮酒高会，心情愉快。后乃用作新兴贵族游宴作乐及富贵后与故人聚饮叙旧之典。

⑦鲍老：古代戏剧角色名。宋无名氏《张协状元》戏文第五三出："好似傀儡棚前，一个鲍老。"钱南扬校注："鲍老，古剧脚色名。《后山诗话》载杨大年《傀儡诗》云：'鲍老当筵笑郭郎，笑他舞袖太郎当。若教鲍老当筵舞，转更郎当舞袖长。'郭郎也是角色名，盖即引戏，见《乐府杂录》'傀儡'条。《武林旧事》卷二'舞队、大小全棚傀儡'有'《大小砑刀鲍老》《交衮鲍老》。鲍老似乎与傀儡戏关系特别密切，故上句云云。'"

⑧矮子观场：矮个子挤在人群中看戏，什么也看不见，只能随着别人评论戏的好坏。喻己无所见而随声附和。

⑨陶谢：东晋末年、南朝初的诗人陶渊明、谢灵运的并称。

⑩缒险：犹探险。通道：开辟道路。

⑪北窗高卧：比喻悠闲自得。晋陶渊明《与子俨等书》："常言五六月中，北窗下卧，遇凉风暂至，自谓是羲皇上人。"不肯折腰乡里小儿：比喻为人清高，有骨气，不为利禄所动。《晋书陶潜传》："吾不能为五斗米折腰，拳拳事乡里小人邪。"

⑫流离道路：杜甫生活于唐朝由盛转衰的历史时期，随着唐玄宗后期政治越来越腐败，杜甫也渐渐陷入困境，生活在颠沛流离中。每饭不忘君：《杜少陵集详注》附明陈文烛《重修瀼西草堂记》："史称先生挺节不污，所为诗歌，善陈时事，千汇万状，兼而有之，忠君忧国，每饭不忘。"清袁枚《随园诗话》卷十四："人但知杜少陵每饭不忘君，而不知其于友朋、弟妹、夫妻、儿女间，何在不一往情深耶？"

⑬放浪江湖：在江湖各地无拘无束地生活。放浪，放纵，不受任何约束。唐玄宗天宝元年，李白受赏识，召至长安任职翰林，后因得罪高力士离开京师，放浪江湖。骑鲸捉月：形容诗人文士纵情诗酒，潇洒豪放。骑鲸，唐杜甫《送孔巢父谢病归游江东兼呈李白》诗"几岁寄我空中书，南寻禹穴见李白"。清仇兆鳌注："南寻句，一作'若逢李白骑鲸鱼'。按：骑鲸鱼，出《羽猎赋》。俗传太白醉骑鲸鱼，溺死浔阳，皆缘此句而附会之耳。"后用为咏李白之典。捉月，传说唐李白酒醉泛舟当涂采石，俯捉江中月影而溺死。宋洪迈《容斋随笔·李太白》："世俗多言李太白在当涂采石，因醉泛舟于江，见月影俯而取之，遂溺死，故其地有捉月台。予按：李阳冰作太白《草堂集序》云：'阳冰试弦歌于当涂，公疾亟，草稿万卷，手集未修，枕上授简，俾为序。'又李华作《太白墓志》，亦云：'赋《临终歌》而卒。'乃知俗传良不足信，盖与谓杜子美因食白酒牛炙而死者同也。"

⑭钱饮光：明末清初文学家、学者钱澄之，字饮光，一字

纳兰性德全集

幼光，晚号田间老人、西顽道人，桐城（今属安徽）人。桐城有龙眠山，故以之代称桐城。

⑮剑南、香山、浣花：分别指诗人陆游（诗集为《剑南诗稿》）、白居易（晚年号香山居士）和杜甫（浣花溪旁有杜甫故居）。

⑯别裁伪体亲风雅，转益多师是汝师：唐杜甫《戏为六绝句》。别裁伪体，区别和裁减、淘汰那些形式内容都不好的诗。亲风雅，学习《诗经》以来风、雅的传统。转益多师，多方面寻找老师。

原　书

　　予笃好书，每谓书有天分，而非尽关乎仿效；书有兴会[①]，而不必出乎矜持。传云："人心不同，有如其面。"桓温欲似刘琨[②]，而琨婢以为甚似而非。予谓惟书亦然；聚千百能书之人于此，其笔迹无一同。聚千百不能书之人于此，其笔迹亦无一同。使必出于同，则千古书法，止一右军足矣。即如右军学卫夫人[③]，而究之卫自卫、王自王。临兰亭者，亦各自见笔意也。若铢而较、寸而合，岂复有真面目耶？王绍宗曰："我书每精心空思，率意而成。闻虞世南不临摹，但被中画肚，我亦如之。"坡公云："我书意造本无法。"盖古人绝技，必有神明所寓，兴会所触，动与天随而不自知。予每当笔砚精良时，或无意中有得意之笔，否则不但掣肘迫

书④，即稍一勉强，而愈作愈不佳。程子
所云作字须敬，此亦儒者持心语，而书法
岂关此哉？古之能书者，或观剑器，或听
江声，或见蛇斗，此岂有书之事哉？然而
会心有在矣。予尝谓熟读蒙庄⑤，即可悟
作书之理。悠悠千古，解吾语者谁也？予
恐书家之涉仿效矜持者，有鹦哥骄秦吉了
之诮⑥，故作书原。

【笺注】

①兴会：意趣，兴致。

②桓温欲似刘琨：《晋书·王敦桓温列传》。大司马桓温
自认为雄姿英发，是司马懿、刘琨一类的人物，却被人比作大
将军王敦，很不高兴。桓温北伐归来，带回来一个老婢女。这
老婢曾是刘琨家伎。老婢一见桓温，潸然泪下："公甚似刘司
空。"桓温大喜，整冠问哪里像。老婢答："面甚似，恨薄；
眼甚似，恨小；须甚似，恨赤；形甚似，恨短；声甚似，恨
雌。"桓温大为扫兴，抑郁了好几天。

③右军：王羲之。早年从卫夫人学书法。卫夫人：卫铄，
东晋女书法家。汝阴太守李矩妻，人称卫夫人。

④掣肘迫书：犹掣肘难书。在别人做事时拉扯别人的胳膊
肘。比喻干扰和阻挠别人做事。《吕氏春秋·审应览·具备》：
"宓子贱治亶父，恐鲁君之听谗人而令己不得行其术也，将辞
而行，请近吏二人于鲁君，与之俱。至于亶父，邑吏皆朝。宓

子贱令吏二人书。吏方将书，宓子贱从旁时掣摇其肘。吏书之不善，则宓子贱为之怒。吏甚患之，辞而请归。"

⑤蒙庄：指庄周。庄周，宋国蒙（今河南商丘市东北）人，故称。

⑥秦吉了：又称吉了、了哥、八哥，智商很高，能学人语。因产于秦中，故名秦吉了。

拟设东宫官属谢表

康熙十五年月日，臣等恭遇皇上册立宫，特设詹事府、左右春坊、司经局等官，以资辅导。臣等谨奉表称谢者。伏以宫悬银榜①，长男题青石之书；门启铜扉②，元良居白鹤之禁③。正重离之位④，玉册金文⑤；命涖震之官⑥，银章紫绶⑦。爰求博望之多才，允入瀛洲之妙选⑧。庆流宗祏⑨，欢洽舆图⑩。窃惟冢嫡所以系人心⑪，储闱所以贰宸极⑫。是以帝王大典，豫教为先⑬；辅导得人，宫僚为重⑭。承华斯建⑮，必资羽翼之功⑯；崇贤既开，即勤师傅之任⑰。不登嗜鲍⑱，引礼惟严⑲；旋赋钓鳌⑳，绳愆特峻㉑。晋重贺循之儒宗㉒，亲受太子之拜；汉尚桓荣之稽古㉔，群看博士之尊。温峤上侍臣补益之箴㉕，伯药献赞导嬉游之讽。未有九旗初建^㉕，四友即宾^㉖，五胜夙娴^㉗，三长咸集^㉘，如今日者也。

①银榜：宫殿或庙宇门端所悬的辉煌华丽的匾额。

②扉：门扇。

③元良：太子的代称。白鹤之禁：太子所居之处。

④重离：《易·离》："明两作离，大人以继明照于四方。"孔颖达疏："明两作离者，离为日，日为明。"《离》卦为离上离下相重，故以"重离"指太阳。

⑤玉册：旧谓天书玉册，为天子受命的瑞征。金文：指皇帝诏告的贵重文字。

⑥洊震：《易·震》："洊雷震。君子以恐惧脩省。"孔颖达疏："洊者，重也，因仍也。雷相因仍，乃为威震也。"

⑦银章：银印。其文曰章。汉制，凡吏秩比两千石以上皆银印。隋唐以后官不佩印，只有随身鱼袋。金银鱼袋等谓之章服，亦简称银章。紫绶：紫色丝带。古代高级官员用作印绶，或做服饰。《汉书·百官公卿表上》："相国、丞相，皆秦官，金印紫绶。"

⑧瀛洲：《新唐书·褚亮传》载，唐太宗为网罗人才，设置文学馆，任命杜如晦、房玄龄等十八名文官为学士，轮流宿于馆中，暇日，访以政事，讨论典籍。又命阎立本画像，褚亮作赞，题名字爵里，号"十八学士"。时人慕之，谓"登瀛洲"。后来的诗文中常用"登瀛洲""瀛洲"比喻士人获得殊荣，如入仙境。

⑨宗祏：宗庙中藏神主的石室。亦借指宗庙，宗祠。《左

传·庄公十四年》:"(原繁)对曰:'先君桓公,命我先人,典司宗祐。'"杜预注:"宗祐,宗庙中藏主石室。"孔颖达疏:"宗祐者,虑有非常火灾,于庙之北壁内为石室以藏木主,有事则出而祭之,既祭纳于石室。"

⑩欢洽:欢乐和洽。舆图:疆土,土地。

⑪冢嫡:嫡长子。

⑫储闱:太子所居之宫。借指太子。宸极:北极星。比喻帝位。《文选·刘琨〈劝进表〉》:"宸极失御,登遐丑裔。"李善注:"宸极,喻帝位。"

⑬豫教:《礼记·经解》:"故礼之教化也微。"唐孔颖达疏:"微者言礼之教人豫前事微之时,豫教化之。"后指豫为教育、感化。

⑭宫僚:谓太子属官。

⑮承华:太子宫门名。《文选·陆机》:"阊阖既辟,承华再建。"李善注引《洛阳记》:"太子宫在太宫东薄室门外,中有承华门。"

⑯羽翼:比喻辅佐的人或力量。

⑰师傅:太师、太傅或少师、少傅的合称。《史记·儒林列传》:"自孔子卒后,七十子之徒散游诸侯,大者为师傅卿相,小者友教士大夫。"

⑱不登嗜鲍:《新书·礼》卷六:"昔周文王使太公望傅太子发,太子嗜鲍鱼,而太公弗与,太公曰:'礼,鲍鱼不登於俎,岂有非礼而可以养太子哉?'"

⑲引礼:引导行礼。

⑳钓鳌:《列子·汤问》:"(勃海之东有五山)而五山之根,无所连着,常随潮波上下往还,不得蹔峙焉。仙圣毒之,诉之于帝。帝恐流于西极,失群圣之居,乃命禺强使巨鳌十五

举首而戴之，迭为三番，六万岁一交焉，五山始峙。而龙伯之国有大人，举足不盈数步而暨五山之所，一钓而连六鳌，合负而趣归其国，灼其骨以数焉。于是岱舆、员峤二山流于北极，沈于大海。"后因以"钓鳌"喻抱负远大或举止豪迈。

㉑绳愆：纠正过失。

㉒贺循：晋会稽山阴人，字彦先。《晋书·贺循传》："朝廷疑滞皆谘之于循，循辄依经礼而对，为当世儒宗。……帝以循体德率物，有不言之益，敦厉备至，期于不许，命皇太子亲往拜焉。……太子亲临者三焉，往还皆拜，儒者以为荣。"

㉓桓荣：东汉大臣、名儒，字春卿。桓荣六十多岁时方为光武帝刘秀所赏识，被任命为议郎，入宫教授太子刘庄，后被授任为博士。稽古：稽考古道。《后汉书·桓荣列传》："（建武）二十八年，大会百官，诏问谁可傅太子者，群臣承望上意，皆言太子舅执金吾原鹿侯阴识可。博士张佚正色曰：'今陛下立太子，为阴氏乎？为天下乎？即为阴氏，则阴侯可；为天下，则固宜用天下之贤才。'帝称善，曰：'欲置傅者，以辅太子也。今博士不难正朕，况太子乎？'即拜佚为太子太傅，而以荣为少傅，赐以辎车、乘马。荣大会诸生，陈其车马、印绶，曰：'今日所蒙，稽古之力也，可不勉哉！'"

㉔温峤：东晋太原人，字太真。任太子中庶子。曾多次上表规谏，献《侍臣箴》，深得太子司马绍器重，引为布衣之交。《晋书·温峤传》："后历骠骑王导长史，迁太子中庶子。及在东宫，深见宠遇，太子与为布衣之交。数陈规讽，又献《侍臣箴》，甚有弘益。时太子起西池楼观，颇为劳费，峤上疏以为朝廷草创，巨寇未灭，宜应俭以率下，务农重兵，太子纳焉。"

㉕九旗：以不同徽号表示不同等级和用途的常、旂、旃、

物、旗、旟、旐、旞、旌九种旗帜。《周礼·春官·司常》："司常掌九旗之物名，各有属以待国事。日月为常，交龙为旂，通帛为旃，杂帛为物，熊虎为旗，鸟隼为旟，龟蛇为旐，全羽为旞，析羽为旌。"

㉖四友：指周文王四个亲信大臣南宫括、散宜生、闳夭、太颠。《诗·大雅·文王序》孔颖达疏引《殷传》云："西伯得四友献宝，免于虎口而克耆。"

㉗五胜：五行相胜。言水胜火、火胜金、金胜木、木胜土、土胜水。《鹖冠子·度万》："形燥则地不生火，水火不生则……五胜无以成执。"陆佃注："五胜，五行之胜。"

㉘三长：北魏中后期开始实行的一种基层政权组织制度，分党长、里长、邻长的合称。《魏书·高祖纪下》："初立党、里、邻三长，安民户籍。"

　　陛下太室呈祥①，尧门启瑞②，幼敏等于汉幄，孝德迈于周闉。骨臣之答文公③，端俟贤良之赞；贾生之规汉帝④，快瞻有道之长。将君我而齿让之惟先⑤，自长世而慈保之无尽⑥。亦有山涛作傅⑦，小挚称荣⑧；刘寔为师⑨，行高致誉。于是斟酌隋唐之制，增设辅导之员。一宫弹肃⑩，苔于王珉之书⑪；一时才贤，让诸王恭之表⑫。萧傅风高于杜曲⑬，殊宠攸加；窦婴威重于西京⑭，清秩斯显。遂使龙楼应制⑮，瞻驰道而从容⑯；凤阁登英⑰，向苍旂而赓拜。五礼六乐⑱，无非毓性之方；三德九功⑲，并是储精之具⑳。岂直处瑶山而作咏㉑，见诸山海之经；吹铜律以迎和㉒，得之太师之户㉓。臣等愧家丞之秋实㉔，鲜庶子之春华㉕。藻思难窥㉖，本乏卞兰泉涌之赞㉗；盛德靡际，惟矢乐人海润之歌。伏愿天姿玉裕㉘，茂德川沈㉙，得保傅若二疏㉚，有宾客如四皓㉛。问安视膳，克尽两宫之欢；继体重轮㉜，大慰兆民之望㉝。则千年少海之波㉞，光浮若镜；五色前星之曜㉟，气蔚成珠矣。

【笺注】

①太室：太庙中央之室，亦指太庙。《书·洛诰》："王入太室祼。"孔传："太室，清庙。"孔颖达疏："太室，室之大者，故为清庙。庙有五室，中央曰太室。"

②尧门启瑞：南朝陈徐陵《劝进梁元帝表》："非惟太室之祥，图谍斯归，何止尧门之瑞。"

③胥臣：晋将。早年曾追随晋文公重耳流亡，力劝重耳接纳秦穆公之女怀嬴，《晋语》："胥臣曰：'质将善而贤良赞之，则济可俟。'"

④贾生：贾谊。诸法令所更定，及列侯就国，其说皆谊发

之。贾谊《治安策》："夏、殷、周为天子皆数十世，秦为天子二世而亡。人性不甚相远也，何三代之君有道之长而秦无道之暴也？其故可知也。"

⑤齿让：以年岁大小相让，示长幼有序。《礼记·文王世子》："将君我，而与我齿让，何也？"

⑥长世：历世久远；永存。慈保：慈爱保养。《国语·周语上》："精意以享，禋也；慈保庶民，亲也。"韦昭注："慈，爱也；保，养也。"

⑦山涛：西晋人，"竹林七贤"之一。选用官吏，亲作评论，当时号为"山公启事"。

⑧小辇：人力挽行的轻车，汉以后为帝王专乘。《汉书·张敞传》："国辅大臣未褒，而昌邑小辇先迁，此过之大者也。"

⑨刘寔（shí）：西晋重臣、学者。博晓古今，品行高洁。《晋书》列传十一载，有人谓寔曰："君行高一世，而诸子不能遵。何不旦夕切磋，使知过而自改邪！"

⑩弹肃：犹整饬。晋王珉《答徐邈书》："詹事弹肃一宫，如尚书令中丞矣。"

⑪王珉：晋代学者，字季琰，小字僧弥。据《晋书》载，珉为珣弟。少有才艺，善行书，名出珣右。时人为之语曰："法护非不佳，僧弥难为兄。"代王献之为长，兼中书令。二人素齐名，世谓献之为大令，珉为小令。赠太常。自导至珉三世善书，时方之杜、卫二氏。尝书四匹素，自朝操笔，至暮便竟。首尾如一，又无误字。子敬（献之）戏云："弟书如骑骡，骎骎欲度骅骝前。"

⑫王恭：东晋大臣。光禄大夫蕴子，定皇后之兄。武帝以恭后兄，深相钦重。时陈郡袁悦之以倾巧事会稽王道子，恭言

之于帝，遂诛之。

⑬萧傅：萧望之，字长倩，萧何六世孙。西汉宣帝、元帝倚重的大臣，字长倩，东海兰陵人也，徙杜陵。

⑭窦婴：西汉大臣。窦太后之侄。以反对梁孝王继嗣帝位，为太后所恨，不得朝请。西京：西安市古称。

⑮龙楼：汉代太子宫门名。《汉书·成帝纪》："上尝急召，太子出龙楼门，不敢绝驰道，西至直城门，得绝乃度，还入作室门。"颜师古注引张晏曰："门楼上有铜龙，若白鹤、飞廉之为名也。"借指太子。

⑯驰道：中国最早的"国道"，始于秦朝。前221年秦始皇统一六国，秦始皇统一全国后第二年（前220），就下令修筑以咸阳为中心的、通往全国各地的驰道。《史记·秦始皇本纪》载："二十七年，始皇巡陇西、北地，出鸡头山，过回中。焉作信宫渭南，已更命信宫为极庙，象天极。自极庙道通郦山（骊山），作甘泉前殿。筑甬道，自咸阳属之。是岁，赐爵一级。治驰道。"

⑰凤阁：华丽的楼阁。多指皇宫内的楼阁。

⑱五礼：指公、侯、伯、子、男五等诸侯朝聘之礼。《书·皋陶谟》："天秩有礼，自我五礼，有庸哉。"孔传："天次秩有礼，当用我公、侯、伯、子、男五等之礼以接之，使有常。"王引之《经义述闻·尚书上》："所谓五礼者，正谓公、侯、伯、子、男朝聘之礼也。"六乐：谓黄帝、尧、舜、禹、汤、周武王六代的古乐。《周礼·地官·大司徒》："以六乐防万民之情，而教之和。"郑玄注引郑司农曰："六乐，谓《云门》《咸池》《大韶》《大夏》《大濩》《大武》。"

⑲三德：三种品德。随文而异。《书·洪范》："三德，一曰正直，二曰刚克，三曰柔克。"孔颖达疏："此三德者，人

君之德，张弛有三也。一曰正直，言能正人之曲使直；二曰刚克，言刚强而能立事；三曰柔克，言和柔而能治。"《周礼·地官·师氏》："以三德教国子，一曰至德，以为道本；二曰敏德，以为行本；三曰孝德，以知逆恶。"《国语·晋语四》："晋公子善人也，而卫亲也，君不礼焉，弃三德矣。"韦昭注："三德，谓礼宾、亲亲、善善也。"九功：古谓六府三事为九功。《左传·文公七年》："六府、三事，谓之九功。水、火、金、木、土、谷，谓之六府。正德、利用、厚生，谓之三事。"

⑳储精：蓄积精灵之气。

㉑瑶山：传说中的仙山。南朝梁简文帝《南郊颂序》："宛若千仞，状悬流之仙馆；焕如五彩，同瑶山之帝坛。"

㉒铜律：铜制的定音、候气的仪器。《新唐书·礼乐志十一》："文收既定乐，复铸铜律三百六十、铜斛二、铜秤二、铜瓯十四、秤尺一。"

㉓太师：古代乐官之长。

㉔秋实：秋季成熟的谷物及果实。比喻人的德行成就。

㉕春华、秋实：春天开花，秋天结果。喻文采和品行学问，或事物的因果关系。晋陈寿《三国志·魏志·邢颙传》："采庶子之春华，忘家丞之秋实。"

㉖藻思：做文章的才思。

㉗卞兰：三国曹魏散骑常侍，曾献赋赞述太子德美。泉涌：泉水喷涌。比喻事物源源不断，滔滔不绝。

㉘玉裕：美玉似的姿容。常用以形容皇太子。《文选·陆机〈皇太子宴玄圃宣猷堂有令赋诗〉》："茂德渊冲，天姿玉裕。"李善注引《广雅》："裕，容也。"张铣注："天然之姿容如玉也。"

㉙茂德：盛德。晋陆机《皇太子宴玄圃宣猷堂有令赋

诗》："茂德渊冲，天姿玉裕。"

㉚保傅：古代保育、教导太子等贵族子弟及未成年帝王、诸侯的男女官员，统称为保傅。《大戴礼·保傅》："保，保其身体；傅，傅其德义。"二疏：指汉宣帝时名臣疏广与兄子受。广为太傅，受为少傅，同时以年老乞致仕，时人贤之。归日，送者车数百辆，设祖道，供张东都门外。汉宣帝时，选疏广为太子太傅。疏广的侄子疏受，当时亦以贤明被选为太子家令，后升为太子少傅。疏广、疏受在任职期间，曾多次受到皇帝的赏赐。并称之为朝廷中的"二疏"。

㉛四皓：商山四皓，分别是苏州太湖甪里先生周术，河南商丘东园公唐秉，湖北通城绮里季吴实，浙江宁波夏黄公崔广。秦汉时隐士，居住在陕西商山深处，德高望众、品行高洁。宋人王禹偁《四皓庙碑》："先生避秦，知亡也；安刘，知存也；应孝惠王之聘知进也；拒高祖之命，知退也。四者俱备，而正在其中矣。先生危则助之，安则去之，其来也，致公于万民；其往也，无私乎一身。此所谓进退存亡不失其正者，千古四贤而已！"

㉜继体：嫡子继承帝位。《史记·外戚世家》："自古受命帝王及继体守文之君，非独内德茂也，盖亦有外戚之助焉。"司马贞索隐："继体谓非创业之主，而是嫡子继先帝之正体而立者也。"重轮：重毂。日、月周围光线经云层冰晶的折射而形成的光圈。古代以为祥瑞之象。

㉝兆民：古称天子之民，后泛指众民，百姓。

㉞少海：指渤海。也称幼海。《山海经·东山经》"南望幼海"晋郭璞注："即少海也。"比喻太子。宋叶廷珪《海录碎事·帝王》："天子比大海，太子比少海。"

㉟五色：指青、黄、赤、白、黑五色，也泛指各种色彩。

古代以此五者为正色。《书·益稷》："以五采彰施于五色，作服，汝明。"孙星衍疏："五色，东方谓之青，南方谓之赤，西方谓之白，北方谓之黑，天谓之玄，地谓之黄，玄出于黑，故六者有黄无玄为五也。"前星：《汉书·五行志下之下》："心，大星，天王也。其前星，太子；后星，庶子也。"后因以前星指太子。

拟御制大德景福颂贺表

康熙十六年月日，臣等恭遇皇上御制大德景福颂①，恭祝太皇太后万寿。臣等谨奉表称贺者。伏以瑶池高宴②，白云飞长乐之宫③；骞树清歌④，玉霞映濯龙之殿⑤。青瞳白发，下金母于西池⑥；琼珮仙琚⑦，联婺光于南极。集九重之庆⑧，君子惟祺⑨；进万年之觞，天颜有喜。窃惟大电绕斗⑩，统辟寿丘⑪；瑶光贯虹⑫，庆流华渚⑬。吞神珠而诞禹⑭，晕璧月而生汤⑮，仰圣哲之降祥，实隆慈之载育。他若汉皇提三尺剑⑯，瑞启昭灵⑰；唐宗成一统功，美钟神武。各本让善于天之义，以展事亲如帝之思。然上和熹圣德之颂，著述徒出史官；尊文明崇化之宫；徽号空加文母⑱。未有兼禄位寿名之德，致显扬祝嘏之休⑲，焕彩兰宫⑳，增华桂殿如今日者也^㉑。

【笺注】

①大德景福颂：康熙十六年（1677）丁巳四月，圣祖制《大德景福颂》，书锦屏，进太皇太后。成德撰《拟御制大德景福颂贺表》。

②瑶池：传说中西王母所居之地。

③长乐宫：西汉高帝时，就秦兴乐宫改建而成。汉初皇帝在此视朝。惠帝后，为太后居地。故址在今陕西省西安市西北郊汉长安故城东南隅。

④骞树：犹骞林。传说中的月中树林。《云笈七签》卷二十三："（月晖圃）有七宝浴池，八骞之林……比十七日至二十九日，于骞林树下，采三气之华，拂日月之光也。"

⑤濯龙：汉代宫苑名。在洛阳西南角。《后汉书·皇后纪上·明德马皇后》："帝幸濯龙中，并召诸才人。"借指皇室。

⑥西池金母：王母娘娘。明贾仲名《金安寿》第四折："俺西池金母，为金童玉女思凡，谪生下方为人。"

⑦琼珮：玉制的佩饰。仙裾：衣袖之美称。

⑧九重：指帝王居处。唐钱起《汉武出猎》："汉家无事乐时雍，羽猎年年出九重。"

⑨祺：幸福；吉祥。《诗·大雅·行苇》："寿考维祺，以介景福。"郑玄注："祺，吉也。"

⑩大电：用"黄帝出生"之典。相传黄帝之母曰附宝，见大电光绕北斗枢星，附宝感而怀孕，二十四月而生黄帝。见《书序》孔颖达疏引《帝王世纪》。

⑪寿丘：古地名。在今山东省曲阜县东。晋皇甫谧《帝王

世纪》："（附宝）孕二十五月，生黄帝于寿邱。"

⑫瑶光：北斗七星的第七星名。象征祥瑞。

⑬华渚：古代传说中的地名。《宋书·符瑞志上》："帝挚少昊氏，母曰女节，见星如虹，下流华渚，既而梦接意感，生少昊。登帝位，有凤皇之瑞。"

⑭吞神珠：《三家注史记·夏本纪》帝王纪云："父鲧妻修己，见流星贯昴，梦接意感，又吞神珠薏苡，胸坼而生禹。"

⑮璧月：对月亮的美称。

⑯三尺剑：古剑长凡三尺，故称。《史记·高祖本纪》："吾以布衣提三尺剑取天下，此非天命乎？"

⑰昭灵：汉代官馆名。《汉书·霍光传》："起三出阙，筑神道，北临昭灵，南出承恩。"颜师古注引服虔曰："昭灵、承恩，皆馆名也。"

⑱徽号：襃扬赞美的称号。旧时专指加给帝王及皇后的尊号。每逢庆典，可以屡次加上，每次通常加两个字，尽是歌功颂德之词。

⑲祝嘏（gǔ）：祭祀时祝祷和所传达的言辞。《礼记·礼运》："脩以降上神与其先祖。"郑玄注："祝，祝为主人飨神辞也；嘏，祝为尸致福于主人之辞也。"

⑳兰宫：椒兰宫。后妃居住处。亦代指后妃。这里借指太后。

㉑桂殿：指后妃所住的深宫。

陛下仁孝性成，尊养备至①。两宫定省②，奉太任太姒之欢③；一德趋承④，竭文子文孙之力⑤。钦惟太皇太后福懋三朝，恩昭九有⑥。诚周方旬，非止崇曳练之风⑦；机协圆灵⑧，不仅恃观图之识。诒谋恭俭⑨，上掩汉京⑩；缔造艰难⑪，争光邠室⑫。犹念非景福咸备⑬，曷瞻四海之母仪；惟大德在躬，斯表九重之苹禄⑭。维时当阳春布泽之辰⑮，正宝婺腾辉之日⑯玉舆随侍，翟服齐班⑰。八千岁为春秋⑱，孰比大椿之遐算⑲；三千年一花实，谁似蟠桃之植根。

【笺注】

①尊养：尊奉侍养。备至：细致全面；周全。

②两宫：指太后和皇帝或皇帝和皇后。亦指太上皇和皇帝或两后。因其各居一宫，故称两宫。定省：《礼记·曲礼上》："凡为人子之礼，冬温而夏清，昏定而晨省。"郑玄注："定，安其床衽也；省，问其安否何如。"后因称子女早晚向亲长问安为"定省"。

③太任：任姓，又称大任。商朝时期西伯侯季历之正妃。周文王姬昌之母。太姒：亦作"大姒"。有莘氏之女，周文王妻，武王母。《诗·大雅·思齐》："大姒嗣徽音，则百斯男。"毛传："大姒，文王之妃也。"《史记·管蔡世家》："武王同母兄弟十人，母曰太姒，文王正妃也。"后用为贤母的典实。

④趋承：侍奉；侍候。

⑤文子文孙：周文王子孙。泛用为对他人之孙的美称。《书·立政》："继自今文子文孙。"孔传："文子文孙，文王之子孙。"

⑥九有：九州。《诗·商颂·玄鸟》："方命厥后，奄有九有。"毛传有，九州也。"

⑦曳练：铺开的白绢。常用以比喻白色的云气或江水。

⑧圆灵：天。《文选·谢庄》："柔祇雪凝，圆灵水镜。"李善注："圆灵，天也。"

⑨诒谋：犹诒燕。为子孙妥善谋划，使子孙安乐。《诗·大雅·文王有声》："诒厥孙谋，以燕翼子。"郑玄笺："传其所以顺天下之谋，以安敬事之子孙。"恭俭：恭敬俭约。《汉书·河间献王刘德传》："王身端行治，温仁恭俭，笃敬爱下，明知深察。"

⑩汉京：指汉朝都城长安或洛阳。这里借指京城。

⑪缔造：经营创建。

⑫争光：争着承受光明。邰室：《诗经·大雅·生民》："实颖实粟，即有邰家室。"

⑬景福：大福。《诗·小雅·小明》："以介景福。"毛传："介、景，皆大也。"

⑭茀（fú）禄：犹福禄。福运，福气。茀，通"福"。《诗·大雅·卷阿》："茀禄尔康矣。"郑玄笺："茀，福也。"

⑮阳春：春天；温暖的春天。比喻恩泽。

⑯宝婺（wù）：婺女星。星宿名，即女宿。又名须女，务女。二十八宿之一，玄武七宿之第三宿，有星四颗。《礼记·月令》："（孟夏之月）日在毕，昏翼中，旦婺女中。"《史记·天官书》："婺女，其北织女。"司马贞索隐："务女。《广雅》云'须女谓之务女，是也。一作"婺"'。"用为妇女的美喻。

腾辉：闪耀光辉。

⑰翟（dí）服：中国古代后妃命妇的最高级别礼服，包括"袆衣、揄翟、阙翟"三种，合称"三翟"，与男子礼服的"六冕"相对应。齐班：并列。

⑱春秋：岁月，人生。

⑲大椿：木名。庄子《逍遥游》云："上古有大椿者，以八千岁为春，以八千为秋，而彭祖乃今以久特闻。"后以"大椿"为男寿的祝词。遐算：高龄，高寿。

亲制卿云晨露之词①，恭上南山万寿之颂。奏霓裳于大内②，如聆侍女之笙；庆长宁之永年，应送上元之酒。乌飞可祝③，引彼虎贲之弓；鸽放未央④，纪以金笼之数。岂止奚斯颂鲁⑤，燕喜来寿母之诗⑥；文考歌风⑦，思媚及周姜之妇⑧。臣等内则粗窥⑨，阴教未谙⑩。学惭博物⑪，讵进张华女史之箴⑫；才谢天人，敢效陈思姜嫄之颂⑬。伏愿道洽彤庭⑭，范垂椒寝⑮。启贤启圣，龙栋盘于亿龄⑯；母地母天，燕玺宝于百世。法宋家圣后，号尧舜于女中⑰；追汉代贤妃，习经典为博士⑱。不须泰山进长生之枕⑲，授术神仙；新垣刻延寿之杯⑳，迓休人主矣㉑。

①卿云：歌名。传说虞舜将禅位给禹时和百官一起唱的歌。《尚书大传》卷二："舜为宾客而禹为主人……于时卿云聚，俊乂集，百工相和而歌《卿云》，帝乃倡之曰：'卿云烂兮，糺缦缦兮，日月光华，旦复旦兮。'"郑玄注："卿，当为'庆'。"晨露：商汤时乐歌名。《吕氏春秋·古乐》："汤乃命伊尹作为《大护》，歌《晨露》，修《九招》《六列》，以见其善。"高诱注："《大护》《晨露》《九招》《六列》皆乐名。"

②霓裳：《霓裳羽衣曲》的略称。

③乌飞：古代传说日中有三足乌，故称太阳为金乌。汉王充《论衡·说日》："儒者曰：日中有三足乌，月中有兔、蟾蜍。"唐韩琮《春愁》："金乌长飞玉兔走，青鬓长青古无有。"

④未央：未央宫。宫殿名。故址在今陕西西安市西北长安故城内西南隅。汉高帝七年建，常为朝见之处。新莽末毁。东汉末董卓复葺未央殿。唐未央宫在禁苑中，至唐末毁。《史记·高祖本纪》："萧丞相营作未央宫，立东阙、北阙、前殿、武库、太仓。"

⑤奚斯颂鲁：班固《两都赋序》："昔皋陶歌虞，奚斯颂鲁，皆见于孔氏，列于《诗》《书》，其义一也。"鲁颂是《诗经》中《颂》的一部分，共4篇。

⑥燕喜：宴饮喜乐。《诗·小雅·六月》："吉甫燕喜，既多受祉。"集传："此言吉甫燕饮喜乐，多受福祉。"

⑦文考：周文王死后，武王颂之为文考。《书·泰誓下》："予克受，非予武，惟朕文考无罪。"孔传："言文王无罪于天下。"

⑧周姜：周太王的妃子周姜。《诗经·大雅·思齐》："思

媚周姜，京室之女。"

⑨粗窥：略见。

⑩阴教：女子的教化。《周礼·天官·内宰》："以阴礼教六宫，以阴礼教九嫔。"

⑪博物：通晓众物。

⑫女史之箴：晋文人张华以历代贤记事迹撰文。

⑬姜嫄：传说中周族始祖后稷之母。有邰氏之女。

⑭道洽：某种学说和教义得到普及。彤庭：汉代宫廷。因以朱漆涂饰，故称。泛指皇宫。

⑮椒寝：后妃所居的宫寝。指皇后。

⑯亿龄：亿年。

⑰尧舜于女中：女中尧舜。尧舜，传说中的上古贤明君主。女中尧舜，妇女中的贤明人物。古代多称颂执政的女王。于《宋史·英宗宣仁圣烈高皇后传》："临政九年，朝廷清明，华夏绥定……人以为女中尧舜。"

⑱汉代贤妃，习经典为博士：《后汉书·和熹邓皇后纪》："和熹邓皇讳绥，太付禹之孙也。……六岁能《史书》，十二通《诗》《论语》。诸兄每读经传，辄下意难问。志在典籍，不问居家之事，母常非之，曰：'汝不习女工以供衣服，乃更务学，宁当举博士邪？'后重违母言，昼修妇业，暮诵经典。家人号曰'诸生'。"汉和帝邓皇后从小喜欢读书，颇具文才。后遂以"女博士"为才女之美称。

⑲泰山进长生之枕：指泰山父枕。葛洪《神仙传》，文曰："泰山父者，时汉武帝东巡，见父锄于道，头上白光高数尺。呼问之，对曰：有道士教臣作神枕……臣行之，转少，齿生。"南朝梁元帝谈及药枕起源时说："泰山之药，既使延龄；长生之枕，能令益寿。"

⑳新垣：新垣平。汉文帝时的方士，骗取汉文帝信任。叫人在一只玉杯上刻上"人主延寿"四个字，诡称是仙人所送。

㉑迓（yà）休：迎接。

书昌谷集后

　　尝读吕汲公《杜诗年谱》^①，少陵诗首见于冬日雒城谒老子庙^②，时为开元辛巳^③，杜年已三十，盖晚成者也。李长吉未及三十^④，已应玉楼之召^⑤。若比少陵，则毕生无一诗矣。然破锦囊中^⑥，石破天惊^⑦，卒与少陵同寿。千百年大名之垂，彭殇一也^⑧。优昙之华，刹那一现^⑨，灵椿之树^⑩，八千岁为春秋，岂计修短哉^⑪。

【笺注】

①吕汲公：北宋大臣吕大防，字微仲，皇祐进士，封汲郡公。

②冬日雒城谒老子庙：《冬日洛城北谒玄元皇帝庙》。

③开元：唐玄宗年号（713—741）。开元辛巳为741年。

④李长吉：唐诗人。一生愁苦抑郁，体弱多病，只做过三年奉礼郎。27岁卒。

⑤玉楼之召：犹玉楼赴召。文人早死的婉辞。唐李商隐

《李贺小传》："长吉将死时，忽昼见一绯衣人，驾赤虬，持一板书，若太古篆或霹雳石文者……绯衣人笑曰：'帝成白玉楼，立召君为记。'"

⑥锦囊：借指诗作。唐李商隐《李长吉小传》："恒从小奚奴，骑巨驴背一古破锦囊，遇有所得，即书投囊中。及暮归，太夫人使婢受囊出之，见所书多，辄曰：'是儿要当呕出心乃已尔！'上灯，与食，长吉从婢取书，研墨叠纸足成之，投他囊中。"

⑦石破天惊：原形容箜篌的声音，忽而高亢，忽而低沉，出人意外，有难以形容的奇境。后多比喻文章议论新奇惊人。

⑧彭殇：犹言寿夭。彭，彭祖，指高寿；殇，未成年而死。《庄子·齐物论》："莫寿于殇子，而彭祖为夭。"

⑨优昙之华，刹那一现：昙花一现。开放时间很短。比喻美好的事物或景象出现了一下，很快就消失。《妙法莲华经·方便品》："佛告舍利佛，如是妙法，诸佛如来，时乃说之，如优昙钵花，时一现耳。"

⑩灵椿：《庄子集释·逍遥游》："上古有大椿者，以八千岁为春，八千岁为秋。"后遂以"灵椿"指古代传说中的长寿之树，喻年高德劭的人。

⑪修短：长短。指人的寿命。

纳兰性德全集

题米元章方圆庵碑

　　探河源者于星宿，寻地脉者于昆岭[1]。书家之有钟王[2]，诗家之有李杜，其昆岭星宿也。书至南宫[3]，而书之能事毕矣，然南宫书从钟王来。诗至东坡，而诗之能事毕矣，然东坡诗从李杜出。山谷云[4]："老杜之诗，昌黎之文，无一字无来历处。"书犹是矣。见近时学苏诗米字者，不知其来历而径学苏米，且并不见苏米而学。夫学苏米者之点画与唇吻[5]，每况愈下，久而弥失其真。吁，可慨也。近有人自龙井得米元章方圆庵碑初拓示予，其笔法瘦劲，全学《圣教序》[6]，与俗所摹痴肥一种迥异[7]。学米者见之，当知老颠来历，必不专专为《天马赋》伎俩矣[8]。

【笺注】

　　①昆岭：昆仑山，《淮南子·原道训》："经纪山川，蹈腾

昆仑。"高诱注:"昆仑,山名。在西北,其高万九千里。"

②钟王:钟繇、王羲之。钟繇,字原常,颍川长社(今河南长葛东北)人,三国魏大臣、书法家。书作形成由隶入楷的新貌,与王羲之并称"钟王"。

③南宫:北宋书画家米芾,字元章,号襄阳漫士、海岳外史等。世居太原,迁襄阳,定居润州(今江苏镇江)。徽宗召为书画学博士,曾官礼部员外郎,人称米南宫。行止倜傥不羁,冠服效唐人,风神萧散,音吐清畅,所至人聚观之。好洁成癖,曾释奇丑巨石为兄,故有"米颠"之称。

④山谷:黄庭坚,字鲁直,号山谷道人。涪翁,洪州分宁(今江西修水县)人,为"苏门四学士"之一。

⑤唇吻:议论、口才。

⑥《圣教序》:全称《大唐三藏圣教序》。唐碑刻。唐太宗制此序,表彰唐僧玄奘至印度取经,回长安后翻译佛教三藏要籍事,冠诸经之首。这里特指弘福寺怀仁集王羲之行书,通称《集王书圣教序》,相传王羲之的行书字迹,大都集摹于此碑。

⑦痴肥:形容书法作品字体凝重而不够劲健有力。

⑧《天马赋》:米芾的行书作。具其"沉名著痛快,如乘骏马,进退裕如"之风。

题董文敏秋林书屋图

世之目文敏者①，动于巨然、北苑内求之②，非是辄云伪。此如画竹林诸贤，必写其沈湎潦倒、科头袒胸之状③，而不知山公启事④，叔夜挥弦⑤，彼自有正笏端绅⑥、目送飞鸿时也⑦。此卷红树绿莎⑧，朱阑石砌，颇极雅丽，是文敏少年得意之笔。以为赝者，乃见橐驼谓马肿背也⑨，识者辨之。

【笺注】

①文敏：明书画家董其昌，字玄宰，号思白、香光居士，谥号文敏。

②巨然：五代、宋画家。开元寺僧。入宋，随李后主至汴京。工画山水，师法董源。董源：五代南唐画家。中主时任北苑副使，人称董北苑。与巨然并称"董巨"。

③科头：谓不戴帽子。

④山公启事：晋山涛为吏部尚书，凡选用人才，亲做评

论，然后公奏，时称"山公启事"。比喻公开选拔人才，知人能鉴，荐才举贤。《晋书·山涛列传》："涛再居选职十有余年，每一官缺，辄启拟数人，诏旨有所向，然后显奏，随帝意所欲为先。故帝之所用，或非举首，众情不察，以涛轻重任意。或谮之于帝，故帝手诏戒涛曰：'夫用人惟才，不遗疏远单贱，天下便化矣。'而涛行之自若，一年之后众情乃寝。涛所奏甄拔人物，各为题目，时称山公启事。"

⑤叔夜：三国魏文学家、思想家、音乐家嵇康，字叔夜，"竹林七贤"之一。嵇康为曹魏宗室的女婿，官曹魏中散大夫，世称嵇中散。善弹琴，以弹《广陵散》著名。弹琴咏诗，自足于怀。

⑥正笏端绅：犹垂绅正笏。垂下大带的末端，双手端正地拿着朝笏。形容朝廷大臣庄重严肃的样子。《礼记·玉藻》："凡侍于君，绅垂。"孔颖达疏："绅，大带也。身直则带倚，磬折则带垂。"言臣下侍君必恭。后借指在朝为臣。笏（hù）：古代臣朝见君时所执的狭长板子，用玉、象牙、竹木制成。也叫手板。后世唯品官执之。《礼记·玉藻》："凡有指画于君前，用笏；造受命于君前，则书于笏。"

⑦目送飞鸿：三国嵇康《四言赠兄秀才入军诗》："目送归鸿，手挥五弦。"双目远眺送走飞鸿，依依不舍。

⑧绿莎：绿色的莎草。

⑨橐（tuó）驼：骆驼。《山海经·北山经》："其兽多橐驼，其鸟多寓。"

题文与可墨竹

　　读东坡《筼筜谷记》^①，便如有兔跐蛇腹之幹凌霄汉而出，以为与可之竹在是也^②。观与可之竹，亦如见掀髯扪腹、兔起鹘落之笔拂拂在丛篆间^③。两者俱有神遇^④，知笔墨外别有事在矣。京师苦无竹，得此幅挂壁，恍身在潇湘淇澳间也^⑤。王子猷曰^⑥："何可一日无此君。"知言哉。

【笺注】

　　①《筼筜谷记》：苏轼为好友兼表兄文同撰写的题记——《文与可画筼筜谷偃竹记》。

　　②与可：文同，字与可，号笑笑先生，人称石室先生，梓州永泰（今四川盐亭东）人。善诗文书画，尤擅墨竹。画竹叶创深墨为面，淡墨为背之法，主张画竹必先胸有成竹。梓州有筼筜谷，多竹，时往观察，因而画竹益神。

　　③掀髯：笑时启口张须貌；激动貌。扪腹：抚摸腹部。多形容饱食后怡然自得的样子。兔起鹘落：谓兔子刚出窝，鹘立

即降落捕捉。极言动作敏捷。比喻作书画或写文章下笔迅捷。语本苏轼《文与可画云当谷偃竹记》："振笔直遂，以追其所见，如兔起鹘落，少纵即逝矣。"丛筱（xiǎo）：茂密的小竹林。

④神遇：谓从精神上去感知事物或事理。语本《庄子·养生主》："臣以神遇，而不以目视。"陆德明释文引向秀曰："暗与理会谓之神遇。"

⑤潇湘：指湘江。淇（qí）澳（yù）：淇水弯曲处。

⑥王子猷：王徽之，字子猷，王羲之之子。初为桓温参军，官至黄门侍郎。性爱竹，寄居空宅中，便令种竹，说"何可一日无此君"。居会稽时有雪夜访戴的美谈。

元旦帖子

　　黍谷阳回①，葭灰气动②。车迎三素③，斗转七星④。晓莺传第一新声，早识上林树色；江鲤破千层冻浪，遥连太液波光。句芒始届东郊⑤，青帝旋居左个⑥。销沉寒漏⑦，胥归爆竹声中；绽泄春光，先到梅花影里。于时青袍朝士⑧，金谷名流⑨，并簇辛盘⑩，争烧甲煎⑪。举尊前柏叶⑫，夸盛事于年年；传胜里金花⑬，览物华于处处⑭。达夫常侍，怀故乡客鬓之篇⑮；摩诘词臣，赋元旦早朝之什⑯。莫不惊心岁腊⑰，属望书云⑱。至于鸟卜年丰⑲，蚕烧岁稔⑳，燕裁双尾，鸡画重睛㉑。当门并贴桃符㉒，委巷竞称椒颂㉓。尔乃对景物之更新，伤华年之易逝。醉屠苏而耳热㉔，拨商陆而心寒㉕。噫嘻，庭除拥篲㉖，漫陈崔寔之书㉗；旌厦横经㉘，空梦戴凭之席㉙。傥化工假我以岁月㉚，花鸟助我以文章，庶几日丽嘤鸣㉛，即待寸珠之照，当此冰开鱼曝，可无尺素之移㉜？

【笺注】

①黍谷：山谷名，又称寒谷、燕谷山。《太平御览》卷八百四十二引汉刘向《别录》："传言邹衍在燕，有谷地美而寒，不生五谷。邹子居之，吹律而温至生黍，到今名黍谷焉。"

②葭（jiā）灰：葭莩之灰。古人烧苇膜成灰，置于律管中，放密室内，以占气候。某一节候到，某律管中葭灰即飞出，示该节候已到。《后汉书·律历志上》："候气之法，为室三重，户闭，涂衅必周，密布缇缦。室中以木为案，每律各一，内庳外高，从其方位，加律其上，以葭莩灰抑其内端，案历而候之。气至者灰动。"

③三素：道教指三元君。《艺文类聚》卷七十八引南朝梁陶弘景《水仙赋》："迎九玄于金阙，谒三素于玉清。"

④斗转七星：星斗变动位置。指季节或时间的变化。

⑤句芒：古代传说中的主木之官。又为木神名。《吕氏春秋·孟春》："帝太皞，其神句芒。"高诱注："太皞，伏羲氏，以木德王天下之号，死祀于东方，为木德之帝。句芒，少暭氏之裔子曰重，佐木德之帝，死为木官之神。"东郊：泛指国都或城市以东的郊外。《礼记·月令》："（孟春之月）立春之日，天子亲帅三公、九卿、诸侯、大夫以迎春于东郊。"

⑥青帝：我国古代神话中的五天帝之一，是位于东方的司

春之神，又称苍帝、木帝。

⑦销沉：消逝，消失。寒漏：借指寒夜。

⑧青袍：汉以后贱者穿青色衣服。因指贱者之服。唐杜甫《徒步归行》："青袍朝士最困者，白头拾遗徒步归。"仇兆鳌注："公往行在，麻鞋谒帝，有青袍而无朝服。"

⑨金谷：指仕宦文人游宴饯别的场所。南朝梁何逊《车中见新林分别甚盛》："金谷宾游盛，青门冠盖多。"

⑩辛盘：旧俗农历正月初一，用葱韭等五种味道辛辣的菜蔬置盘中供食，取迎新之意。《太平御览》卷二十九引晋周处《风土记》："元日造五辛盘，正元日五熏炼形。"注："五辛所以发五脏气。"

⑪甲煎：香料名。以甲香和沉麝诸药花物制成，可做口脂及焚爇，也可入药。唐李商隐《隋宫守岁》："沉香甲煎为庭燎，玉液琼苏作寿杯。"燃起名贵的香，祝贺新的一岁之开始。

⑫柏叶：指柏叶酒。唐杜甫《人日》诗之二："樽前柏叶休随酒，胜里金花巧耐寒。"仇兆鳌注："崔寔《四民月令》：元旦进椒、柏酒。椒是玉树星精，服之令人却老。柏是仙药，能驻年却病。"

⑬金花：指器物衣履上雕刻、绣制的花饰。唐杜甫《陪柏中丞观宴将士》诗之二："绣段装檐额，金花帖鼓腰。"

⑭物华：自然景物。唐杜甫《曲江陪郑南史饮》："自知白发非春事，且尽芳樽恋物华。"

⑮达夫常侍：唐诗人高适，字达夫，官至散骑常侍。所作边塞诗，对当时的边地形势和士兵疾苦均有反映。曾作《除夜作》："旅馆寒灯独不眠，客心何事转凄然？故乡今夜思千里，霜鬓明朝又一年。"写除夕之夜，游子家人两地相思之苦。

⑯摩诘：唐代诗人王维，字摩诘，号摩诘居士，世称"王

右丞"。苏轼评价其："味摩诘之诗，诗中有画；观摩诘之画，画中有诗。"

⑰岁腊：年终。宋王柏《酹江月》："今岁腊前，苦无多寒色，梅花先白。"

⑱属望：期望。

⑲鸟卜：剖鸟占卜。古代西域的一种习俗。《隋书·西域传·女国》："俗事阿修罗神，又有树神，岁初以人祭，或用猕猴。祭毕，入山祝之，有一鸟如雌雉，来集掌上，破其腹而视之，有粟则年丰，沙石则有灾，谓之鸟卜。"

⑳蚕烧：烧田蚕。江南一带的民间祈年习俗。腊月二十五将绑缚火炬的长竿立在田野中，用火焰来占卜新年，火焰旺则预兆来年丰收。有些地方在年三十举行这一活动。

㉑鸡画重睛：指重明鸟，中国古代神话传说中的神鸟。其形似鸡，鸣声如凤，两目有两眼珠，亦称"重睛鸟"。重睛鸟气力很大，能辟除猛兽妖物等灾害。在汉族民间新年风俗中，在门窗上贴画鸡，即重睛鸟之遗意，用以辟邪。晋王嘉《拾遗记》卷一："尧在位七十年……有祇支之国，献重明之鸟，一名双睛，言又眼在目。状如鸡，鸣似凤。时解落毛羽，肉翮而飞。能搏逐猛兽虎狼，使妖灾群恶不能为害。贻以琼膏，或一岁数来，或数岁不至。国人莫不洒扫门户，以望重明之集。其未至之时，国人或刻木，或铸金，为此鸟之状。置于门户之间，则魑魅丑类，自然退伏。今人每岁元日，或刻木铸金，或图画为鸡于牖上，此其遗象也。"

㉒桃符：古代挂在大门上的两块画着神荼、郁垒二神的桃木板，以为能压邪。南朝梁宗懔《荆楚岁时记》："正月一日……帖画鸡户上，悬苇索于其上，插桃符其旁，百鬼畏之。"

㉓委巷：谓僻陋曲折的小巷。借指民间。《礼记·檀弓

上》：“小功不为位也者，是委巷之礼也。”郑玄注：“委巷，犹街里，委曲所为也。”椒颂：椒花颂。《晋书·列女传·刘臻妻陈氏》：“刘臻妻陈氏者，亦聪辨能属文，尝正旦献《椒花颂》。其词曰：‘旋穹周回，三朝肇建。青阳散辉，澄景载焕，标美灵葩，爰采爰献，圣容映之，永寿于万。’”后遂用为典实，指新年祝词。

㉔屠苏：酒名。古俗，夏历正月初一，家人先幼后长，饮屠苏酒。

㉕商陆：商陆科。多年生粗壮草本。根入药，俗称“章柳根”，性寒、味苦，有毒。

㉖拥篲（huì）：执帚。帚用以扫除清道，古人迎候宾客，常拥篲以示敬意。《史记·孟子荀卿列传》：“（驺子）如燕，昭王拥彗先驱，请列弟子之座而受业。”

㉗崔寔：东汉政论家。抨击当时“政令垢玩，上下怠懈，风俗雕敝，人庶巧伪”。反对俗儒必称尧舜，“济时拯世之术，岂必体尧蹈舜然后乃治哉”。

㉘旃（zhān）厦：帝王读书学习之所。《汉书·王吉传》：“夫广厦之下，细旃之上，明师居前，劝诵在后，上论唐虞之际，下及殷周之盛，考仁圣之风，习治国之道……其乐岂徒衔橛之间哉！”横经：横陈经籍。指受业或读书。

㉙戴凭：东汉经学家。因替太尉蒋遵辩冤，遭光武帝申斥，自系狱中。后赦出，以侍中兼领虎贲中郎将，光武帝令群臣能说经者互相诘难，凭议论恢宏，击败所有对手，名扬远近，京城语曰“解经不穷戴侍中”。

㉚化工：指自然的造化者。汉贾谊《鵩鸟赋》：“且夫天地为炉兮，造化为工。”

㉛嘤鸣：比喻朋友同气相求。《诗经·小雅·伐木》：“嘤

其鸣矣，求其友声。相彼鸟矣，犹求友声；矧伊人矣，不求友生。"

㉜尺素：小幅的绢帛。古人多用以写信或文章。《文选·古乐府〈饮马长城窟行〉》："客从远方来，遗我双鲤鱼。呼儿烹鲤鱼，中有尺素书。"吕向注："尺素，绢也。古人为书，多书于绢。"《文选·陆机〈文赋〉》："函绵邈于尺素，吐滂沛乎寸心。"刘良注："素，帛也。古人用以书也。"

端午帖子

　　节自天中①，时当夏仲。五花施帐②，争歌长命之词；重碧盈尊③，叠和延年之颂④。钗名玉燕⑤，两两斜飞；臂绕朱丝⑥，双双并结。捕鸱枭而作供⑦，惜鹁鸪之能言⑧。草是宜男⑨，共斗五时之胜⑩；镜呼天子⑪，相传百炼之金。团扇鲛绡，画凤文而绕户⑫；赤符神印⑬，穿金镂以垂门。采术浴兰⑭，俗传万井⑮；觞蒲簪艾⑯，胜极千秋。水跃丹鱼⑰，广泽鼓青龙之舰⑱；风高黄雀⑲，灵飙回彩鹢之帆⑳。哭曹女于婆娑㉑，吊屈平于湘汉㉒。既望古而增慨，遂即事以兴怀㉓。于是接景光，睹云物，可以处台榭而居高㉔，相与升山陵而眺远。翩跹羽扇㉕，把清飔以俱来；缥缈仙舟，泛绿波而竟去。我之怀矣，眷言念之。嗟乎！胜事常存，良辰难再。孟尝不作，空余木梗之悲㉖；胡广既生㉗，乃有葫芦之弃。回思往昔之陈陈，勿使今兹之寂寂。情有同乎，乐可知矣。

【笺注】

①天中：端午节。古人认为，五月五日时，阳重人中天，故又称"天中节"。

②五花施帐：指把五彩丝或五色丝系在蚊帐上，可避除兵鬼、不染病瘟。《荆楚岁时记》："五月五日，谓之浴兰节。采艾以为人，悬门户上，以禳毒气。……以五彩丝系臂名曰辟兵，令人不病瘟。"周处《风土记》谓："角黍，人并以新竹为筒粽。楝叶插头，五采系臂，谓为长命缕。"五色代表五行，汉代信仰五行阴阳之说，五色代表了五方位，相生相克，具有驱邪避瘟的作用。青色属木，代表东方，赤色属火，代表南方，黄色属土，代表中央，白色属金，代表西方，黑色属水，代表北方。

③重碧：宋代叙州（故治为今四川省宜宾市翠屏区）酒名。宋费衮《梁溪漫志·二州酒名》："叙州本戎州也。老杜《戎州诗》云：'重碧倾春酒，轻红擘荔枝。'今叙州公酝，遂名以'重碧'。"

④叠和：指相互以诗词酬答。

⑤玉燕钗：《洞冥记》卷二："神女留玉钗以赠帝，帝以赐赵婕妤。至昭帝元凤中，宫人犹见此钗。黄琳欲之。明日示之，既发匣，有白燕飞升天。后宫人学作此钗，因名玉燕钗，

言吉祥也。"

⑥朱丝：红色的丝绳。宋余靖的《端午日事》："江上何人吊屈平，但闻风俗彩舟轻。空斋无事同儿戏，学系朱丝辟五兵。"五兵即弓、矛、戟、剑、戈，代表战乱，系朱丝避之。

⑦鸱（chī）枭（xiāo）：鸟名，俗称猫头鹰。在早期，五月因五与"忤逆"的"忤"同音，被人们称为"恶月"。在汉代，人们把猫头鹰看作害母的恶鸟，为了彰显孝道，每到五月五这一天，皇帝会和大臣们一起喝猫头鹰肉汤，地方上也举办相应的喝汤仪式。

⑧鸲（qú）鹆（yù）：鸟名。俗称八哥。明庄元臣《叔苴子》："鸲鹆之鸟出于南方，南人罗而调其舌，久之，能效人言；但能效数声而已，终日所唱，惟数声也。"

⑨宜男草：萱草的别名。古代迷信，认为孕妇佩之则生男。

⑩五时：谓春、夏、季夏、秋、冬五个时令。泛指一年四季。《吕氏春秋·任地》："五时见生而树生，见死而获死。"高诱注："五时，五行生杀之时也。"陈奇猷校释："五时者，春、夏、秋、冬、季夏也。本书《十二纪》，春属木，夏属火，秋属金，冬属水，而于《季夏》之末别出中央土一节，是以木、火、金、水、土五行配属春、夏、秋、冬四季，即所谓五时也。"

⑪天子镜：盘龙纹镜。龙是帝王的象征，故名。在唐代，专于五月五日午时于扬州扬子江心铸铜镜，以进贡皇帝，称为"天子镜"。

⑫凤文：绘有凤凰的图饰。

⑬赤符：赤伏符的简称。新莽末年谶纬家所造符箓，谓刘秀上应天命，当继汉统为帝。泛指帝王受命的符瑞。《后汉

书·光武帝纪上》："光武先在长安时同舍生强华自关中奉赤伏符，曰'刘秀发兵捕不道，四夷云集龙斗野，四七之际火为主'。群臣因复奏曰：'受命之符，人应为大，万里合信，不议同情，周之白鱼，曷足比焉？今上无天子，海内淆乱，符瑞之应，昭然着闻，宜答天神，以塞群望。'"

⑭浴兰：浴兰汤。浴于兰汤，即用香草水洗澡。古人认为兰草避不祥，故以兰汤洁斋祭祀。《大戴礼记·夏小正》："五月……蓄兰，为集浴也。"

⑮万井：古代以地方一里为一井，万井即一万平方里。《汉书·刑法志》："地方一里为井……一同百里，提封万井。"指千家万户。

⑯觞蒲：菖蒲酒。端午节这天，人们为了辟邪、除恶、解毒，有饮菖蒲酒、雄黄酒的习俗。唐殷尧藩《端午日》："不效艾符趋习俗，但祈蒲酒话升平。"簪艾：少女多于端午节簪艾。

⑰丹鱼：传说中丹水所出的赤色鱼。北魏郦道元《水经注·丹水》："水出丹鱼。先夏至十日，夜伺之，鱼浮水侧，赤光上照如火，网而取之。割其血以涂足，可以步行水上，长居渊中。"

⑱青龙舰：古代战舰名。相传为三国吴孙权在青浦所造。这里指端午节赛龙舟。唐张建封《竞渡歌》："五月五日天晴明，杨花绕江啼晓莺。……鼓声三下红旗开，两龙跃出浮水来。棹影斡波飞万剑，鼓声劈浪鸣千雷。"

⑲风高黄雀：指黄雀风。盛夏强劲持久的东南风。《初学记》卷一引晋周处《风土记》："五月风发，六日乃止。黄雀风，是时海鱼变为黄雀，因以名之。"

⑳灵飙：指巨风。彩鹢：古代常在船头上画鹢，着以彩

色，因亦借指船。

㉑曹女：曹娥。《后汉书·列女传》："孝女曹娥者，会稽上虞人也。父盱，能弦歌，为巫祝。汉安二年五月五日，于县江溯涛婆娑迎神，溺死，不得尸骸。娥年十四，乃沿江号哭，昼夜不绝声，旬有七日，遂投江而死。至元嘉元年，县长度尚改葬娥于江南道傍，为立碑焉。"婆娑：亦作"媻娑"。舞貌。明沈德符《野获编·女神名号》："按《曹娥碑》中所云媻娑，盖言巫降神时，按节而歌，比其舞貌也。"

㉒屈平：屈原，名正则，字灵均，一名平，字原。据《史记·屈原传》载，屈原是春秋楚怀王的大臣。倡导举贤任能，富国强兵，力主联齐抗秦，遭到贵族子兰等人反对，被流放到了沅、湘流域。前 278 年，楚都城被秦军攻破，屈原内心幽愤，于五月五日写下《怀沙》后，抱石投汨罗江而死。楚国百姓听说屈原死后，哀痛异常，纷纷到汨罗江凭吊屈原。

㉓即事：面对眼前事物。兴怀：引起感触。

㉔台榭：台和榭。亦泛指楼台等建筑物。《书·泰誓上》："惟宫室台榭，陂池侈服，以残害于尔万姓。"孔颖达疏引李巡曰："台，积土为之，所以观望也。台上有屋谓之榭。"

㉕羽扇：用长羽毛制成的扇子。特指天子仪仗中的掌扇。

㉖木梗之悲：犹木梗之患。喻客死他乡，不得复归故里。汉刘向《说苑·正谏》载，孟尝君将西入秦，宾客谏之百通，则不听也。曰："以人事谏我，我尽知之，若以鬼道谏我，我则杀之。"谒者入曰："有客以鬼道闻。"曰："请客入。"客曰："臣之来也，过淄水上，见一土耦人方与木梗人语，木梗谓土耦人曰：'子先，土也，埏子以为耦人，遇天大雨，水潦并至，予必沮坏。'应曰：'我沮乃反吾真耳。今子东园之桃也，刻予以为梗，遇天大雨，水潦并至，必浮子，泛泛乎不知

所止。'今秦四塞之国也，有虎狼之心，恐其有木梗之患。"
于是孟尝君逡巡而退而无以应，卒不敢西向秦。

㉗胡广：东汉名臣。《山堂肆考》引《小说》："胡广本姓
黄，以五月五日生，父母恶之，藏之葫芦，弃之河流。岸侧居
人收养，及长，有盛名。父母欲取之归，广以为背其所生则害
义，背其所养则忘恩，两无所归，托葫芦而生也，乃姓胡名
广。后登三司，有中庸之号。"

祭吴汉槎文^①

呜呼，我与子昔，爰居爰处^②。谁料倏忽，死生异路。自我别子，子病虽遽。款款话言^③，历历衷素^④。初谓奄旬，尚可聚首。俄然物化^⑤，杨生左肘。青溪落月，台城衰柳^⑥。哀讣惊闻，未知是否。畴昔之夜^⑦，玄冕垂缨^⑧。呼我永别，号痛就醒。非子也耶，彷佛精灵。我归不闻，子笑语声。子信死矣，传言是矣。帷堂而哭^⑨，寡妻弱子。七十之母，远在故里。返蜕何日^⑩，倚闾何俟^⑪。嗟嗟苍天，何厚其才。而啬其遇，亦孔艰哉^⑫。弱龄克赋^⑬，左马右枚^⑭。未题雁塔^⑮，先泣龙堆^⑯。中郎朔方^⑰，亭伯辽海^⑱。萧萧寒吹，荒荒破垒。子穷过此，二十四载。凌云欲奏，狗监安在^⑲。自我昔年，邂逅梁溪^⑳。子有死友，非此而谁。金缕一章，声与泣随。我誓返子，实由此词。

【笺注】

①吴汉槎：吴兆骞。江苏吴江人，纳兰好友。顺治十四年（1657）举人。因科场案被流放宁古塔。康熙二十三年（1684）十月在北京去世，当时纳兰正在随扈南巡，十一月初在江宁闻此噩耗，撰写此文遥寄哀思。

②爰居爰处：《诗经·邶风·击鼓》："爰居爰处？爰丧其马？于以求之？于林之下。"意为"身在何方，身处何地"。

③款款：诚恳。

④衷素：内心真情。

⑤物化：去世；死亡。《庄子·刻意》："圣人之生也天行，其死也物化。"

⑥肘生柳：典出《庄子集释》卷六下《外篇·至乐》："支离叔与滑介叔观于冥伯之丘，昆仑之虚，黄帝之所休。俄而柳生其左肘，其意蹶蹶然恶之。"王先谦集解："瘤作柳，声转借字。"后比喻生死、疾病等意外的变化。

⑦畴昔：往昔，以前。

⑧垂缨：垂下冠带。古代臣下朝见君王时的装束。后常借指出任官职。《管子·小匡》："管仲诎缨插衽，使人操斧而立其后。公辞斧三，然后退之。公曰：'垂缨下衽，寡人将见。'"

⑨帷堂：古代丧礼，小殓前设帷幕于堂上。《礼记·檀弓上》："曾子曰：'尸未设饰，故帷堂，小敛而彻帷。'仲梁子曰：'夫妇方乱，故帷堂，小敛而彻帷。'"

⑩蜺：通"霓"。宋无名氏《导引》："七星授辔骖鸾种，人不见、恨难平。何以返霓旌。一天风露苦凄清。"

⑪倚闾：谓父母望子归来之心殷切。《战国策·齐策六》：

"王孙贾年十五，事闵王。王出走，失王之处。其母曰：'女朝出而晚来，则吾倚门而望；女暮出而不还，则吾倚闾而望。'"

⑫孔艰：很难知；很艰难。《诗·小雅·何人斯》："彼何人斯，其心孔艰。"郑玄笺："孔，甚；艰，难。"孔颖达疏："其持心甚难知也。"

⑬弱龄：弱冠之年。泛指幼年、青少年。晋陶潜《始作镇军参军经曲阿》诗："弱龄寄事外，委怀在琴书。"逯钦立注："弱龄，弱年，少年。"

⑭左马右枚：西汉文学家司马相如和枚乘二人的并称。

⑮未题雁塔：唐朝新中进士，均在大雁塔内提名。故以"雁塔题名"代称进士及第。雁塔即大雁塔，在陕西西安的慈恩寺中，唐玄奘所建。五代王定保《唐摭言》卷三："进士题名，自神龙之后，过关宴后，率皆期集于慈恩塔下题名。"

⑯龙堆：白龙堆的略称。这里指吴兆骞流放之地——宁古塔。

⑰中郎：官名。秦置，汉沿用。担任宫中护卫、侍从。属郎中令。分五官、左、右三中郎署。各署长官称中郎将，省称中郎。汉苏武、蔡邕曾任中郎将，后世均以中郎称之。

⑱亭伯：东汉文学家崔骃，字亭伯。涿郡安平人。曾流放辽海。

⑲狗监：汉代内官名。主管皇帝的猎犬。《史记·司马相如列传》："蜀人杨得意为狗监，侍上。上读《子虚赋》而善之曰：'朕独不得与此人同时哉！'得意曰：'臣邑人司马相如自言为此赋。'"裴骃集解引郭璞曰："主猎犬也。"司马相如因狗监荐引而名显，故后常用以为典。

⑳梁溪：流经无锡市的一条重要河流。元王仁辅《无锡

志》载："古溪极狭，南北朝时梁大同重浚，故号梁溪，南北长三十里。"历史上梁溪为无锡之别称。

　　皇恩荡荡，磅礴无垠[①]。皂帽归来[②]，鸣咽沾巾[③]。我喜得子，如骖之靳[④]。花间草堂，月夕霜辰[⑤]。未几思母，翩然南棹[⑥]。凭舻发咏，临流垂钓。舟还巨壑[⑦]，鹤归华表[⑧]。朋旧全非，容颜乍老。中得子讯，卧病累月[⑨]。数寄尺书，趣子遄发[⑩]。授馆甫尔[⑪]，遂苦下泄[⑫]。两月之间，便成永诀。自古才人，易夭而贫。黄金突兀，白玉嶙峋。以彼一日，易我千春[⑬]。知子不愿，卓哉斯文。子志未竟，子劳已息。有子与女，块然苫席[⑭]。言念交期，慰尔营魄[⑮]。灵兮鉴之，无嗟远客。尚飨[⑯]。

【笺注】

　　①磅礴：盛大广大。
　　②皂帽：黑色帽子。《三国志·魏志·管宁传》："宁常著皂帽、布襦袴、布裙，随时单复。"
　　③沾巾：泪水沾湿手巾，形容落泪之多。
　　④如骖之靳：骖靳，喻前后相随。《左传·定公九年》：

"吾从子，如骖之有靳。"杜预注："靳，车中马也。猛不敢与书争，言己从书如骖马之随靳也。"

⑤月夕：月夜。霜辰：寒天。

⑥南棹：犹南航。

⑦巨壑：指大海。

⑧鹤归华表：喻久别重归而叹世事变迁。晋陶潜《搜神后记》："丁令威，本辽东人，学道于灵虚山。后化鹤归辽，集城门华表柱。"

⑨卧疴（kē）：卧病。

⑩趣（cù）：督促；催促。

⑪授馆：当塾师。甫尔：初始。尔，语末助词。

⑫下泄：下泻。明高启《答余新郑》："丹中感疠得下泄，刀搅肠腹闻咿嘤。"

⑬千春：千年。形容岁月长久。

⑭块然：木然无知貌。苫席：居丧时，用草所织的寝席。《文选·潘岳〈寡妇赋〉》："易锦茵以苫席兮，代罗帱以素帷。"刘良注："居丧者，寝苫张素帷。言居夫丧，故以苫席易锦褥；以素帷代罗帱。帱，帐也。"

⑮营魄：魂魄。

⑯尚飨：旧时用作祭文的结语，表示希望死者来享用祭品的意思。《仪礼·士虞礼》："卒辞曰：哀子某，来日某隮祔尔于尔皇祖某甫。尚飨！"郑玄注："尚，庶几也。"

募建普同塔引

　　盖闻惠必旁敷，史著泽枯之德^①；慈当下逮，礼垂掩骼之文^②。烟横古冢，骚人以此徘徊^③；月隐北邙^④，词客缘斯愀怆^⑤。讵必过桥公之墓^⑥，始解回车；奚须上董相之坟^⑦，方图渍酒^⑧。蛇犹思报，愿酬魏颗于他年^⑨；蚁尚衔恩，敢让宋郊于异日^⑩。因尘不谬，果报非虚。

【笺注】

　　①泽枯：恩泽施及死去的人。形容恩情深厚。唐陆龟蒙《招野龙对》："赋吾之职，抑骄而泽枯。"

　　②掩骼：掩埋暴露的尸骨。为古代的恤民之政。汉赵咨《遗书敕子胤》："但以生者之情，不忍见形之毁，乃有掩骼埋窆之制。"

　　③骚人：诗人，文士。

　　④北邙：山名。即邙山。因在洛阳之北，故名。东汉、魏、晋的王侯公卿多葬于此。借指墓地或坟墓。

⑤愀怆：忧伤。

⑥桥公：桥玄。东汉人。曹操尚未出名时，曾拜会桥玄。桥玄评价曹操为“命世之才”。后曹操途经桥玄墓，亲自撰文缅怀。

⑦董相之坟：西汉儒士董仲舒之墓。据说汉武帝每次经过董仲舒的陵园时，三十丈之外，便下马步行，随从臣子也是如此。

⑧渍酒：东汉徐穉常于家预先炙鸡一只，并以一两绵絮渍酒中，曝干以裹鸡。遇有丧事，则径携墓前，以水渍绵使有酒气，祭毕即去，不见丧主。见《后汉书·徐稚传》及李贤注引谢承《后汉书》。后因以“渍酒”为朋友间吊丧墓祭的典故。

⑨魏颗：姬姓，令狐氏，名颗。因令狐氏出于魏氏，故多称魏颗，史称令狐文子。春秋晋魏武子之子，为人明礼敦厚，任晋国将军。《左传·宣公十五年》：“初，魏武子有嬖妾，无子。武子疾，命颗曰：‘必嫁是。’疾病，则曰：‘必以为殉！’及卒，颗嫁之，曰：‘疾病则乱，吾从其治也。’及辅氏之役，颗见老人结草以亢杜回。杜回踬而颠，故获之。夜梦之曰：‘余，而所嫁妇人之父也。尔用先人之治命，余是以报。’”后遂以“酬魏颗”为报恩的典实。

⑩宋郊于异日：宋庠、宋祁，皆北宋大臣。有文名，时称“二宋”。《应山县志》载，二宋少年时随父颐寓应山法兴寺读书，见蚁为雨所溺，即以竹代桥渡之。

旧有普同塔者①，屡经缔构，多历岁年。敛万骨以同埋，聚千骸而并坎。人天共鉴，庶免荒榛②蔓草之悲；魂魄咸依，可无怪雨盲风之恨③。然而运逢历劫，积蜕何多；人比恒沙④，陈根不少⑤。叹瓶罂之已满⑥，舍此安之；嗟泉壤以难容⑦，逝将不免。纵使付咸阳之烈焰，灰烬堪怜；假令投白马之洪流⑧，漂浮足惜。爰有沙门⑨，弘斯善愿。拟买松楸之隙地⑩，充彼牛眠⑪；欲求虞芮之闲田⑫，封兹马鬣⑬。然而画饼奚禆⑭，望梅曷补⑮？定藉檀施之乐助⑯，共成震旦之良因⑰。不揣刍荛⑱，为之乘韦⑲。

【笺注】

①普同塔：南宋宁宗嘉定十五年（1222），由甘子荆及其妻王氏所建。

②荒榛：杂乱丛生的草木。引申为荒芜。蔓草：泛指蔓生的野草。《诗·郑风·野有蔓草》："野有蔓草，零露漙兮。"

③雨盲风之恨：同"盲风怪雨"。谓非常急骤凶猛的风雨。

④恒沙：恒河沙数。比喻数量多到像恒河的沙子一样无法计算。语本《金刚经·无为福胜分第十一》："以七宝满尔所恒河沙数三千大世界，以用布施。"

⑤陈根：逾年的宿草。《礼记·檀引上》："曾子曰：'朋友之墓，有宿草而不哭焉。'"汉郑玄注："宿草，谓陈根也。"借指亡友。

⑥瓶罍（léi）：泛指小口大腹的陶瓷容器。

⑦泉壤：犹泉下，地下。指墓穴。

⑧白马：古代以乘白马表示有凶事。唐陈子昂《祭孙府君文》："白马故人，青鸟送往。"

⑨沙门：指佛门。

⑩松楸：松树与楸树。墓地多植，因以代称坟墓。

⑪牛眠：牛眠地。指卜葬的吉地。典出《晋书·周访传》："初，陶侃微时，丁艰，将葬，家中忽失牛而不知所在。遇一老父，谓曰：'前岗见一牛眠山污中，其地若葬，位极人臣矣。'又指一山云：'此亦其次，当世出二千石。'言讫不见。侃寻牛得之，因葬其处，以所指别山与访。访父死，葬焉，果为刺史，著称宁益，自访以下，三世为益州四十一年，如其所言云。"

⑫虞芮：周初二国名。相传两国有人曾因争地兴讼，到周求西伯姬昌评断。《诗·大典·縣》："虞芮质厥成，文王蹶厥生。"《史记·周本纪》："于是虞芮之人有狱不能决，乃如周。入界，耕者皆让畔，民俗皆让长。虞芮之人未见西伯，皆惭，相谓曰：'吾所争，周人所耻，何往为，祗取辱耳。'遂还，俱让而去。"后因以"虞芮"指能谦让息讼者。

⑬马鬣：坟墓封土的一种形状。亦指坟墓。

⑭画饼奚禆：犹画饼充饥。《三国志·魏志·卢毓传》："选举莫取有名，名如画地作饼，不可啖也。"后以"画饼充饥"比喻用空想来安慰自己。

⑮望梅曷补：犹望梅止渴。比喻以空想安慰自己。典出南朝宋刘义庆《世说新语·假谲》："魏武行役失汲道，军皆渴，乃令曰：'前有大梅林，饶子，甘酸可以解渴。'士卒闻之，口皆出水，乘此得及前源。"

⑯檀施：布施。唐李邕《大照禅师塔铭》："慈摄云奔，檀施山积。"

⑰震旦：古代印度称中国为震旦。《佛说灌顶经》卷六："阎浮界内有震旦国。"良因：佛教语。好因缘。

⑱刍（chú）荛（ráo）：本义为割草打柴之人。《诗经·大雅·板》："先民有言，询于刍荛。"这里引申为浅陋的见解。多用作自谦之词。

⑲乘韦：四张熟牛皮。《左传·僖公三十三年》："（秦师）及滑，郑商人弦高将市于周，遇之，以乘韦先牛十二犒师。"杜预注："乘，四韦。先韦乃入牛。古者将献遗于人，必有以先之。"孔颖达疏："遗人之物，必以轻先重后，故先韦乃入牛。"后用以比喻先送的薄礼。

嗟乎，丹丘不到①，人间少换骨之方②；绿字无名③，海上乏返魂之术④。嬴政之鲍鱼空载⑤，园寝同归；茂陵之鹤驾终荒⑥，辒辌共尽⑦。茫茫绝壑，难禁幽独之宵啼；窅窅穷尘⑧，忍听黎丘之夜哭⑨。但获少施涓滴⑩，千秋郁原氏之阡⑪；第令共损锱铢⑫，万鬼安滕公之室⑬。敢邀花雨⑭，仰庇慈云⑮。

【笺注】

①丹丘：传说中神仙所居之地。《楚辞·远游》："仍羽人

于丹丘兮，留不死之旧乡。"王逸注："丹丘昼夜常明也。"

②换骨：道家谓服食仙酒、金丹等使之化骨升仙。

③绿字：古代石碑上刻字，填色漆，故称绿字。梁简文帝《大法颂》："芸香馥兰，绿字摛章；文功既被，武迹斯彰。"

④海上乏返魂之术：犹返魂乏术。返魂，还魂，有起死回生之意；乏术，缺少方法。比喻人死无法救活，不能死而复生。

⑤嬴政：秦始皇。秦始皇去世时，丞相李斯秘不发丧，利用一石鲍鱼以乱其臭。《史记·秦始皇本纪》："七月丙寅，始皇崩于沙丘平台。……棺载辒凉车中……抵九原。会暑，上辒车臭，乃诏从官令车载一石鲍鱼，以乱其臭。"

⑥茂陵：西汉武帝刘彻的陵墓。鹤驾：死的讳称。

⑦辒（wēn）辌（liáng）：古代可以卧的车，也用作丧车。有窗牖《史记·李斯列传》："李斯以为上在外崩，无真太子，故秘之。置始皇居辒辌车中，百官奏事上食如故。"裴骃集解引孟康曰："如衣车，有窗牖，闭之则温，开之则凉，故名之'辒辌车'也。"

⑧窅窅（yǎo）：隐晦貌，幽暗貌。《鹖冠子·天则》："举善不以窅窅，拾过不以冥冥。"陆佃注："不以潜晦举人之善。"

⑨黎丘：黎丘丈人。《吕氏春秋·慎行·疑似》："梁北有黎丘部，有奇鬼焉，喜效人之子侄，昆弟之状。邑丈人有之市而醉归者，黎丘之鬼效其子之状，扶而道苦之。丈人归，酒醒而诮其子，曰：'吾为女父也，岂谓不慈哉！我醉，汝道苦我，何故？'其子泣而触地曰：'孽矣！无此事也。昔也往责于东邑人，可问也。'其父信之，曰：'嘻！是必夫奇鬼也，我固尝闻之矣！'明日端复饮于市，欲遇而刺杀之。明旦之市而醉，其真子恐其父之不能反也，遂逝迎之。丈人望见其子，拔剑而

刺之。丈人智惑于似其子者，而杀其真子。夫惑于似士者，而失于真士，此黎丘丈人之智也。疑似之迹，不可不察，察之必于其人也。夫李子之相似者，其母常识之，知之审也。"比喻困于假象、不察真情而陷入错误的人。

⑩涓滴：水点，极少的水。比喻极小或极少的事物。

⑪原氏之阡：指原氏阡，亦称京兆阡。《汉书·原涉传》："（原）涉自以为前让南阳赙送，身得其名，而令先人坟墓俭约，非孝也。乃大治起冢舍，周阁重门。初，武帝时，京兆尹曹氏葬茂陵，民谓其道为京兆仟，涉慕之，乃买地开道，立表署曰南阳仟，人不肯从，谓之原氏仟。"

⑫锱铢：锱和铢。比喻微小的数量。

⑬滕公之室：指汉滕公夏侯婴墓。《史记·樊郦滕灌列传》"八岁卒，谥为文侯"唐司马贞索隐："《三辅故事》曰：'滕文公墓在饮马桥东大道南，俗谓之马冢。'《博物志》曰：'公卿送婴葬，至东都门外，马不行，踣地悲鸣，得石椁，有铭曰："佳城郁郁，三千年见白日，吁嗟滕公居此室。"乃葬之。'"

⑭花雨：佛教语。诸天为赞叹佛说法之功德而散花如雨。

⑮慈云：比喻佛之慈心广大，犹如大云覆盖世界众生。